Scrittori italiani e stranieri

Raffaella Romagnolo

Aggiustare l'universo

ROMANZO

MONDADORI

Della stessa autrice in edizione Mondadori
Di luce propria
La masnà

I versi citati a pag. 81 sono tratti da: *Reginella campagnola*. Testo di Eldo Di Lazzaro e Bruno Cherubini. Musica di Eldo Di Lazzaro © 1938 Sugarmusic SpA. Tutti i diritti riservati per tutti i Paesi. Riprodotto su autorizzazione di Hal Leonard Europe BV (Italy); *Ma le gambe*. Parole di A. Bracchi. Musica di G. D'Anzi. © 1938 by Edizioni Curci S.r.l. - Milano.

Le vignette di pag. 74 sono tratte dalla rivista "La difesa della razza", anno II, numero II, 20 novembre XVII (1938), pp. 24-25. L'editore ha ricercato con ogni mezzo eventuali aventi diritto. Resta comunque a disposizione per quanto di loro spettanza.

La citazione di pag. 237 è tratta dall'*Odissea*, canto VI, vv. 180-182, traduzione di Vincenzo De Benedetto e Pierangelo Fabrini, Rizzoli, BUR 2010.

L'autrice ringrazia Paola Bigatto, Annalisa Soria e Stefano Tettamanti. Senza il loro affettuoso supporto questo romanzo non ci sarebbe.

▲ mondadori.it

Aggiustare l'universo
di Raffaella Romagnolo
Collezione Scrittori italiani e stranieri

ISBN 978-88-04-76149-5

© 2023 Mondadori Libri S.p.A., Milano
Pubblicato in accordo con Grandi & Associati, Milano
I edizione agosto 2023

Anno 2024 - Ristampa   5 6 7

Aggiustare l'universo

A chi insegna.
Alla mia compagna di banco.
Alla scuola tutta, che mi ha salvato.

ANNO SCOLASTICO 1945-46
AVVIO

La maestra

La maestra ha ventidue anni e si chiama come una zia defunta, Virgilia, donna di angelica bontà e bruttezza leggendaria. Nome scelto perché la neonata impari già al fonte battesimale che non tutto si può avere dalla vita.

Virgilia, dunque. Anche se neppure la madre e il padre la chiamano così. Né Michele (a Michele non vuole pensare). E neanche il direttore della scuola elementare di Borgo di Dentro, che pure conosce il suo vero nome. Come tutti, anche lui la chiama Gilla. *Signorina Gilla.*

«Sono lieto che abbia accettato il mio invito» dice facendola accomodare.

Gilla fa un cenno col capo, e tace. Tocca a lui parlare, è lui che l'ha convocata.

«Vengo subito al punto» prosegue l'uomo. Ha il naso a becco, la tonaca stretta addosso come lucide piume d'uccello.

Lei, una parte di lei, oggi, 23 luglio 1945, non ne può più di Borgo di Dentro, della soffitta in cui abita al civico 13 di vico Luna, della città vecchia arroventata dal caldo estivo, dei palazzacci alti e decrepiti, delle stradine umide e buie, del medioevo di filatrici, chiromanti, operai, lavandaie, maniscalchi, puttane, tagliaborse e rubagalline. Vicoli dove la ragazza si muove con cautela, a occhi bassi, evitando luoghi dolorosi come stazioni della *via crucis*. Il "palazzo reale". La calzoleria di piazza Fontana. Riducendo le uscite allo stretto indispensabile. Scampando agli agguati sanguinosi della memoria.

E non sopporta più neanche la parte nuova della città, i palazzotti aristocratici coi tetti di ardesia e i balconcini di ferro battuto, la farmacia sguarnita, la pasticceria malinconica, l'atelier della modista che ha riaperto da poco, la merceria polverosa. Detesta le vetrine vuote, o con quattro carabattole. Il fornaio che ha solo pagnotte di pane scuro, e poche. La fila per il ritiro delle tessere all'ufficio annonario.

«Ho avuto informazioni molto lusinghiere sul suo conto. Il suo spirito di sacrificio...»

L'ufficio del prete-direttore è uno stanzino triste. Sul muro spoglio alle spalle dell'uomo, il crocifisso e un calendario fermo al mese di aprile 1942, "anno XX dell'era fascista". In un angolo, un ammasso di mobilia inservibile.

«So che si è distinta...»

Lei fatica a seguire il filo. Vorrebbe strappare dal chiodo il vecchio calendario e ridurlo a brandelli. Il passato è passato! Ma non è solo il calendario, è il posto che la mette a disagio. Non l'ufficio: il fabbricato intero. Come stare dentro una casa infestata. Per questo non è tranquilla. Sotto le suole avverte qualche filo di paglia, frustuli di segatura. Giacigli? Animali? Umani?

«Le prove che ha superato...» prosegue lui.

Perché ha accettato di incontrare quest'uomo se una parte di lei ha già le valigie pronte? Gilla non appartiene a Borgo di Dentro: appartiene a Genova, è nata a un passo da piazza Colombo, è cresciuta tra via Galata e via San Vincenzo, lì ha studiato, lì ha preso il diploma da maestra, lì è sopravvissuta a stormi di quadrimotori Avro Lancaster carichi di gigantesche uova esplosive. «Ha mai visto il cratere di una bomba da due tonnellate?» dice.

Il direttore la osserva in silenzio. Se è stupito dall'interruzione non lo dà a vedere. Porta le mani giunte al volto. Le dita-artigli picchiettano producendo un ticchettio ovattato. «La nostra piccola comunità ha accolto volentieri molti suoi concittadini in fuga» dice poi.

Un punto per lui, pensa Gilla. *Attenta* direbbe Michele. *I preti ti fanno sentire in debito, ti addossano colpe che non hai, ti manipolano, ti tirano dalla loro parte.* (A Michele non vuole pensare. Troppa nostalgia, troppo dolore.)

Resta il fatto che lei non appartiene a questo posto. E allora non è arrivato il momento di riprendere la via di casa come hanno fatto tutti gli altri sfollati? Che cosa la tiene incatenata qui? I genitori di Gilla hanno lasciato Borgo di Dentro e la soffitta al civico 13 di vico Luna da mesi. Il loro appartamento a Genova è ancora in piedi, la bottega da orologiaio del padre anche. Le scrivono cartoline dal mondo di prima. Il porto, il lungomare di Sestri.

Papà ha riaperto la ditta. Abbiamo fatto il bagno al mare. Ti aspettiamo.

Qualche volta più dirette.

La guerra è finita, che aspetti a tornare?

«E d'altronde le tribolazioni toccate ai cittadini genovesi sono paragonabili, per certi versi, a quelle toccate alla nostra piccola comunità» riprende il direttore. «Ma lei questo già lo sa. Ed è proprio il legame che ha saputo costruire...»

Lo stanzino è umido, Gilla stringe le braccia al corpo, ha quasi freddo.

«... in fondo si tratta solo di portare a termine il compito, signorina Gilla. Anche i bambini di Borgo di Dentro...»

«Meritano?» risponde lei, di botto. La parola è un proiettile che non è stata capace di trattenere.

L'uomo estrae un foglio dal sottomano di pelle nera come

il tavolo, il crocifisso e la tonaca, lo appoggia sul ripiano, con due dita lo spinge avanti. C'è scritto:

BORGO DI DENTRO
SCUOLA ELEMENTARE
ANNO SCOLASTICO 1945-1946
DOMANDA DI ASSUNZIONE IN SERVIZIO

A lei sembra di avvertire il rumore di una trappola che scatta. Vorrebbe alzarsi e urlargli in faccia, a lui, a tutti: "La guerra è finita!". Invece resta seduta e zitta. Lascia correre lo sguardo intorno. La devastazione. La devastazione e tutto il lavoro che resta da fare. Allora afferra il foglio con malagrazia, lo compila e lo firma. Sola, a labbra strette torna poi ad affrontare l'estate infuocata. Gilla, Gilla, i preti è il loro mestiere dice intanto Michele nella sua testa, e ha gli occhi che ridono.

La bambina

Fine agosto 1945. Una gatta gravida s'infila nella cannicciata e varca la soglia dell'orfanotrofio. È troppo giovane per sapere che, dove adesso sono pali da vigna e canne di fiume, c'era una cancellata. Tondini, barre, borchie, riccioli decorativi e lance sommitali requisite da Sua Eccellenza Cavalier Benito Mussolini. Inferriate divenute obici, e obici spazzati via come foglie a un colpo di vento.

Procede spedita, i sensi all'erta. Grigio il dorso e bianco il ventre. Così magra che il rigonfio dei cuccioli non sembra cosa sua, ma, nel sole a picco, un bubbone estraneo e lucente.

Evita il vialetto, guadagna un angolo, continua rasente il muro sotto i finestroni delle camerate. Oltrepassa di volata l'ingresso secondario, quello che le suore usano per raggiungere l'orto. Non si affaccia nell'infilata di stanze odorose di sapone e sudore, di certo non oggi. Fila veloce con l'ingombro che le dondola sotto e quasi sfiora le piastrelle di cemento. Ancora finestroni, e usci che danno su aiuole di ortensie, sul roseto sfiorito, sul cedro maestoso sotto il quale le bambine hanno il permesso di rifugiarsi nei pomeriggi di solleone, dopo le lezioni di ricamo e prima della preghiera pomeridiana.

Qui si ferma. Valuta la situazione. Ignora cavallette, piccoli vermi. L'aria sa di fichi maturi, polline e umani. Ricomincia a correre. Gira intorno all'edificio, raggiunge il retro, la parte abbandonata, adesso in ombra, troppa persino per le ortensie che pure la amano, i pomodori neanche a pensarci, questa è una spianata dove prosperano solo pratoline, tarassaco, ortiche. Rallenta, osserva, annusa. In un angolo, masserizie abbandonate, robaccia che nessuno usa più. Si avvicina a un bidone arrugginito. Si avventura sopra due pneumatici squarciati. Misura le spine di un rovo. Una porticina di assi, chiusa a chiave, il fondo mangiato dall'umidità. Annusa. Voragini di nulla, odore di buio e di vuoto. Lei si fa incredibilmente piccola, striscia sotto, entra nello scantinato.

La bambina è sottovento, per questo la gatta non la sente arrivare. Più che uno scantinato, un'intercapedine, stretta, maleodorante, le pareti di mattoni pieni, e radi finestrini a bocca di lupo che rovesciano all'interno aloni squadrati di luce grigia. In un angolo trova un sacco tutto buchi e rattoppi, ruvido e morbido al punto giusto. Si accovaccia. Le prime contrazioni sono onde silenziose che attraversano il manto. Socchiude gli occhi. Inspira. Sangue. Non un gemito.

La bambina intanto gira la chiave della porta di assi. Zaffata di freddo, umido, muffa. Impiega qualche secondo per trovare il coraggio di entrare, e intanto gli occhi si abituano alla penombra.

La gatta non ha modo di sfuggire né alle contrazioni né alla bambina che si avvicina. Nota a malapena che si accuccia sui talloni. Le piccole dita dei piedi che spuntano dai sandali hanno un odore che varrebbe la pena indagare. Non ora, però.

Il primo cucciolo ha il pelo chiaro e viscido. Risplende nel buio. La bambina vorrebbe toccare madre e figlio. Non osa. Lui si attacca quasi subito al capezzolo. Le zampette sono artigli color carne. La bambina non ha mai visto cosa più amorevole, crudele, stupefacente.

Il secondo, il terzo e il quarto cucciolo escono nel giro di un'ora. Stesso grigio e stesso bianco della madre. La bambina torna verso l'ingresso e chiude dall'interno la porticina di assi. La serratura scatta con un *clac*. «Il nostro segreto» dice.

La gatta si lascia carezzare il collo. Il mattino successivo striscia sotto la porticina e abbandona il nascondiglio per andare a caccia di cibo. Fa avanti e indietro per venti giorni, poi scompare. La bambina teme che l'abbiano catturata. La carne di gatto somiglia a quella di coniglio, solo un po' più dolce. Il quarto cucciolo è l'unico che sopravvive.

Il planetario meccanico

Fine agosto 1945. Mentre la bambina segue la gatta incinta nell'intercapedine, il direttore incontra a scuola i sette maestri e le tredici maestre che hanno accettato di prendere servizio nell'anno scolastico 1945-46.

«Diciotto mesi di occupazione, ed ecco il risultato!» esordisce. Il plotoncino di insegnanti si aspetta un gran discorso, invece lui si limita a far strada. Giro completo, aula per aula, ripostiglio dopo ripostiglio, anche i bagni, anche l'interrato. Prima della grande pulizia, li vuole consapevoli dei muri imbrattati, degli angoli lordi, degli odori, dei banchi accatastati senza riguardo, le assi divelte, i poggiapiedi finiti in qualche stufa. «Qualcuno conosce un falegname di buona volontà?»

Gilla impallidisce. Lo stato pietoso in cui versa la palestra nel sotterraneo le toglie il fiato. Non riesce a staccare gli occhi dalle spalliere. Segni sul legno che sembrano urla. Corde? Catene? Passando accanto al quadro svedese, volta il viso dall'altra parte. Riprende fiato solo tornando al piano superiore.

«Tutto manca» predica intanto il direttore, «manca tutto!» La carta, l'inchiostro, i pallottolieri, i pennini, le righe, le squadre, i goniometri, i compassi, le scatole con i pesi, i modellini in legno del cubo, della sfera, della piramide. «Che se ne facevano i tedeschi dei nostri sillabari? I feriti – qui i nazisti ci hanno fatto l'ospedale militare, lo sapete, no? – che se ne facevano delle nostre cose i feriti, gli infermieri, gli ufficiali?» Le carte topografiche sono piene di segnacci. Le carte geografiche anche. Utilizzabili, due o tre. Per venti classi.

La processione avanza desolata, i maestri e le maestre chinando il capo alle lamentazioni del direttore. Gilla chiude la fila, lo sguardo che vaga sulle rovine. Cocci, vetreria sbreccata, una cinghia reggilibri, bende sporche, un temperamatite. Addossato a una rete metallica lacerata in due punti, qualcosa che luccica. Incuriosita, Gilla si accuccia e scopre che si tratta di un planetario meccanico, un ingegnoso prototipo del sistema solare di metallo e cartapesta, la manovella per il moto di rivoluzione, i pianeti dipinti a tempera, la base con i segni zodiacali disegnati a filo d'oro. Stringe gli occhi a fessura, mentre la tiritera del direttore si allontana. Che bellezza, pensa. Se solo non fosse tutto ammaccato, i braccetti storti, inutile. Alla svelta raggiunge la testa della colonna. «Posso prenderlo?» chiede.

Tornata nella soffitta di vico Luna sistema il planetario sul tavolo della cucina. Sfoglia il libro di scienze dell'istituto magistrale finché trova la doppia pagina dedicata all'universo. Mercurio e Marte sembrano a posto. Venere manca. I braccetti di Urano e Nettuno somigliano ad arti innaturalmente rovesciati. Di Plutone manca anche il supporto e Gilla si convince che il modellino sia stato costruito prima che il pianeta più piccolo del sistema solare venisse scoperto. Saturno c'è, ma ha perso gli anelli. Il braccetto di Giove è piegato in due punti, così che la traiettoria metallica del pianeta più grande ostacola quella degli altri. La Luna è rotolata chissà dove. La Terra è spaccata a metà.

Deviare per gioco l'orbita di Giove, pensa. Sfilare uno per uno gli anelli a Saturno. E intanto, nell'interrato, frantumare falangi, spezzare ossa, schiacciare capezzoli.

Tiene a bada i pensieri studiando il meccanismo, immaginandone la struttura interna. Adora immergersi negli ingranaggi. Ha imparato dal padre orologiaio. Stesse mani d'oro. Un sollievo, ma il passato è lì che aleggia.

Primo giorno di scuola

Settembre passa come può, le botteghe sempre sfornite, le tessere annonarie sempre in vigore. Le lezioni dovrebbero cominciare il primo ottobre, che sarebbe la norma, ma il Ministero posticipa l'avvio di due settimane. Il primo anno scolastico senza guerra fatica a mettersi in moto.

Gilla esce pochissimo, solo per comprare qualcosa da mangiare. Studia i nuovi programmi ministeriali per la scuola elementare dell'Italia liberata, prende appunti sul taccuino sbocconcellando un pezzo di pane o buttando giù mezza tazza di latte. Non apparecchia come quando divideva la soffitta con i genitori, non fa mai un vero pranzo o una vera cena. Trascorre il tempo perlopiù sola, le uniche voci a farle compagnia quelle nella sua testa, di chi ha perduto o è lontano, oppure le voci della radio, ma poche, perché Gilla sceglie soprattutto intrattenimenti musicali. Raramente incontra l'amica Rosa Maria, che dopo la guerra ha trovato un impiego come tessitrice in una fabbrica lontana e a casa non c'è quasi mai. Sono comunque incontri brevi, una mezz'ora di sfuggita, in cui parla perlopiù Rosa Maria, ma a Gilla sta bene così perché sente di non poter reggere lunghe, intime conversazioni. Non ha neppure voglia di prendere il treno, raggiungere Genova e passare la giornata con i suoi. Solo la sera, quando lavora al modellino del sistema solare, il cuore le si alleggerisce, ma presto una stanchezza invincibile la spinge a letto e la notte fa sogni angosciosi. Un sotterraneo pieno di bambini, poi di feriti, Michele che le viene incontro con una siringa in mano, e lei si sveglia. Macerie a mucchi, polvere, tanfo, voci stridule da sotto i cumuli, e lei si sveglia. Un bosco scuro come fosse notte anche se è giorno, lei che arranca in salita, sa di essere in ritardo, controlla l'orologio al polso, è un orologio da uomo, è fermo, è di Michele, suo padre le dice: "Buttalo, Gilla", e lei si sveglia e a quel punto stenta a riprendere sonno.

La mattina del primo giorno di scuola si alza che è ancora buio, intirizzita. L'autunno avanza senza pietà. Lei non pensa alla marezzatura rosseggiante delle viti, all'esplosione giallo-arancio dei cachi nei cortili, all'odore carnoso di terra smossa né a quello dolce e intenso di fumo e castagne arrosto. Cose del genere non le vede più, come se avesse perso la capacità di farlo. L'energia. È già una grande fatica combattere le immagini tormentose che le infestano la notte.

Si obbliga a reagire. Vestaglia, stufa, attizzare i ciocchi. Il bagno al piano. Intiepidire l'acqua. Lavarsi faccia, collo, orecchie e ascelle. Colazione col latte avanzato la sera prima, lo sguardo fisso al modellino del sistema solare che ingombra una buona metà del tavolo. Intorno rondelle, viti, colla, una matassina di fil di ferro. Un gran disordine, ma che importanza ha, se qui ci vive solo lei? Non deve rendere conto a nessuno. Ultimo sorso di latte. Non fermarsi, non indugiare. Sciacquare la tazza. Riempire di brace il serbatoio del ferro, sulla parte libera del tavolo stirare la camicetta, poi spazzolare il completo grigio, lucidare le scarpe. Preparare la borsa con quel che negli ultimi giorni ha raccattato in giro. Sette matite, un fascio di carta assorbente, una scatoletta di gessetti quasi completa, cinque quaderni del Patronato con la copertina nera e il filopagina rosso.

Raccattare: ha l'impressione di non aver fatto altro da quando, quasi tre anni prima, è arrivata al Borgo di Dentro, sfollata da Genova con i genitori. Riso, burro, formaggio, cartocci di caffè vero. Nascondeva quel poco cibo nel cestino della bicicletta, sotto una piletta di libri. Se i soldati della Wehrmacht decidevano di perquisire, pensavano facesse la borsa nera. Ridevano, requisivano e non guardavano tra le pagine. Non pensavano a messaggi cifrati. Stupidi! Da piangere, a lasciare andare tanto buon cibo, cibo utile ai ribelli nascosti sulle montagne intorno all'abitato. Ma anche da ridere, per quanto i soldati tedeschi erano stupidi. Certe volte le è bastato mostrare un ginocchio. Tanto erano idioti. Sbottonare un bottone, lasciare che la gonna si alzasse. Peccato però per riso e burro, non era facile trovarli. Mancava tutto.

Come adesso, pensa Gilla. Sbuffa. Sistema la borsa accanto alle scarpe. Aggiunge quattro fazzoletti e una mela. Chi non è mai stato in una classe di scuola elementare non immagina i miracoli che può fare una mela al momento giusto. Sente le campane. Abbottona la giacca e afferra la borsa. Sguardo al riflesso della vetrinetta. Capelli raccolti, faccia seria. Non si riconosce. Ovvio, pensa.

Arriva in anticipo. Raggiunge l'aula assegnata alla 5ª D, posa la borsa sulla pedana ai piedi della cattedra e appende il cappotto a un chiodo sulla parete retrostante, vuota a eccezione del crocifisso. Non una carta geografica, non l'immagine del Re.

Si guarda intorno. Anche le altre pareti sono nude. Dai finestroni, la prima luce inonda crepe non stuccate, incisioni a punta di coltello, macchie difficili da interpretare. Vino? O peggio? Chi ha dato una mano di vernice l'ha fatto senza troppa convinzione. O con mezzi insufficienti. Tocca i termosifoni, freddi. Controlla che la lavagna sia pulita, i gessetti in ordine, il cancellino a disposizione. È importante anticipare gli intoppi, minimizzare le sorprese.

Fa un giro tra i banchi. Dodici trabiccoli di legno lucido, il ripiano nero a ribalta. Difficile prendere posto, complicato muoversi, voltarsi indietro o di lato, uscirne. Banchi-gabbia, banchi-scialuppa su oceani in tempesta. Conta i posti a sedere e li raffronta con i ventitré nomi sul registro. Ogni banco è da due, avanza un posto. Qualcuno rimarrà solo in alto mare. Crescere, d'altronde, è bastare a se stessi. Al centro di ogni ripiano c'è un foro. Nel foro, un calamaio. Nel calamaio, inchiostro. Dappertutto. Bene, pensa la maestra Gilla. Prevedere ogni possibile inciampo. *Estote parati*, siate pronti.

Anche se non è vero, considera questo il suo primo giorno in cattedra. Insegnare non è spiegare, dettare, correggere, soffiare nasi, medicare ferite, dirigere cori, districare nodi, sgridare, punire. Insegnare è fare tutto questo tutti i giorni, pensa la maestra Gilla. Nella sua testa l'esperienza fatta a Genova nei primi anni di guerra non conta, perché, secondo lei, non era vera scuola. Lezioni improvvisate, orari approssimativi, più i giorni persi che quelli tra i banchi. Facce stravolte, occhi dilatati dai bombardamenti notturni, sonno da schiantare piccoli e grandi. E ragazzini, ragazzine che, da un giorno all'altro, sparivano e non se ne sapeva più niente. Altri che si presentavano, gracili e spaventati, a sostenere esami ridotti a formalità. *Idoneo. Ammessa. L'alunna dimostra...* anche se l'alunna, affamata e ignorantissima, dimostrava giusto di essere presente.

Invece adesso è scuola vera, pensa la maestra Gilla. Ventitré bambine che non conosce. Ritorna alla cattedra. I passi rimbombano nella stanza deserta. Tira fuori dalla borsa il taccuino, consulta gli appunti. Sei ripetenti. Tre vengono dalla città vecchia, pranzano alle Cucine Economiche, fanno merenda all'oratorio, colazione e cena non si sa. Quattro abitano nella città nuova. Per loro, la maestra Gilla pronostica quaderni perfetti, libri in ordine, grafie eleganti e fiocchi fermatrecce. Dodici arrivano dalla periferia, che è campagna. Tre sono orfane di madre, quattro di padre. Due sono malate di petto. Di altre quattro, il direttore non ha saputo darle informazioni. Se deve scommettere su chi rimarrà nel banco da sola, la maestra Gilla punta su una bambina di campagna.

La cattedra ha due cassetti. Apre il primo, vuoto. Ci sistema dentro i gessetti, i quaderni, la mela. I minuti corrono, il cuore accelera: il primo giorno è un grande spavento. Immagina le alunne schierate. Grembiule nero, colletto bianco, fiocco blu. Esercito sconosciuto e imprevedibile, e l'anno scolastico che sta per cominciare, il primo dalla fine della guerra, le viene incontro con la potenza di un treno in corsa. Primo trimestre, Natale, secondo trimestre, Pasqua, terzo trimestre, estate, esami, scritto, orale, licenza elementare. Le toglie il fiato l'enormità di ciò che deve essere fatto, fatto tutto, fatto bene. Italiano, aritmetica, storia, geografia, bella scrittura, canto, religione. Taglio, cucito, ricamo e rammendo. Corsa, attrezzi, corpo libero. Si massaggia le palpebre, poi controlla il secondo cassetto. C'è dentro una bacchetta di legno lunga due palmi, il manico consumato, la punta sottile e flessibile. Richiude. Indossa di nuovo il cappotto, afferra la borsa e si avvia all'ingresso ad accogliere le ventitré bambine assegnate alla 5ª D.

Primo giorno di scuola/2

La bambina ha dieci anni e il suo nome è parte non irrilevante del problema. La mattina del primo giorno di scuola indossa un soprabito grigio ferro, abbottonato a doppio petto, di due taglie troppo grande. La tasca destra è rigonfia e alonata di umido. Lei ne estrae un fazzoletto, si accuccia e dispiega i lembi.

«Guarda cosa ti ho portato» dice. Lo scantinato ovatta i rumori, come parlare in un cuscino. «Vieni a vedere, dài.»

Luce? Poca. Polverosa. Spiove da un finestrino protetto da un vetro integro, incredibilmente integro, e sporco.

«Non sei curioso?»

L'unico gattino sopravvissuto ha poco più di sei settimane. Fa capolino dietro una conca di zinco bucato. Si avvicina con la coda guizzante. Potrebbe tranquillamente infilarsi tutto nella tasca del soprabito, al posto del fazzoletto, o stare sul palmo della mano protesa, dove adesso troneggia un grumo di mollica che somiglia a una piccola spugna.

«È per te» dice la bambina. Stacca un pezzetto e glielo porge. Lui un nome non ce l'ha. La bambina non vuole sceglierne uno. Un nome è una grossa complicazione, secondo lei.

«Mangia, su, oggi ho fretta.» L'orlo del soprabito spazza il pavimento di terra battuta. Il gatto annusa e si ritrae.

«Cosa sono questi capricci?»

L'oscurità non la spaventa più come la prima volta, e neanche il puzzo di chiuso e muffa. Si è abituata. A molte cose, in effetti. Orazioni almeno tre volte al giorno, castighi, rumori notturni.

«DEVI mangiare» insiste.

Sente il palmo inumidirsi. Il fazzoletto è più bagnato di quanto credeva. Decide che, prima di sera, lo laverà di nascosto e lo stenderà tra il pancaccio e il materasso, così che l'indomani mattina sia asciutto e stirato e nessuna si accorga di nulla. Fa un sorrisetto. La parte avventurosa della storia non le dispiace.

«Mangiare o essere mangiato!» intima.

Il gatto la fissa, due sferette di luce nell'ombra.

Le ci è voluta non poca determinazione per procurarsi quel boccone gigantesco. Le tengono sempre gli occhi addosso. Così le sembra. Incredibile che ci sia riuscita. Ha fatto colazione come ogni mattina, sguardo alla scodella e in bocca un pezzetto della solita pagnottina bianca (privilegio tutto suo, le altre ormai non ci fanno più caso). Insomma, un pezzetto bello grosso. Masticare, masticare, masticare. Poi un secondo pezzetto. Continuare a masticare. Non inghiottire. Aspettare. Un altro pezzetto. Masticare, masticare. Un'eternità. Finché una delle piccole ha rovesciato un bicchiere, la suora ha strillato, tutte si sono voltate in direzione del chiasso e lei ne ha approfittato per sputare la mollica nel fazzoletto.

«*Carpe diem!* È latino. Vuol dire "cogli l'attimo".»

Certo che adesso ha fame. Alla fame è impossibile abituarsi. Stacca un morso dalla spugna di mollica e lo inghiotte. Quel che resta le sembra comunque sufficiente per un gatto così piccolo. «È meglio che ti decidi, però.»

Lui la ignora. Una cimice dalla livrea brunita ha appena urtato il catino di zinco. Fa un verso stridulo, il gatto la osserva incantato.

«*Puer*, bambino. *Puella*, bambina. Non ho dimenticato. Faccio gli esercizi a mente.»

La cimice atterra sul bordo metallico e si zittisce.

«*Amo, amas, amavi, amatum, amare.*»

La bambina appoggia il fazzoletto col grumo di mollica per terra, siede con la schiena all'ammattonato, le ginocchia al petto. La cimice riprende a piroettare.

«*Ave Maria Gratia Plena* la so tutta. Se vuoi te la dico.»

Il gatto perde di vista l'insetto. Si accomoda sulle zampe posteriori, richiama la coda, si lecca il petto. Tre, quattro lunghe lappate piene di fervore, poi si distrae e prende ad arrampicarsi sulla manica del soprabito, le unghie come uncini.

«Ahia!»

Sale sulla spalla, si aggrappa ai capelli stretti in un nido di trecce.

«Ma sei tremendo!»

Scende sull'altra spalla, sull'altro braccio e raggiunge un coccio con due dita d'acqua poco distante.

«Hai sete?»

Acqua senza *c*, pensa la bambina. *Aqua aquae*, sostantivo della prima declinazione. Appoggia la nuca al muro e chiude gli occhi. Ricapitola i ricordi nell'ordine in cui lo fa di solito, stanza per stanza. La prima: tappezzeria giallo uovo, tende color pesca, armadio di radica, maniglie d'ottone, comò a quattro cassetti, ripiano di marmo fiammato. Sul ripiano, orecchini di granati nella scatoletta di stoffa color crema, pettine d'osso, spazzola, violetta di Parma. Poi la seconda stanza, la sua. Copriletto con frange, finestra sul vicolo, scrivania, lampada col paralume bordeaux, *Pinocchio*, *Cuore*, *Le tigri di Mompracem*, la vecchia bambola senza un occhio. Poi la terza stanza: tovaglia a fiori, il festone ricamato a giorno, intarsi grandi quanto la punta del suo indice, fatti per infilarci il dito. Libri con i dorsi in tutte le sfumature del verde e del marrone. Disegni in rilievo. Servizio di porcellana, tazzine, piattini, zuccheriera, coperchio della zuccheriera col manico a forma di...?

Raddrizza il capo, riapre gli occhi. È indecisa. A forma di ghianda? O erano due ghiande accostate? Ma erano davvero ghiande? Non riesce più a visualizzare la zuccheriera. Le scappa un singulto. La parte triste della storia. Il gatto si volta a guardarla. Lei si allunga verso il coccio d'acqua e riempie la mano a conchetta. Lui beve schizzando tutt'attorno.

«Domani te ne porto di fresca» dice mentre l'acqua filtra attraverso le dita. Pensa che le cose, quando se ne vanno, quando decidono di abbandonarla nonostante lei faccia ogni sforzo per trattenerle nella mente, lo fanno allo stesso modo: goccia a goccia. Questa mattina il coperchio della zuccheriera di porcellana.

«Basta acqua, devi mangiare» dice afferrando un altro strappo di mollica. Il gatto dà un colpetto col muso. Con la mano libera, lei gli accarezza le orecchie di seta. «Così, da bravo.»

Lo scatto della piccola mandibola, lo schiocco della lingua sul palato. Poi le campane.

«Adesso devo andare.»

La bambina sistema il resto del cibo accanto al coccio d'acqua, infila il fazzoletto in tasca e si rialza.

«Non c'è niente di male se vado a scuola. Non è pericoloso. Non credo.»

(Lei, solo lei. Le altre rimangono nell'orfanotrofio.)

Supera un cumulo di masserizie ricoperto di polvere vecchia di qualche decennio, scarta una carriola senza ruota, scivola lungo la parete fino a raggiungere la scala che conduce alla porticina di assi, si volta a controllare. Il gattino sembra indeciso se mangiare o inseguire una piumetta di colombo.

«Domani torno. Io non ti lascio.»

Sguscia fuori, chiude con la chiave che porta al collo. Ammassa davanti all'ingresso la catasta di robaccia che serve a mimetizzarlo: prima un asse sistemato di traverso, a tappare il fondo smangiato dall'umidità, poi due pneumatici squarciati, un bidone arrugginito, la falda irta di spine di un rovo rampicante. Si punge.

La bambina non può saperlo, ma la campanella è già suonata da un pezzo mentre cammina per mano alla suora. «Guarda bene la strada. Lo vedi il tiglio? La vedi la piazza?» dice la donna. «Impara. Domani vieni da sola.» L'edificio scolastico è a due passi dall'orfanotrofio e lei, dice la donna, «è una signorinetta».

Si chiama Giuliana – suor Giuliana – ma il suo vero nome è Giacinta. La bambina l'ha scoperto ascoltando per caso una conversazione tra Giuliana/Giacinta e la madre superiora. Da allora si domanda cosa ci sia di sbagliato nel chiamarsi Giacinta. E se anche le altre suore sono state costrette a rinunciare al loro nome.

Suor Giuliana cammina a fatica perché è vecchia, anche se non tanto quanto pensa la bambina. Per lei, l'età avanzata, la magrezza penitenziale, la pelle di carta velina, il collo vizzo stretto dal soggolo hanno qualcosa di antico e confortevole come l'ombra di un albero millenario. Un'impressione di mitezza grazie alla quale, fin dal principio, suor Giuliana non le ha fatto paura come le altre. Suor Lucia e i pizzicotti sulle braccia. Suor Francesca che puzza di aglio e urla. Suor Caterina che piange di niente e, più di tutte, madre Ferrari, la superiora, coi suoi micidiali silenzi. La cartella intanto sbatte contro le scapole ossute. La bambina pensa che deve stringere le cinghie. La cartella è un altro suo privilegio, come andare a scuola.

«Dal lunedì al sabato» dice suor Giuliana. Privilegio, quest'ultimo, che non le è proprio chiarissimo, visto che la bambina non ha idea di come è fatta una vera scuola, come è fatta dentro cioè, o di come funziona, e allora immagina. Esercizi in cortile con il cerchio e le clavette. Cori. *Maramao perché sei morto*, *Il pinguino innamorato*, *Giovinezza*. Cose che le hanno raccontato.

La scalinata giusta è quella di destra, con la scritta "Sezione Femminile" e, in cima, il portone spalancato. La bocca della balena di Pinocchio. Il corridoio – la pancia gorgogliante del mostro marino – le appare lunghissimo, altissimo, sorprendente: il pavimento a esagoni colorati, la teoria di porte chiuse, il cipiglio delle sovrapporte, i suoni che, a ogni passo, si mescolano indecifrabili. Grida, sussurri, risate, lamenti, colpi secchi. Vorrebbe accostarsi al muro, scomparire tra le giacche appese agli appendiabiti, invece suor Giuliana zoppica al centro e punta dritta il lugubre stanzino del direttore. Che è un prete, e questo la bambina proprio non se lo aspetta.

Mentre i grandi si appartano a parlare, lei osserva le pareti nude, sul muro i segni di armadi, librerie, quadri scomparsi chissà dove. Alle spalle del grande tavolo scuro ci sono un crocifisso nero e una mensola che sembra nuova, il legno levigato e, sopra, diversi uccelletti impagliati, ciascuno con la sua etichetta e il nome scientifico. Prima che tornino a occuparsi di lei, riesce a memorizzarne tre: *Falco tinninculus, Colveus monedula, Sylvia atricapilla.*

«Ti piacciono?» domanda all'improvviso il direttore. Voce acuta, quasi un trillo. «Sono la mia passione. Tu ce l'hai una passione?» La bambina non risponde. Non sa se gli uccelletti le piacciono o le fanno ribrezzo. «Accomodati» prosegue lui avvicinando una sedia al tavolo. Poi scrive qualcosa su un foglio a quadretti e glielo passa insieme al pennino.

La bambina si irrigidisce. L'uomo la mette a disagio. Le dita cominciano a sudare. S'ingobbisce ficcando gli occhi sul foglio. Un'addizione con la virgola e una moltiplicazione a due cifre. Le risolve alla svelta, vuole togliersi il pensiero, uscire da quella inattesa, fastidiosa strettoia che la mattinata sembra averle riservato.

«Adesso Geometria. Scrivi: *Problema*. Punto. A capo. *Si calcoli.*»

Ha l'impressione che lo sguardo grifagno del direttore le

incendi le dita. Pulisce il pennino con la carta assorbente, lo posa sul ripiano, asciuga le mani sulla falda del soprabito e poi ricomincia a scrivere.

«Dicevo: *si calcoli l'area di un campo quadrato il cui lato misura 42 metri*. Avanti, risolvi.»

Lei prende un bel respiro, conta i quadretti sul foglio, si morde il labbro inferiore e disegna un quadrato preciso. Aggiunge la dicitura *42 m.* accanto a uno dei lati, va a capo, al centro della riga scrive *Procedimento*, va a capo, svolge l'operazione 42x42, va ancora a capo, scrive *Risultato* e, sotto, *1764 metri quadrati*.

Suor Giuliana guarda il direttore come dire: "Che le avevo detto?".

Anche nel dettato di sedici parole, due virgole e un punto interrogativo la bambina non fa errori. La grafia è ordinata, gradevole.

Il direttore guarda la suora, poi la bambina. Scrive due righe su un foglietto, lo ripiega e glielo consegna. «Questo lo dai alla maestra Gilla» dice. Suor Giuliana la incoraggia con gli occhi. Il direttore fa chiamare una bidella che l'accompagni in classe.

In mano, il biglietto del direttore ha qualcosa di vivo e sgradevole, come stringere un insetto per le ali. La bambina vorrebbe sapere cosa c'è scritto prima di consegnare il foglio alla maestra Gilla, ma non osa guardare. Così lo tiene un po' discosto, procedendo dietro la bidella.

«Sbrigati!» sbotta la donna attaccando la prima rampa di scale. È spigolosa nella figura, nel passo, nel tono. Si chiama Antonia.

«Non ho tempo per voialtre ritardatarie!» E anche: «Arrivare in ritardo il primo giorno!».

Il corridoio è la copia di quello al piano terra, pavimento a piastrelloni esagonali, finestre alte che danno sulla grande piazza che la bambina ha attraversato per mano a suor

Giuliana, stessa teoria di porte e sovrapporte, stessi rumori indecifrabili. La bidella Antonia avanza con ardore pugnace, a passetti isterici, nel clangore battagliero del mazzo di chiavi che porta alla cinta.

«3ª A. 3ª B. 3ª C. 3ª D. Impara! Qui non vogliamo gente che si perde!» dice senza voltarsi a guardarla. Alla fine del corridoio svolta secca a destra, le chiavi cozzano perentorie ed è come se lei ordinasse *fianco-destr-destr!*

Altre porte.

«4ª A! 4ª B!»

I finestroni adesso danno sulla strada e la bambina vede la sagoma dell'orfanotrofio.

«4ª C! 4ª D! Attenta! Qui ci sono le quinte!»

Vede i lunghi rami neri del cedro, stesi come braccia.

«5ª A! 5ª B!»

Vede l'ingresso del cortile. Da qualche parte, al buio, immagina il gattino.

«5ª C!»

La tristezza è una ragnatela che prima la accarezza e poi la intrappola. Intanto la bidella Antonia ha raggiunto la porta chiusa della 5ª D. «Vieni qui!» urla bisbigliando.

La bambina l'affianca a testa bassa. La donna indica l'appendiabiti. «Svelta! Non ho mica tutta la mattina!» Mentre la bambina si libera del soprabito, e il fiocco blu penzola come un fiore sgualcito, la donna bussa, non attende risposta, apre, la spinge dentro e richiude la porta in un tonfo.

Ventitré paia d'occhi addosso. Il momento peggiore. Il biglietto del direttore prende a tremarle tra le dita.

Ventitré paia d'occhi più quelli della maestra Gilla, che ritira il foglio e legge in silenzio. Un muscoletto le guizza sulla guancia destra, lo vedono tutti. Tutte. Quarantasei occhi femminili.

«Siediti là» dice la maestra indicando l'unico posto vuoto. Banco in prima fila, la seduta libera è accanto alla finestra, l'altro posto è già occupato. La compagna si alza per lasciarla entrare. Lei posa in terra la cartella, si infila, poi si accorge che ha sbagliato, per la cartella esiste un supporto, quindi esce di nuovo dal banco, sistema la cartella, rientra nel banco, con la coda dell'occhio si accorge che la compagna ha di fronte due quaderni e in mano il pennino. Esce di nuovo dal banco per tirare fuori dalla cartella le cose che le servono. Mormorii. Risatine. La bambina avvampa. Questo diventa, di colpo, il momento peggiore.

«Silenzio!» dice la maestra Gilla. Finge di non accorgersi di tutto quell'armeggiare e prosegue con la spiegazione alla lavagna. Frazioni.

La bambina apre il quaderno a quadretti alla prima pagina. Scrive esattamente quello che la maestra detta, anche se sarebbe inutile, visto che le frazioni le conosce già. E sa anche trasformare 3/4 in numero decimale. Fa 0,75. E sa anche che 4/5 equivale a 8/10 che equivale a 0,8. Dopo le frazioni, quaderno a righe. Dettato. Dopo il dettato, un tema dal titolo: *Il mio benvenuto all'autunno*.

«Avete un'ora di tempo» dice la maestra.

La bambina comincia a rilassarsi. Il tema non le dispiace. Riempie quattro pagine fitte. Non fa macchie. Scrive che d'autunno le foglie cambiano colore e diventano *giallo oro* e alcune anche *rosso rubino*. Che le castagne hanno un sapore dolcissimo *come il miele*. Conosce a memoria un componimento del famoso poeta Giosuè Carducci, le sembra adeguato e decide di usarlo. Scrive che "la nebbia sale agli irti colli piovigginando e per le strade si sente il ribollir dei tini e l'aspro odor dei vini".

La maestra intanto gira tra i banchi. Dà indicazioni, distribuisce matite e quaderni del Patronato. Da lei non si ferma.

In fondo al tema, la bambina scrive "Fine", poi guarda fuori dalla finestra. Capisce che forma ha l'edificio scolastico. Ci sono un corpo centrale (il corridoio più lungo che ha percorso al piano terra con suor Giuliana e al primo piano con la bidella Antonia) e due bracci disposti a ferro di cavallo. Al fondo di uno di questi bracci c'è la 5ª D e il suo banco. Contare le finestre dal lato opposto è come guardare in uno specchio. In basso, la spianata del cortile con due scalinate gemelle che fanno pensare a corse sui gradini e giochi con la palla.

Alla campanella dell'intervallo scopre che, volendo, ci si può alzare, mettersi in coppia e battere le mani cantando "Mi chiamo Lola / e son spagnola / per imparare l'italiano vado a scuola", oppure mettersi in cerchio e cantare "Giro giro tondo", oppure andare in bagno o anche solo restare al posto e guardare cosa fanno le altre. Vede la maestra Gilla chiamare una compagna alla cattedra e offrirle una mela. Vede la sua compagna di banco sollevare la ribalta, tirare fuori un cartoccio e un fagotto, e nel fagotto c'è mezza patata lessa. Non ha il coraggio di guardare se nella cartella suor Giuliana ha messo qualcosa da mangiare.

Divorata la patata fredda con tutta la buccia, la compagna infila la mano nel cartoccio e si ficca in bocca una manciata di semi di zucca. Non gliene offre. È molto brutta. Ha i denti storti, gli occhi bassi, le spalle incassate. Fa errori di ortografia, di frazioni non capisce un'acca. Non ha un'espressione intelligente e puzza un po' di cipolla, ma non più delle ragazze con cui la bambina divide la camerata di notte. Anche lei crede di puzzare di cipolla.

Durante il resto della mattinata non si canta in coro e non si va in cortile a fare esercizi con il cerchio e le clavette. Si fa invece un disegno a tema libero ma ispirato ancora all'autunno. Lei disegna tre castagne con i ricci. Uno aperto, uno chiuso e uno mezzo e mezzo. La sua compagna, una stufa. Poi quattro esercizi di geometria, e infine si recita l'*Angelo di Dio*. Lo conosce. La compagna declama con voce squillante, lei muove le labbra a tempo.

Prima di congedarle, la maestra chiede a tutte di scrivere «in bella grafia» nome e cognome sul frontespizio del quaderno a quadretti. Una alla volta dovranno portare il quaderno alla cattedra. Nel pomeriggio, dice, correggerà gli esercizi fatti in classe.

La sua compagna di banco scrive: "Piombo Maria Luisa". Lei non scrive nulla. Quando arriva il suo turno, si sfila dal banco e posa il quaderno in cima alla piletta.

«Il nome?» dice la maestra.

La bambina scuote la testa.

Di nuovo risatine.

«Silenzio!» La maestra sfoglia il quaderno e vede che tutti gli esercizi sono stati svolti. Le si rivolge con dolcezza: «Devi scrivere il tuo nome sulla copertina, altrimenti come faccio a sapere che questo quaderno è tuo?». Sorride.

La bambina invece ha un'espressione tesa, iridi scure, ombre sotto gli occhi. La maestra Gilla ha l'impressione di trovarsi faccia a faccia con un animale selvatico.

«Per questa volta, passi, perché è il primo giorno. Ma nella mia classe non faccio preferenze. E sappi che detesto i privilegi.» Poi tira fuori dalla tasca il biglietto del direttore, lo rilegge, lo rimette via, intinge il pennino e scrive sul frontespizio del quaderno:

Francesca Pellegrini

Gli occhi della bambina hanno un bagliore.

Privilegi

I privilegi di cui gode la bambina sono numerosi.

Una pagnottina di farina bianca a colazione, pranzo e cena.

La domenica un dolce della pasticceria. Di solito sceglie una treccia con le uvette oppure una pasta di zucchero, chiara d'uovo e farina di mandorle, con la ciliegia candita.

Carne di pollo o di coniglio due volte la settimana.

Sciroppo per la tosse (solo d'inverno).

Scarpe di cuoio della sua misura (un paio).

Andare a scuola.

La cartella con i libri, i quaderni, due pennini, la carta assorbente. La scorta di inchiostro. Il compasso dentro un astuccio imbottito di seta viola.

Gironzolare liberamente in quasi tutto l'orfanotrofio e in cortile. Le sono vietate solo le stanze private delle suore e la dispensa.

Esonero da funerali, processioni, feste e celebrazioni, quando le altre presenziano in divisa, in file da sei e in ordine di statura.

Usare i suoi vestiti invece del camicione grigio. Peccato che alcuni non le vadano più bene. Per questo indossa un soprabito di due taglie troppo grande.

Non tutti i privilegi le sono stati assegnati da subito. All'inizio è stata dura.

Primo giorno di scuola/3

Durante la mattinata, Gilla non perde di vista l'ultima arrivata. Nota che sta attenta, ascolta, scrive, si applica agli esercizi assegnati. Che nell'intervallo non mangia nulla, né rivolge parola a chicchessia. Che alla fine delle lezioni rimette le sue cose nella cartella, poi, al comando, esce con calma in corridoio, abbottona il soprabito, prende per mano la compagna di banco, aspetta in silenzio e in fila per due.

Gilla affianca il serpentone, facendo in modo di trovarsi poco dietro di lei. Al suono della campanella un fremito attraversa il gruppo. La vede avviarsi senza spingere o fare dispetti, scendere le scale senza correre, e lasciare la mano della compagna solo oltrepassando il portone della sezione femminile. Vede che le due si salutano con un cenno del capo.

Rimane sulla soglia, mentre intorno bambine e colleghe sciamano verso casa. La individua nella confusione della piazza, la cartella che sbatte sulle scapole, il nido di trecce stretto sulla nuca. Una vecchia suora le sussurra qualcosa all'orecchio. Ecco il momento, pensa Gilla. Stringe gli occhi, vede la bambina annuire, il nido di trecce che fa su e giù.

«Possibile?!» esclama tra sé. Per la seconda volta, tira fuori dalla tasca il biglietto del direttore.

Francesca Pellegrini, 10 anni.
Da gennaio ospite orfanotrofio Sant'Anna.
Molto bene ortografia, calligrafia, aritmetica, geometria.
Non parla.

Che significa "non parla"? Gilla solleva lo sguardo, suora e bambina sono scomparse.

1938-1939

A Genova, 14 maggio 1938

Gilla ha quattordici anni. Emozionata com'è all'idea della giornata che la aspetta, si sveglia con l'argento vivo addosso. Fa tutto di furia, toeletta e colazione, e si ritrova pronta a uscire in grande anticipo. Allora, vestita e calzata, si chiude in camera per rimirarsi davanti alla specchiera.

Controlla che il nodo della cravatta nera sia ben fatto (che bel contrasto col bianco fiammante della camicia di piquet!). Sistema la cuffietta di seta, nera anch'essa, che cada floscia sui capelli avvoltolati in morbidi boccoli castani. Sorride soddisfatta. In divisa si piace molto. Spinge avanti i labbruzzi a disegnare un bacio muto. Poi scende a osservare i seni. Incurvano la stoffa e la figura in un modo che le pare grazioso. Controlla le ginocchia, come spuntano tra l'orlo della gonna a pieghe e quello dei calzettoni bianchi. Drittissime! Si alza sulla punta delle scarpette col cinturino e si volta di tre quarti per valutare l'effetto da dietro.

«Gilla, sbrigati che è ora!» La voce della madre oltre la porta.

La ragazza esce di gran carriera, diretta a scuola ma senza portarsi appresso libri e quaderni, perché oggi non c'è lezione e si andrà direttamente all'adunata. Nei giorni precedenti, in cortile hanno provato e riprovato le canzoni, il passo, il saluto a braccio teso, saette candide rivolte al cielo, sincrone, a centinaia. Cielo che oggi ha un lucore micaceo, abbacinante.

Il capo del Governo, Sua Eccellenza Cavalier Benito Mussolini, torna in città dodici anni dopo la sua prima visita, ma non è a questo che pensa Gilla mentre con le compagne scende lungo via XX settembre pavesata di lunghi vessilli a coda di rondine, con le scritte "Duce" e "A noi", tra le allegre sirene di benvenuto dal porto e una tromba che trilla gioiosa. L'estate è cominciata, pensa Gilla. La gonna a pieghe. Le trecce di una compagna, così *carine*. Il calpestio giocondo sulla graniglia antica. I passi come di danza. Ride, scherza con le altre, troppo distanti i professori per preoccuparsi. Continua a ridere e scherzare in piazza della Vittoria, nel settore assegnato loro dalla municipalità. Piazza nuova, moderna, sfolgorante. Marmi, aiuole eleganti dove prima era prataccio. Ride al corteo di statue montate per l'occasione, allo sventolio di bandiere al vento. Ride perché ha quattordici anni. Ride, ma di stupore, al cospetto dell'imponente palco a forma di prua rivolta al mare. Metri e metri di finto scafo pronto a salpare, sotto cui la folla-mare va ingrossando in un ondeggiare armonico, elettrizzante. E la musica a un certo punto copre tutto, anche le sirene, anche la salva esultante dell'artiglieria, anche le risate. Centinaia di flauti, ottavini, clarinetti, oboi, fagotti, trombe, tromboni, flicorni, tutte le bande cittadine. Poi silenzio. Incredibile silenzio. Sul palco-prua parla un uomo in divisa. Voce metallica degli altoparlanti. Boato. *Du-ce du-ce du-ce*. E a quel punto, nel pieno dell'emozione, dal parapetto della prua si affaccia Benito Mussolini. In divisa anche lui, i guanti calzati, le medaglie sul petto. Ancora acclamazioni. Gilla si sente cullare dal calore dei corpi vicini, trasportare, sollevare. Urla quando gli altri urlano, sospira quando gli altri sospirano. Si sforza però anche di stare attenta. Sa che, l'indomani, toccherà loro il tema. Ma le parole di Benito Mussolini si perdono nell'aria. *Francia. Inglesi. Impero*. Su, su, come uccelli nella corrente. *Sanzioni. Asse. Flotta. Cantieri. Pace per tutti.* Lontane, sempre più lontane, in un frullare d'ali. *Pace armata.*

È un grande sforzo tenere il filo, e Gilla si distrae. Risponde al pizzicotto di una compagna, ridacchia con un'altra guardando di sguincio un avanguardista diciottenne che non le stacca gli occhi di dosso. Si diverte al punto che il lungo discorso, del quale ha capito poco o nulla, le pare duri un attimo, e in un attimo l'adunata si scioglie, in un attimo la festa è finita ed è ora di tornare a casa.

REGIO DECRETO LEGGE 5 settembre 1938 XVI, n. 1390
Provvedimenti per la difesa della razza nella scuola fascista

Art. 1

All'ufficio di insegnante nelle scuole statali o parastatali di qualsiasi ordine e grado (...) non potranno essere ammesse persone di razza ebraica (...)

Art. 2

Alle scuole di qualsiasi ordine e grado (...) non potranno essere iscritti alunni di razza ebraica.

Art. 3

A datare dal 16 ottobre 1938 tutti gli insegnanti di razza ebraica che appartengano ai ruoli per le scuole di cui al precedente art. 1 saranno sospesi dal servizio (...)

Addì 5 settembre 1938 - Anno XVI

VITTORIO EMANUELE
MUSSOLINI - BOTTAI - DI REVEL

Abram Sacerdoti

Il professor Abram Sacerdoti, trentatré anni, è registrato all'anagrafe di Casale Monferrato come figlio di Giosuè e Livia Zargani, entrambi di "razza ebraica". Per la legge italiana risulta quindi egli stesso ebreo.

Qualunque cosa significhi, pensa la mattina di lunedì 19 settembre 1938, poi inghiotte l'ultimo sorso di caffè d'orzo, si alza dal tavolo della cucina e si sposta in salotto.

Rivolta a oriente, a quest'ora la stanza è in piena luce. Abram Sacerdoti scosta le tende e apre la finestra. Due piani più sotto, scalpiccio sul selciato, vociare di venditori, sferragliare di carretti. Respira. In bocca ha il sapore dolciastro del pane quasi bianco e della marmellata di ciliegie. Respira ancora a pieni polmoni. Si passa le mani sul petto. La camicia profuma di sapone e tira sul ventre. Novità che non lo turba, anzi. I Sacerdoti sono tutti corpulenti e il rotolo che sporge dalla cintura è lì per dire al mondo: "Maschio!", "Adulto!", "Capofamiglia!".

Sorride. Che la famiglia sia incidentalmente di "razza ebraica" gli pare del tutto irrilevante di fronte all'enormità, alla sbalorditiva condizione di marito e padre. A cinque anni dal giorno delle nozze (il baldacchino ricamato; i decori a forma di melograno; l'anello ch'era stato della madre Livia al dito indice della sposa; il clangore festoso del calice in frantumi sotto il tacco); a tre anni dallo *Zeved habat* della figlia Ester (*bambolina, topolina, fagiolino, porcellina, streghetta. Possa tu crescere in buona salute, pace e tranquillità*), il professor Abram Sacerdoti ancora non crede che una tale fortuna sia capitata proprio a lui. Lui che, giorno dopo giorno, anno dopo anno, s'era convinto d'essere chiamato a un'esistenza solitaria e contemplativa. Teoremi, derivate, integrali, logaritmi e studi di funzione. «La vita...» dice tra sé, senza concludere il ragionamento, ma ficcandoci dentro la pienezza degli ultimi anni (*un cuscino di piume, una coppa di panna montata*), e certo anche il tumulto delle ultime settimane e la legge n° 1390. Fa ancora un respiro, poi chiude la finestra e si dirige al tavolo.

Riguardo alla faccenda della "razza ebraica", non può dirsi *veramente* preoccupato, no. Titolare della cattedra di Matematica al liceo cittadino, tanto indifferente in materia di religione quanto devoto al metodo scientifico, è invece *veramente* infastidito dalla gigantesca perdita di tempo che la nuova legge gli sta causando.

Qualche giorno prima, all'approssimarsi dell'inizio delle lezioni, ha cominciato a radunare i documenti che ritiene utile esibire al preside. Operazione che gli ha travolto pomeriggi interi, impiegati a scartabellare raccoglitori, esplorare armadi, svuotare cassetti. Momenti in cui ha avuto l'impressione di sperimentare in casa propria, al secondo piano del civico 21 di via Balbo, la fondatezza del principio di indeterminazione di Heisenberg, dal momento che risultava impossibile mettere le mani su quanto era certo, certissimo di avere visto almeno una volta nella vita. «Ritaaa!» urlava allora.

Rita – Margherita, nata Segre, coniugata Sacerdoti, ventinove anni, figlia di Emilio e Sara Levi, e dunque, secondo la legge, ebrea anche lei – alzava gli occhi al cielo.

«Rita, non si trova ti dico. È inutile cercare ancora. Ci rinuncio!»

Margherita lasciava allora quello che stava facendo e raggiungeva il marito nello studio. «E dove vuoi che sia» diceva. «Al suo posto!»

Il fatto è che gli interessi del professor Abram Sacerdoti sono molteplici, gli alunni numerosi e i compiti da correggere hanno la propensione ad accumularsi, mescolarsi, perdersi in mezzo ai libri di fisica classica, alle dispense di meccanica quantistica, agli studi sull'elettromagnetismo, agli articoli sui nuovissimi sviluppi della geometria, grande amore del professor Sacerdoti, alle vecchie dispense universitarie, generando un disordine che la moglie, di formazione classica, chiama "caos", e lui "entropia".

Il risultato di tanto affannarsi è adesso al sicuro sul tavolo del salotto. Sedici documenti che provano – «inconfutabilmente, Rita» – che sospendere il professor Abram Sacerdoti dal servizio è una vera scempiaggine. Sistemati dentro una cartella di cuoio marocchino, regalo dei genitori per la laurea. Una magnifica cartella con un fermaglio di metallo dorato a testa di leone e una chiavetta che, fino a questo momento, il professor Abram Sacerdoti non ha mai pensato di usare. Dove sarà finita?, si domanda in silenzio. Poi: «Ritaaaa!».

Invece della moglie, a precipitarsi in salotto è la figlia Ester. Piedi scalzi, grembiulino giallo e, sopra, un bavaglino macchiato di rosso. «Itaaa! Itaaaa! Itaaaa!» ripete.

«Fila via, sporcacciona!» risponde lui. «Streghetta! Porcellina! Non azzardarti, sai!» aggiunge appoggiando la mano sulla cartella e facendo la faccia cattiva.

La bambina ride con la bocca piena di dentini, saliva e marmellata di ciliegie, le labbra rosse come le dita. «Steghetta pocaccionaaaaa!» esclama facendo gli occhi grandi e scuotendo i palmi in direzione del tavolo.

Abram Sacerdoti la agguanta sotto le ascelle e la solleva in aria. «Vola vola vola!» La bambina lancia urletti di felicità, si porta le mani alle guance, poi impiastra la barba di lui.

«Sei peggio della bambina!» irrompe Margherita porgendogli un fazzoletto. «Vorrai mica presentarti così!»

Abram Sacerdoti appoggia la figlia per terra e si pulisce il mento. La bambina si lecca le labbra e la punta delle dita.

«La chiave della cartella è sparita» fa lui, serio.

La bambina guarda l'uno, poi l'altra.

Margherita la prende in braccio, raggiunge il cassettone nell'ingresso, con la mano libera apre la ribalta, rovista dentro una scatola e torna con una chiavetta dall'impugnatura a forma di trifoglio.

«Vorrei proprio sapere come diavolo ha fatto a finire lì» dice lui afferrandola e infilandola nella serratura.

Margherita alza gli occhi al cielo. Lei invece un po' è preoccupata. Il censimento a fine agosto, quell'orribile rivista, "La difesa della razza". Due giorni prima "Il Monferrato" ha pubblicato il nome di suo marito tra gli "Insegnanti israeliti esonerati dal servizio".

«Suo posto! Suo posto!!!» strilla intanto Ester, tutta gioia.

Documenti nella cartella di cuoio marocchino

Diploma di licenza liceale di Abram Sacerdoti, con menzione d'onore, datato 13 luglio 1923.

Diploma di Laurea in Matematica (Università di Torino, Anno accademico 1926-27, Facoltà di Scienze, votazione 110/110 magna cum laude).

Estratto dalla tesi di laurea in Geometria differenziale degli iperspazi.

Lettera di encomio del relatore, chiarissimo professor Alessandro Terracini, datata 27 giugno 1927.

Foglio di congedo illimitato come ufficiale di complemento del Regio Esercito con menzione di "buona condotta" e servizio prestato con "fedeltà" e "onore", datato 16 ottobre 1929.

Lettere di ringraziamento al professor Abram Sacerdoti degli studenti Alfieri Niccolò (classe 1912), Re Carlo e Barbero Giovanni (classe 1914), Gribaudo Lorenzo (classe 1918), Ferraro Attilio (classe 1919). Tutti diplomati con il massimo dei voti.

Tre lettere di encomio del preside medesimo.

Certificato di matrimonio (12 aprile 1933).

Certificato di nascita di Ester Sacerdoti (7 giugno 1935).

Tessera d'iscrizione al Partito Nazionale Fascista.

Giosuè Sacerdoti

Con quell'unico, stretto affaccio sulla strada principale e la vernice scrostata dell'intelaiatura, la bottega di tessuti di Giosuè Sacerdoti è decisamente triste.

Dentro, un velo di cataratta nasconde al proprietario la polvere sugli scaffali, dai ripiani bassi fino al soffitto a botte più adatto a una cantina che a un atelier di moda.

Fuori, la vecchia, sbiadita insegna dipinta sul vetro in eleganti caratteri gialli e neri, di stile floreale:

STOFFE DAL MONDO

esibisce una sgraziata aggiunta a mano libera:

TESSUTI AUTARCHICI

La vetrina, poi, è la stessa da anni. Tre pezze di lucido rayon e qualche scampolo di lino, canapa e patriottico Lanital. E cacchette di mosca invisibili al proprietario. Nient'altro.

All'interno della bottega, in realtà, è possibile trovare anche tagli di lana vera e una piccola scorta di cotone indiano d'importazione britannica. Tessuti ideali per *tallit* di buona qualità, scialli da preghiera che durino nel tempo, racconta il proprietario a chi voglia ascoltarlo. Ma quelli che possono permettersi acquisti di lusso si rivolgono altrove. Al grande emporio poco distante, per esempio. Fornitissimo, quattro vetrine sulla via principale e due nel vicolo. Manichini maschili e femminili riccamente abbigliati, pezze in scala cromatica, azzurro, celeste, indaco, turchino, blu reale, blu marino, blu oltremare, blu notte. Calze da uomo in filo di Scozia e calze di seta per la donna di classe.

La clientela di Giosuè Sacerdoti, invece, è quella che è: vecchiette che si confezionano ruvide camicie da notte e sottovesti che nessuno deve vedere. Massaie con troppi figli. Ma il proprietario non se ne fa un cruccio. Pur di accontentare la cliente, certe volte consiglia lui stesso la concorrenza. «Sempre dritto, tre minuti a piedi, non potete sbagliare.» Sistemati entrambi i figli, Raffaele avvocato e Abram professore, considera l'incasso giornaliero più che sufficiente per tirare avanti lui solo.

Come d'abitudine, lunedì 19 settembre 1938, subito dopo colazione, Giosuè Sacerdoti lascia le due stanze che occupa al primo piano del civico 21 di via Balbo e si avvia verso la bottega.

Appena sveglio, i passi concitati della nipote Ester al piano di sopra avevano diradato le cupezze notturne. Da tempo ha sonni brevi e faticosi, malinconie e rimpianti lo tengono sveglio.

La giornata si annuncia tiepida. Il cielo tra le cimase è *blu fiordaliso*. Casa-bottega sono dieci minuti di passeggiata piacevole, perlopiù sotto i portici della via principale. Una volta erano cinque minuti, pensa appoggiandosi alla canna con l'impugnatura d'avorio intagliato a muso di scimmia. Regalo del primogenito Raffaele dopo uno scivolone sul selciato fradicio la primavera precedente. Un prodigio di artigianato. Raffaele – l'avvocato Raffaele Sacerdoti – che non bada a spese. Nell'altra mano, Giosuè Sacerdoti regge invece il canestro col pranzo che la nuora Rita prepara per lui ogni mattina.

Appena arrivato alla bottega, apre con una grossa chiave, aggancia il bastone accanto alla porta e posa il canestro. Poi libera la vetrina dagli scuri di legno e li impila nel retro. Raggiunge la cassa, armeggia sotto il banco, fa scattare il meccanismo a molla che controlla l'apertura di un vano segreto. Una rudimentale cassetta di sicurezza, relitto di altri tempi, migliori, quando le clienti si accalcavano curiose di esplorare il ricco assortimento di bottoni d'osso e madreperla e valutare al tatto la passamaneria più raffinata, persino parigina. Tempi in cui, dietro il banco, Giosuè Sacerdoti non era solo.

La moglie Livia gli manca moltissimo. "Da quando se n'è andata, non sono più io" direbbe se si sentisse di confidare le sue pene a qualcuno.

Dal vano segreto estrae un sacchetto di damasco verde pieno di spiccioli. È stata lei a confezionarlo, anni prima, quando affiancava il marito in bottega mentre i figli erano a scuola. E non solo aveva avviato il proficuo commercio di bottoni e passamaneria. Era stata un'idea di Livia anche posizionare il grande espositore dei rocchetti di filo colorato in un angolo della vetrina. «Non è un bel vedere? Non invoglia a entrare?» diceva. E gomitoli di lana d'angora in grosse scatole di cartone dipinto: anche quella era stata una sua idea. Alamari, spillette, nastri. Cordoncini di seta ritorta come quello dorato che chiude il sacchetto degli spiccioli. Giosuè lo soppesa, poi scioglie il nodo e lo rovescia di botto nella cassa. Le monetine inondano gli scomparti interni tintinnando. *Non è un bel suono, Giosuè? Non mette allegria?*

La mattinata si srotola lenta. Il metro al collo e le forbici accanto, prima che sia mezzogiorno vende tre braccia di orbace per una divisa da avanguardista e due di viscosa da corredo. All'ora di pranzo dà un giro di chiave alla porta di ingresso e si ritira nel retro, dove ha sistemato un piccolo tavolo, una sedia e una brandina. Mangia poco («non sono più io, Livia»): una pagnotta, un uovo sodo di tre che ha preparato Rita, una piccola pesca che Ester ha voluto aggiungere all'ultimo momento e un bicchiere di rosso. Fascia le uova rimanenti nella carta e le rimette nel cesto. Le mangerà a cena, pensa. Prova a fare un pisolino. Non ci riesce e allora torna al banco, rimette il metro al collo, controlla che ci siano le forbici. È così concentrato sulle cose essenziali, e così abituato all'odore della bottega, che non immagina sia opportuno arieggiare. Ma anche il sentore di polvere, sudore, cibo e vecchiaia tiene lontane le clienti. Il pomeriggio è comunque discretamente fruttuoso: quattro metri di lino a una ricamatrice.

Poco prima del tramonto, quando la bottega piomba in un'invincibile penombra, Giosuè Sacerdoti accende la lampada a carburo, esce in strada, sistema di nuovo gli scuri di legno davanti alla vetrina. Poi infila le poche banconote nel portafogli, gli spiccioli nel sacchetto di damasco verde e il sacchetto nel vano segreto.

Controlla che tutto sia a posto, il metro arrotolato nel cassetto, le forbici nella custodia, la custodia appesa al chiodo. Tergiversa. Livia gli manca soprattutto a quest'ora, al momento di tornare a casa. Chiude controvoglia. Per strada si ferma davanti alle vetrine sotto i portici. La pasticceria, lui che non è goloso. La calzoleria. Valuta se fermarsi a bere un bicchiere all'osteria, ma tira dritto perché lei lo troverebbe sconveniente. La vetrina della farmacia con i vasi in ordine alfabetico è la sua sosta preferita. *Achillea millefolium, Arnica, Artemisia annua.* I dieci minuti della passeggiata sono già diventati quindici. *Malva sylvestris, Mandragora officinarum, Passiflora, Ribes nigrum.* Forse venti. Quando lo sguardo si posa sul vaso con la scritta *Verbena officinalis*, si impone di riprendere a camminare. Un passo, un altro, un altro, aggrappato al bastone, il puntale di metallo che segna il tempo sul selciato. Stringe l'avorio del muso di scimmia, cerca con le dita l'intaglio degli occhi, del naso, delle orecchie. Più di tutto, gli pesa il silenzio della casa vuota. Non gli pare di avere grandi pretese, in fondo vorrebbe solo trovare quello che trovava prima. Cose a cui non faceva caso. E invece avrebbe dovuto, rimugina tra sé: la stufa accesa, le pantofole al caldo, le pentole sul fuoco, le frittelle di patate, pangrattato e buccia di limone. Lei che a tavola diceva: «Vuoi ancora una cucchiaiata di brodo?». Dopocena: «Ti ho messo da parte il giornale» oppure, quando lui manovrava la manopola della sintonia: «No, Verdi no! Tutte quelle marcette!».

Non può fermarsi come fa di solito davanti alla ferramenta: il commesso sta già ritirando i pannelli forati con i cardini, le maniglie e le serrature che Giosuè Sacerdoti conosce a memoria. La cesteria invece è ancora aperta, il titolare su una seggiola in fondo, chino a intrecciare vimini chiari e scuri in un paniere che ricorda un'anfora dalla pelle striata come quella di un rettile. Giosuè Sacerdoti si spinge all'interno. Osserva contenitori di tutte le forme e dimensioni. A un manico, due, addirittura quattro. Piacerebbe a Rita?, si domanda in silenzio. È un attimo, la mente vola al canestro rimasto in bottega, con le due uova sode che progettava di mangiare per cena. Decide all'istante. Ma non è per le uova, o per la tristezza al pensiero di tornare a casa. E neanche per rispetto alla quotidiana dedizione della nuora. È per la bambina, che ogni mattina scende a precipizio un piano di scale e bussa alla sua porta strillando: «Nonno! Il cestino è pronto». Per quell'unico luminoso momento nel tempo buio che gli tocca vivere. Meglio di una medicina, Ester. Meglio dell'iperico che il medico gli ha prescritto per la malinconia, meglio della *Melissa officinalis* che il farmacista ha aggiunto. È solo per lei – per come lei lo fa sentire – che Giosuè Sacerdoti stringe l'impugnatura d'avorio a muso di scimmia e senza indugio si avvia verso la bottega a recuperare il canestro.

Raffaele Sacerdoti

Abram. Fratellino. Sei un sempliciotto.
Lunedì 19 settembre 1938, sul marciapiede davanti al tribunale, l'avvocato Raffaele Sacerdoti sfila la pettorina candida. Nella sua testa, sta discutendo col fratello minore.
Un pozzo di scienza. Ma a cosa serve, in questo preciso momento, tutta la tua matematica?
Ficca la pettorina in mano al praticante che, dalla mattina presto, lo segue come un'ombra.
Un cuorcontento, un'anima pura. Come papà.
Dà un'occhiata all'orologio. È tardi. L'ultima udienza è cominciata intorno a mezzogiorno e si è protratta ben oltre l'ora di pranzo. Scandalosamente tardi. Per questo, ma non solo, l'avvocato Raffaele Sacerdoti ha lo stomaco che brontola.
Non crederai davvero che bastino quattro scartoffie. Io sono un esperto di scartoffie e ti dico che non bastano. Col cazzo che bastano.
Con un movimento secco, sorprendente in un uomo tanto massiccio, si libera della toga e rimane nel completo in fresco di lana. Poi, rivolto al praticante: «Tu. Come diavolo ti chiami».
«Milano Samuele, signore.»
«Bene, Milano Samuele: si può sapere che aspetti?» Gli passa la toga e afferra il soprabito che il giovane regge all'a-

vambraccio. Fa per indossarlo, ma la stoffa della giacca s'impunta nella fodera. L'avvocato non sembra farci caso. Troppi pensieri.

Abram Abram Abraaaamm! Il certificato di matrimonio! Ti illudi di essere al sicuro solo perché non sei più celibe? O perché tua moglie ha messo al mondo una Piccola Italiana? E poi la Geometria degli iperspazi! *Ma si può sapere in che mondo vivi?*

Rumori di voragine dalle parti dell'ombelico. Il praticante finge di non sentire.

«Milano Samuele. Ascoltami bene. L'hai vista oggi la mia toga, sì?»

Il giovane richiama alla mente l'immagine dell'avvocato intento a concionare e si domanda cosa mai ci fosse di diverso dalle ultime due dozzine di udienze in cui l'ha seguito. Non trova nulla ma, per sicurezza, annuisce.

L'avvocato intanto dà uno strattone. Lo strappo della fodera interna del soprabito è inequivocabile, ma lui non fa mostra di accorgersene. Infila la seconda manica e sistema il colletto. «Hai visto che la cordoniera di destra è lì lì per staccarsi, vero? VERO? Prima lezione, Milano Samuele. In tribunale, decoro. Sempre. SEMPRE. E mai, MAI perdere di vista il tuo *patronus*. Quindi, mentre io adesso vado a pranzo, tu torni in studio a dare due punti...»

«... alla cordoniera di destra» conclude il giovane avvocato, che tra sé stava progettando, se non un piatto di pastasciutta, almeno un bicchiere di latte con due biscotti.

«Fila!» ingiunge l'avvocato Raffaele Sacerdoti, poi imbocca il corso.

Dopo le rogne della mattinata – una causa per furto, un'estorsione con circostanze attenuanti, una recidiva di percosse – può finalmente lasciarsi invadere dall'onda di inquietudine che gli disturba la digestione da quando la legge n° 1390 è passata in Gazzetta Ufficiale. Anzi, no: da quando ha visto la reazione del fratello. Anzi, no: da quando ha constatato che il fratello non ha avuto nessuna reazione. Nessuna reazione *ragionevole*. È forse una reazione *ragionevole* tirare fuori da un cassetto il diploma di laurea?

Sai che se ne fanno, a Roma, del tuo diploma di laurea, Abram?

Vista l'ora, conviene lasciar perdere la locanda nei pressi del tribunale e puntare al ristorante in piazza. Un po' caro, ma per i clienti affezionati la cucina non chiude mai.

Riesci a immaginare, Abram, a quale ameno scopo verrà impiegata la carta morbida e porosa del tuo cazzo di diploma?

Che fare, invece? Qual è il piano? Raffaele Sacerdoti è un uomo d'azione e un uomo d'azione ha sempre un piano. Così è la sua vita. Laurea in Giurisprudenza, mica fantasie. A ventitré anni, perdio! Pratica e poi esame di Stato al primo appello utile. Avvocato in un piccolo studio. Matrimonio. Giulia Morello in Sacerdoti. Bella, benestante, devota. Devota a lui. Lui? Lui ancora alle dipendenze, ma in uno studio più prestigioso. Il primo figlio, Alberto. Poi? Poi uno studio tutto suo. Tre stanze. Targa di ottone: AVVOCATO RAFFAELE SACERDOTI. L'anno dopo: AVV. RAFFAELE SACERDOTI & ASSOCIATI. Se la vita è una locomotiva, lui è il macchinista. Secondo figlio, Camillo. Lo studio di otto stanze al piano nobile, tende damascate, poltroncine di pelle. Anche per i clienti. Il titolare, cinque associati e tre segretarie a tempo pieno. Diritto penale, civile, amministrativo e tributario. Consigliere dell'Ordine degli Avvocati. Se la vita è una monoposto, lui è Tazio Nuvolari. E casa nuova, sei camere più i servizi, vasca da bagno con i piedini di leone, giardino, pertinenze varie. La donna di servizio, la cuoca, la tata. Adesso, trentotto anni da compiere, sul tavolo ha la bozza di un contratto d'affitto a Torino. Quadrilocale a duecento metri dal palazzo di giustizia. Prima filiale dello studio "Avv. Raffaele Sacerdoti & Associati". Se la vita è un biplano lanciato in picchiata, lui è... lì per lì non gli viene il nome di un pilota. Comunque. Anche adesso avanza a passo di carica. Pensa alle imboscate che ha schivato negli anni. Agguati. Colpi bassi. Restituiti uno per uno. Pensa ai tranelli che ha congegnato lui stesso. Qualche carognata. Cosette, però non le racconterebbe a suo padre. O ai suoi figli. Non ancora. Alberto otto e Camillo sei anni. Ma il Regio Decreto n° 1390 è un'altra faccenda. Come agire *ragionevolmente*? E poi non si tratta solo di Abram. È anche l'articolo 2, il problema. Soprattutto l'articolo 2. Alberto e Camillo cacciati da scuola. I suoi figli. I figli dell'avvocato Raffaele Sacerdoti.

Il ristorante è alle viste e lo stomaco gli si contorce come una biscia in trappola. All'avvocato succede di rado: quando perde una causa, quando la moglie lo mette a dieta, oppure le rare volte in cui, come adesso, ha ben chiaro il problema, ma non la soluzione.

Animali

Il cielo sopra la cesteria è *blu cobalto*, pensa Giosuè Sacerdoti sollevando lo sguardo. Incantevole, struggente, ma, per colpa dei portici, a quest'ora la strada principale è poco raccomandabile a chi soffra di cataratta.

Il chiarore dalle botteghe va scemando via via che gli scuri sigillano le vetrine. Ingannati dal variare della luce, gli occhi faticano a individuare sconnessioni e fenditure, e per questo Giosuè Sacerdoti avanza a passo di formica. Lo superano commessi, sartine, clienti che si sono attardati, impiegati diretti a casa. Anche il farmacista, che si scappella, alla fine persino il cestaio.

Insieme alla luce, anche i rumori della vita cittadina si vanno smorzando. Le ruote di un carro che svolta, il rombo in lontananza di un'auto, passi lontani, sempre di più, finché Giosuè Sacerdoti sente solo i suoi, lenti, cauti, e il puntale di metallo sul selciato. Quando finalmente traguarda la bottega, il cielo è ormai *blu di Persia*.

Li vede subito. Tre. Davanti alla vetrina. Figure nere contro il fondo lapislazzuli. È la sua bottega, ne è certo. Si blocca allora dietro una colonna. Hanno un secchio. Uno intinge un bastone e scrive qualcosa sul muro. Un altro rovescia il contenuto contro gli scuri. Rumore vischioso.

Giosuè Sacerdoti sente un brivido che dalla spina dorsale

raggiunge la punta delle dita e dei capelli. Si appoggia alla colonna. La voce gli muore in gola.

I tre intanto si allontanano dalla parte opposta, uno col secchio vuoto che sgocciola qua e là, gli altri con le mani in tasca.

Intorno a lui, il silenzio gli pare colla, solo il cuore in petto è un tamburo. Qualcuno chiude una persiana. Frettolosamente, pensa. Dimentica le uova, la cena, il cesto, la bambina. La paura inghiotte ogni cosa. I secondi diventano minuti. Poi, a poco a poco, il cuore si quieta. Il blu ormai è quasi nero.

Non sa che fare. Voltarsi indietro e tornare a casa? Sarebbe più sicuro. Abram sarà già rientrato, è stata una giornata impegnativa per il suo secondogenito. Potrebbero tornare qui insieme, pensa Giosuè Sacerdoti. Anzi, potrebbero passare dal primogenito Raffaele, che abita due strade più in là, e tornare qui tutti e tre insieme. I Sacerdoti al gran completo. Sarebbe la cosa più logica da fare, ma le gambe decidono diversamente. Un passo, un altro, il puntale che fa *cloc cloc*, e Giosuè Sacerdoti si ritrova di fronte alla bottega. Sul muro la scritta "giudeo cane" stinge in rivoli rossi. Gli scuri sono dello stesso colore. Sangue di maiale, pensa in quel momento. D'altronde è col maiale che li insultano da che ne ha memoria. Aspettano i ragazzini all'uscita dal tempio, gli si fanno addosso, ripiegano a punta gli orli del colletto e urlano: «Orecchie di porco! orecchie di porco!». Quattro, cinque contro uno. Con la mano libera Giosuè Sacerdoti scaccia l'immagine come farebbe con una mosca.

Ma chi sarebbe così stupido da ammazzare un maiale solo per fare un dispetto? Chi sprecherebbe il sangue che i cattolici dicono dolce e pastoso?

È vernice.

La voce di Livia.

Gli capita di sentirla. Non sempre è una carezza.

Vernice rossa, Giosuè.

Lacrime all'umiliazione di mostrarsi così davanti a lei, inerme, tremante.

Dagli scuri il colore sgronda sul selciato fino a lambirgli la punta della scarpa destra. D'istinto Giosuè Sacerdoti la tira indietro, ma si sbilancia perdendo l'equilibrio. Lo salva il bastone a muso di scimmia.

«Un ricordino dell'Impero» aveva detto il figlio Raffaele presentandosi in bottega di prima mattina. «Preciso a quello di un mio cliente, papà. Me lo sono fatto spedire per te direttamente dall'Abissinia.»

Giosuè Sacerdoti stringe l'impugnatura fino a sentire l'intaglio conficcarsi nella mano. Poi apre il palmo. Nel buio, gli occhi bianco avorio scintillano.

Macché scimmia! irrompe ancora Livia nella sua mente. *Non vedi che non è una scimmia?!*

Giosuè Sacerdoti fa scorrere il bastone tra le dita. Per la prima volta si accorge che le orecchie sono forate, con un anellino minuscolo attaccato ai lobi, grande quanto una capocchia di spillo. E che il naso è senza dubbio un naso umano.

Disgusto.

Orrore.

«Livia mia» mugola, e scaraventa il bastone a terra.

Espiazione

Yom Kippur, il giorno dell'Espiazione, il decimo del mese di Tishri, ossia, nell'anno 1938, il 5 ottobre. Fa un caldo inusuale, considerata la stagione. Attraverso le grate del matroneo Margherita indovina il disagio degli uomini che affollano il tempio. Teste che ciondolano, kippàh che scivolano di lato, guance accese, barbe appiccicose, fazzoletti che asciugano dita, palmi, nuche. Di riflesso, si porta una mano sul collo. Goccioline di sudore dall'attaccatura dei capelli raccolti in uno chignon che, ora dopo ora dopo ora, si è allentato fino a sciogliersi quasi del tutto.

Accanto a lei, la cognata Giulia si fa aria col ventaglio e recita le devozioni. Due donne che conosce appena chiacchierano sottovoce mentre tutte le altre, sudate anche loro, seguono la cerimonia. Dal basso, la preghiera sobbolle e sale e penetra in ogni interstizio come un miele caldo.

Intorno è tutto bianco. Bianche le camicie, le gonne, i golfini. Onde scomposte di scialli candidi movimentano il piano di sotto, il ventre del tempio. Bianco lo sfavillio degli argenti, dei marmi barocchi, dei rotoli della Torah. *Genesi, Esodo, Levitico, Numeri, Deuteronomio*. Bianco il manto trapunto d'oro e d'argento in cui i rotoli riposano nell'Arca. Bianche le iscrizioni in ebraico sulle pareti. Bianchi i volti dei penitenti. Il colore dell'innocenza.

Manca poco al termine del giorno più lungo. Venticinque ore, anche ventisei, senza cibo o bevanda. Dal crepuscolo di ieri allo spuntare delle prime stelle, oggi.

Margherita fa un sospiro, raddrizza le spalle, cerca una posizione più comoda sulla panchetta. Nella penombra del matroneo, stringe gli occhi alle lunghe file di lampadari accesi. Secoli di artigianato cattolico. Lavorare l'argento: una delle tante proibizioni imposte nei secoli passati. Splendono di un bagliore plumbeo anche i bassorilievi ai lati dell'Arca. Il tempio di Re Salomone e le tombe dei Patriarchi. Luce che illumina la notte dei tempi. Lei cerca di concentrarsi sulla preghiera. Ma i pensieri danzano come farfalle e ha l'impressione di vederli rifulgere con le ottanta fiammelle dei candelabri di bronzo.

Il primo pensiero è quello della Colpa, e Margherita si impone di affrontarlo a viso aperto. Ha recitato le preghiere penitenziali, si dice. Sa di aver fatto, nei dieci giorni precedenti, tutto ciò che era necessario per espiare le offese che nell'ultimo anno ha inflitto al prossimo. Ha chiesto scusa tre volte alla vicina del terzo piano e tre volte al venditore di ghiaccio. Individuo indubbiamente detestabile. Entrambi hanno accettato le sue scuse. Per una riparazione malfatta e troppo costosa, la sarta le ha chiesto scusa tre volte, e Margherita l'ha perdonata di buon grado. Ha ascoltato il rabbino con cuore puro. Ha ritrovato dentro di sé le colpe che avvincono l'intera comunità come spire di serpente. La maldicenza. L'egoismo che rende sordi al bisogno. Ha chiesto scusa, sinceramente, anche di quelle. Ha fatto insomma tutto quanto prescritto per il giorno dell'Espiazione. Ma ora che si annuncia la fine di Yom Kippur; ora che sta per arrivare il momento in cui le porte del cielo si chiudono per un altro anno; ora che dovrebbe cominciare ad avvertire la tensione che si scioglie e l'anima che si alleggerisce, la sensazione di essere colpevole – ma di cosa, di cosa? Non sa dirlo – non l'abbandona. Come invece sarebbe ragionevole. Come è sempre accaduto negli anni precedenti. Invece eccola lì, la Colpa. Scintilla davanti ai suoi occhi come un diamante a mille facce, inscalfibile. E mentre la litania cresce d'intensità, Margherita ha l'impressione di essere un animale notturno, una volpe, un tasso, i sensi all'erta per il digiuno, che si incanta al bagliore improvviso e non sa distogliere lo sguardo.

Il secondo pensiero è quello di Ester. A quest'ora sta di sicuro mangiando la minestra che le ha preparato ieri. Nel giorno dell'Espiazione non si cucina e non si lavora. Con lei c'è il nonno. I bambini sono dispensati dal digiuno e Giosuè Sacerdoti è stato dispensato da Yom Kippur. Il rabbino ha deciso così. Troppo debole, dopo il fatto della vernice. E l'allontanamento di Abram e dei nipoti figli di Raffaele dalla scuola gli ha tolto del tutto l'appetito. Ormai vive di niente. Un pugno di fagioli, una tazza di brodo. «Stai già facendo Yom Kippur» ha detto il rabbino. Però Giosuè Sacerdoti non ha smesso di lavorare. Anzi, insiste perché il figlio Abram, ormai ufficialmente disoccupato, lo accompagni in bottega e familiarizzi coi clienti e le stoffe. Spiega le cose essenziali. Trama, ordito, mussola, *jacquard*, *crêpe*. Poi lo interroga. A sera, gl'infila in tasca i soldi dell'incasso. Ma questo è il pensiero dell'Umiliazione, e Margherita non vuole pensarlo, non adesso, e allora torna con la mente a Ester.

Questo sì è un pensiero potente. La stessa energia delle lampade che inondano il tempio. Magia speciale. Per questo sorride tra sé. E mentre aspetta il suono liberatorio dello *shofar*, il corno di montone che annuncia la fine del giorno più lungo, culla il pensiero della figlia come faceva con la bambina appena nata.

È questo il momento che predilige. Il lamento vibrante del corno, l'antico *shofar*. Con gli occhi chiusi, ripassa la storia che conosce da quando era poco più grande di Ester. Vede il padre Abramo, la sua fede d'acciaio, il coltello in pugno, pronto a sacrificare l'unico figlio. Vede il figlio Isacco steso sull'altare, legato, pronto a ricevere il colpo. Vede il padre

Abramo sollevare il braccio. Il brivido di terrore la scuote oggi come la prima volta che ha sentito questa storia. Apre gli occhi. In alto, sul soffitto, la scritta in campo azzurro *ze shaar ha shamaiym*. "Questa è la porta del cielo." In basso, gli uomini a capo chino. Anche il marito, che pure va al tempio di rado, e solo per far contento Giosuè. Anche il cognato, che ci va per tenere i contatti con gli altri membri della comunità. La selva di copricapi. La mano dell'Onnipotente su ciascuno di loro, pensa Margherita.

Incurante della solennità del momento, prende allora a frugare nella borsa. Le altre donne si voltano a indagare l'improvvisa frenesia. La cognata dice sottovoce: «Ma che fai?» mentre Margherita ripete: «Dov'è, dov'è». Poi estrae un fazzolettone bianco, lo sistema sul capo, schiaccia lo chignon, annoda le cocche sulla nuca. «La mano dell'Onnipotente!» risponde mentre lo *shofar* modula il suo lamento. Chiude di nuovo gli occhi. Sente la voce dell'Angelo che dice al padre Abramo: *Fermati!* Vede la consolazione di Abramo. Immensa. Come il suono dello *shofar*, riempie tutto l'universo. Alza lo sguardo al soffitto. La porta del cielo è vicinissima. China il capo velato, congiunge le mani al mento. «Che Ester si salvi» prega. «Che la bambina sia risparmiata.»

Esonero

Il 16 ottobre 1938 il professor Alessandro Terracini, ebreo, professore ordinario di Geometria analitica con elementi di proiettiva descrittiva all'Università di Torino, figura di spicco nella facoltà di Scienze e relatore della tesi di laurea di Abram Sacerdoti, viene esonerato dal servizio insieme agli altri colleghi ebrei Fano, Fubini e Colombo.

Gilla torna a scuola

Ottobre ventoso, mareggiate. A Genova, Gilla ha appena cominciato le superiori ed è a disagio. Il cielo le sembra grigio, il selciato sempre umido, il banco troppo piccolo. Ha compagne nuove – non tutte simpatiche – e materie nuove: latino, filosofia, pedagogia, scienze naturali. Diventare maestra elementare non è uno scherzo. E ha insegnanti nuovi, tutti maschi, che alle ragazze danno del voi. Dal primo giorno capisce che non si faranno scrupolo a usare la bacchetta.

La cerimonia ufficiale di avvio dell'anno scolastico, le divise da *Giovane Italiana*, le bandiere, l'infiorata sul palco delle autorità la lasciano indifferente.

La madre registra intanto l'allungarsi delle gambe e del collo, l'assottigliarsi delle gote, i repentini cambi d'umore, l'appetito furibondo, i capricci inconsueti, le tristezze immotivate che attraversano lo sguardo della figlia come nuvole stracciate dal vento in questo ottobre di burrasca.

«La bambina cresce» si dice, fiera e sgomenta.

Lezioni

A Casale Monferrato l'inizio dell'anno scolastico si celebra con una funzione alla presenza del vescovo, dei docenti e degli studenti di ogni ordine e grado. La mattina presto, in centro, è una confusione di scolaresche dirette al Duomo.

Ester ha tre anni e quattro mesi. Sfoggia un cappottino quasi nuovo, in realtà rivoltato, verde bosco, con gli alamari dorati sul petto, quelli sì nuovissimi, e ne va molto fiera mentre trotterella per mano a mamma e papà. Le vetrine della pasticceria, della calzoleria e del cappellaio le rimandano la sua piccola immagine elegante e a lei pare che, mentre indossa una tale sciccheria, il mondo intero sia sceso in strada a festeggiarla. Quanti bambini! E le bambine! Non ne ha mai visti tanti tutti insieme. Un po' più grandi di lei, è vero. Però, inequivocabilmente, piccoli. Suoi simili. Sua madre e suo padre non sembrano farci caso, lei invece è inebriata.

«Guarda dove metti i piedi» dice lui, oppure «Attenta allo scalino». Ma come è possibile concentrarsi sulla strada, sulle pietre piatte e irregolari del selciato, sui gradini che spuntano all'improvviso quando ci si trova nel bel mezzo di una festa? Canzoni. Risate. Stendardi. I pendagli dei fez. Le trecce che rimbalzano sotto il filo teso del basco. Gagliardetti. Trilli. Pernacchie. Che ridere! Mostrine che lampeggiano al sole obliquo di ottobre.

«Andiamo, topolina, ti sei incantata?»

Sa i nomi – *Figli della Lupa, Balilla, Piccole Italiane* – ma non ha ancora imparato ad associarli alle età o alle divise. Anche se il nonno Giosuè, quando va a trovarlo in bottega, le fa toccare le pezze di cotone nero per le camicie e i rotoli di lana grigioverde per i calzoni.

«Lo scalino, Ester!»

In mezzo ai piccoli, anche ragazze e ragazzi grandi. Quasi donne, quasi uomini. Camminano disinvolti, senza tenersi per mano, a gruppuscoli che di tanto in tanto si sfilacciano lasciando indietro qualcuno. Ester coglie gesti furtivi, si imbambola cercando di interpretarli, biglietti o sigarette che passano di mano. Una gran baraonda che termina di colpo quando i suoi genitori decidono di entrare nel caffè sotto i portici, quello che d'estate ha i tavolini fuori e Ester conosce bene perché suo nonno Giosuè, la domenica pomeriggio, la porta a mangiare il gelato di fragola, che è il preferito di tutti e due.

L'interno è in penombra. Gli schiamazzi arrivano attutiti. Aspettano, non si siedono, non ordinano nulla, suo padre le lascia la mano e fa un passo avanti.

«Altro che scuola» dice un uomo col grembiule andando loro incontro. «Sembra carnevale.»

Carnevale è una parola che Ester non ha mai sentito. Dal modo in cui l'uomo la pronuncia immagina che sia disdicevole. Sta per chiedere chiarimenti alla madre, ma poi la vede tesa e allora tace. Quando i grandi parlano e lei fa quella faccia, finisce che poi si mette l'indice davanti al naso e le dice, seria: «Ester, non vedi che i grandi stanno parlando?». Non le va di essere sgridata, e di certo non davanti all'uomo col grembiule.

Allora si guarda intorno. Bottiglie colorate. Bicchieri piccoli, grandi, larghi, stretti, a coppa, a flûte, a palla, a tulipano. Con e senza manico. Uno specchio con i fregi colorati e una scritta. «Chinamartini, chinamartini» ripete Ester sottovoce. Non sa leggere, il nonno ha decifrato la réclame per lei tempo addietro. «ChinamaRtini, chinamaRtini» insiste arrotando la R, sua recente conquista. Si sposta di poco, senza lasciare la mano della mamma, giusto mezzo passo, in modo che una parte del cappottino verde risulti nello specchio. Si pavoneggia finché la donna rinforza la presa e raggiungono il retrobottega.

Adesso sono tutti e quattro vicinissimi. L'uomo ha le scarpe lucide con stringhe che le paiono molto sottili e molto strette, i pantaloni nerissimi e la piega a piombo, il grembiule bianco splendente che arriva sotto le ginocchia. C'è un ricamo blu che Ester vorrebbe tanto toccare ma qualcosa, nel tono degli adulti, la intimidisce.

«Lezioni private?» sta dicendo l'uomo.

«Precisamente» risponde suo padre.

«Tre volte alla settimana?»

«Almeno due. Il programma di seconda è impegnativo e vostro figlio...»

È un ricamo con una strana forma. Fiori? Frutti? Sua madre lascia la mano, si asciuga nel soprabito e subito la riafferra.

«Mio figlio è un somaro, professor Sacerdoti. Nessuno lo sa meglio di me. Neanche alla cassa posso metterlo, visto che, a quindici anni, s'ingarbuglia ancora coi resti. Ma devo pensare ai miei affari. Io sto nel commercio. La gente chiacchiera. Non mi va che due volte alla settimana il mio ragazzo...»

Adesso sua madre le stringe la mano con forza. Le fa quasi male.

«Posso venire io da voi. Anche qui, se preferite. Magari dopo l'orario di chiusura. Vi costerà un po' di più ma nessuno si accorgerà...»

«Ahia!» dice Ester. Sua madre ha un sobbalzo e allenta la stretta. L'uomo col grembiule invece la ignora. «Non ci siamo capiti, professore» dice. «Una volta alla settimana. Qui. Dalle nove alle dieci di sera. Passando dal retro. È il massimo che posso fare. E niente sovrapprezzo.»

Ester si sente all'improvviso molto triste. Dimentica il ricamo sul grembiule e si stringe alla gamba della madre, la faccia nel soprabito, poi alza gli occhi. Anche lei la ignora. Invece di accucciarsi come fa di solito, invece di sussurrarle: «Che ti succede, streghetta?» e poi sollevarla in braccio, e scontrarle la fronte con la fronte, i riccioli che si mescolano ai riccioli, ha occhi solo per suo padre.

Difesa della razza

È il pomeriggio di martedì 22 novembre 1938. L'ultimo numero del quindicinale "La difesa della razza" è arrivato in una busta marrone chiaro indirizzata a Raffaele Sacerdoti. La segretaria gliela consegna senza aprirla. Non si azzarda a curiosare nella corrispondenza personale del titolare. L'avvocato presume quindi che, nello studio, nessuno sia al corrente dello sgradevole incidente. A meno che la serpe non si annidi proprio qui, pensa appoggiando il volumetto sul tavolo e coprendolo con un fascicolo. Per precauzione si alza e si chiude a chiave dentro l'ufficio.

Torna al tavolo, apre il secondo cassetto, tira fuori una fiaschetta e butta giù un sorso di grappa. Non è sua abitudine, non di pomeriggio, ma questo non si preannuncia un pomeriggio qualunque.

Esamina la busta. Niente francobollo, il che significa che non è passata per le mani del postino. Qualcuno l'ha lasciata nella cassetta delle lettere. Chi può averlo fatto? Nessun indizio sul mittente. Una busta come nello studio ne arrivano a carrettate. Notifiche, citazioni, ingiunzioni, impugnazioni, ricorsi, memorie scritte.

Si concentra allora sulla rivista. In copertina c'è un collage di immagini. Statue romane, busti. In primo piano, un legionario a cavallo e una figura accasciata che soccombe sotto le zampe dell'animale. Due versi dalla *Divina Commedia* racchiusi in un cartiglio:

> *Uomini siate, e non pecore matte*
> *sì che'l Giudeo di voi tra voi non rida!*

L'avvocato butta giù un altro sorso di grappa e prende a sfogliare. Le prime pagine sono di pubblicità. Il muso sinuoso e aggressivo della FIAT 2800. Gran macchina, pensa. Poi comincia a leggere l'editoriale firmato dal direttore. Il titolo è "Il sangue ricuperato".

Alcune pagine di questo fascicolo sono dedicate alla razza italiana d'oltre i confini con il deliberato proposito di cominciare a stabilire i veri lineamenti dell'Italia, i quali non coincidono affatto con le frontiere politiche o con le delimitazioni geografiche.

Si annoia e passa oltre. Nelle pagine successive ci sono immagini della Corsica e dell'isola di Malta sotto il titolo "Razza italiana oltre confine". Un "vecchio corso" e contadini in costumi tipici maltesi. Poi un articolo pieno di numeri ("Nonni figli e nipoti. Eredità dell'indice cefalico") e due pagine dedicate alla "Storia di una setta giudaica: i Caraimi" di cui l'avvocato non ha mai sentito parlare. Sfoglia più velocemente. "Continuità della razza e della cultura primitiva italiana". "L'autarchia alimentare e difesa della patria". "L'internazionale ebraica e l'Italia". Sbuffa. Tra le pagine 24 e 25 trova un cartoncino bianco. A mano libera c'è scritto:

VATTENE

L'avvocato si alza in piedi e fa due passi intorno al tavolo. Avvita la fiaschetta e la rimette a posto. Ci vuole lucidità, pensa. Torna a sedersi, rilegge, ma è inutile: non riconosce la grafia. Con un gesto secco strappa in due il segnalibro, lo getta nel cesto della carta straccia ed esamina le due pagine fra cui era stato posizionato. Non è forse ciò che il mittente si aspetta da lui?

Il titolo è "Dopo le deliberazioni del Consiglio dei Ministri". Sotto, due tavole di fumetti.

Nella prima, ciò che agli ebrei non è più consentito. Prestare servizio militare. Far da tutore. Possedere terreni, fabbricati, aziende utili alla difesa nazionale. Avere domestici ariani.

Nella seconda, i luoghi dove gli ebrei non possono più stare. Il Partito, le banche, le assicurazioni, gli enti pubblici.

Un rigurgito acido in bocca. L'avvocato scarta una mentina e prende a succhiarla.

I disegni sono in bianco e nero, il tratto è rapido. Le didascalie ci sono, ma non serve saper leggere: il contenuto lo capirebbe anche un bambino. I fumetti non sono forse roba da bambini? Per banche, assicurazioni e uffici pubblici, parallelepipedi stilizzati con riquadri al posto delle finestre e delle porte. Le figure umane hanno un gran nasone. Qualcuna indossa un cappotto elegante e il cappello a cilindro, qualcuna un pastrano. Una è gobba. Su ogni vignetta ci sono fregacci neri a forma di croce. Al fondo di ogni pagina c'è una vignetta più grande delle altre. I doveri degli ebrei. Se stranieri, lasciare l'Italia. Se studenti o insegnanti, lasciare la scuola.

L'avvocato Raffaele Sacerdoti inghiotte la mentina e chiude la rivista. Ha ancora la bocca amara. Si alza spingendo via la poltrona. Raggiunge la finestra che dà sul corso. Due signorine a braccetto, una donna con la carrozzina e le sporte attaccate, tre ragazzi con i cappotti slacciati al sole pallido di novembre e in spalla i libri stretti da una cinghia.

Qualcosa non gli quadra.

Torna al tavolo, riapre la rivista. Osserva la vignetta sull'espulsione degli ebrei stranieri. La grossa freccia con la scritta ESTERO che occupa quasi metà dello spazio.

La Gazzetta Ufficiale con il Regio Decreto del 17 novembre è in cima alla piletta dei testi da archiviare. La recupera e ne scorre il contenuto. Articolo 24, in fondo, tra le Disposizioni transitorie e finali. "Gli ebrei stranieri" – eccetera eccetera – "debbono lasciare il territorio del Regno". Ne consegue, argomenta tra sé, che gli ebrei italiani non devono lasciare l'Italia. Il diritto è logica. Una cosa ne implica un'altra che ne determina una terza e magari una quarta.

Torna con gli occhi alle vignette. La prima. Una figura in divisa militare. I fregacci neri. Rilegge l'articolo 10 del Regio Decreto. "I cittadini italiani di razza ebraica non possono prestare servizio militare in pace e in guerra".

Si porta una mano alla bocca. Ma se agli ebrei italiani non è più consentito prestare il servizio militare, possono ancora essere considerati legittimamente cittadini italiani? Una cosa ne implica un'altra che ne determina una terza... Così funziona il diritto. Le altre vignette. Ebrei estromessi dalle provincie italiane, dai comuni italiani, dalle scuole italiane. Non ne consegue, *ipso facto*, una *diminutio* della loro italianità?

L'avvocato ha un brivido.

Il diritto è un gioco in cui bisogna unire i puntini.

Sul tavolo prende polvere il contratto d'affitto per la nuova filiale torinese. Raffaele Sacerdoti non si è ancora deciso a firmarlo. Non è più così sicuro. Non sa se, alla luce del nuovo decreto, il contratto sia del tutto legittimo. O non possa essere invalidato. Deve studiare la questione. Unire i puntini. Soprattutto non sa se, alla luce di futuri, possibili, probabili sviluppi, potrà ancora esercitare in questo Paese la professione per cui sente di essere nato. Recupera i pezzi del segnalibro dal cesto della carta, li affianca a ricomporre la scritta. "Vattene", e nient'altro. Non un insulto, neppure un punto esclamativo. Forse mi sono sbagliato, pensa. Forse è solo un consiglio.

Giugno 1939, quarto compleanno di Ester

«Ho una brutta notizia» dice il nonno quando, dopo cena, la bambina affronta da sola le scale e scende di un piano per dargli la buona notte. «Domani è il 7 giugno 1939 e tu compirai quattro anni.»

È una brutta notizia? Il nonno ha la faccia seria, ma Ester è interdetta. Da giorni le dicono che sta per diventare una bambina grande. Da giorni sente parlare di regalo e sorpresa.

«Attenta, guarda bene la mia mano. Pollice, indice e medio fanno tre anni. Ma questo lo sai già, vero?»

La bambina osserva le dita stese, le nocche simili a castagne secche, e annuisce.

«Ecco quello che succederà domani.» Il vecchio richiama di scatto il pollice dentro il palmo. «Domani perderai un dito. Un dito bello grosso, signorina.»

Ester trattiene il fiato.

«Ma c'è anche una buona notizia, perché domani ne guadagnerai due» dice lui stendendo anulare e mignolo.

«Anulare e mignolo!» fa Ester afferrando le dita del nonno. Ride, ha capito che si tratta di uno scherzo.

«Esatto. Crescendo, si perde e si guadagna.»

Ester non sempre capisce gli scherzi, però conosce i nomi delle dita, i numeri fino a venti, i giorni della settimana, i mesi dell'anno. Sta imparando anche il calendario ebraico.

A Shabbat non si va in bottega e adesso siamo nel mese di Sivan. Conosce a memoria il proprio indirizzo. Al nonno lo ripete a cantilena, calcando su tutte le R: «Via Balbo 21 / Casale MonfeRRato / pRovincia di AlessandRia». Anche con le mani è capace di fare molte cose. La coda di cavallo alla bambola Enrichetta, il nodo con il fiocco alle scarpe, le polpettine di patate perfettamente rotonde, una torre dritta con le pedine bianche e nere della dama, un castello di carte di due piani. La manovra che le ha mostrato il nonno, passare da tre a quattro dita, non le risulta difficile.

Il mattino dopo, appena sveglia, nella penombra delle persiane accostate tira fuori le braccia dalle lenzuola, punta i gomiti, stende i palmi e riprova.

Dalla finestra entrano un refolo di caldo umido e le voci della strada che si è svegliata con lei. Biciclette, un fischio, tacchi sul marciapiede. Ripete la manovra. Tre/quattro/tre/quattro. Pollice/anulare-mignolo. Le dita della mano sinistra non ubbidiscono con la stessa prontezza della destra. Si morde il labbro. Riprova. Poi il rumore della maniglia. La porta. L'odore, il passo, il respiro.

«Ma sei già sveglia, topolina?»

Sua madre.

Ester non risponde. Continua il gioco con le dita. Tre/quattro/tre/quattro.

«Buon compleanno, amore mio!»

«E la sorpresa?» dice Ester bloccando le mani a mezz'aria.

Sua madre gliele afferra, le porta alla bocca fingendo di morderla. «Stasera. Quando arriva papà.»

«Mmh» fa Ester. La giornata le si distende davanti come un lenzuolo al sole.

Dopo colazione, la madre l'accompagna alla bottega di stoffe. «Torno a prenderti per pranzo.»

Ester stringe al petto la bambola. Guarda ora la madre ora il vecchio. Non le va di rimanere qui. Le ossa di passerotto che ha nella gabbia toracica prendono a fare su e giù. Enrichetta è una consolazione insufficiente. Sente che potrebbe persino arrivare un singhiozzo.

Di norma le piace stare in bottega, imparare la *mussola* e il *gabardine*, il *blu di Prussia* e il *verde oliva*. Ride quando il nonno dice a una cliente: «Le presento la mia nuova apprendista» oppure «Ecco la mia giovane commessa». Capita a volte che la cliente ficchi la mano in fondo alla borsetta e ne estragga una caramella di citrato o un bonbon che sa di anice. Le piace moltissimo, ma, chissà perché, non oggi. «Non voglio» dice.

«Dobbiamo darci tutti da fare» risponde la madre sollevandola e mettendola a sedere sul bancone. La bambola Enrichetta sta raggomitolata tra loro come un pulcino nel guscio. «E tu hai un compito molto importante, Ester. Oggi devi aiutare il nonno.»

Ester vuole tornare a casa con la madre. A casa, o nella stanza che il rabbino ha messo a disposizione nell'edificio del tempio, con i banchi, la lavagna e i gessetti colorati. Comincia a piagnucolare.

«E questa sera, quando arriva papà, facciamo una bella festa» aggiunge la madre.

Quattro volte alla settimana il padre di Ester si alza che è buio, prende il treno per Chivasso, cambia per Torino e dalla stazione di Porta Nuova, in qualche minuto, raggiunge la scuola ebraica dove è stato assunto come docente di Matematica e Fisica. A raccomandarlo è stato il professor Alessandro Terracini in persona, il quale, dopo la cacciata dall'università, si è dato da fare per avviare corsi superiori per studenti espulsi dalle scuole pubbliche. Al professor Sacerdoti sono stati assegnati i ragazzi che tra qualche giorno si presenteranno alla prima sessione di esame per la licenza liceale. Le giornate sono piene e la paga scarsa, senza contare il costo del biglietto andata e ritorno più il pranzo fuori. D'altronde l'indennità di licenziamento non dura in eterno. Le ripetizioni ai suoi ex allievi, come il figlio del caffettiere, bastano solo per fare un po' di spesa, ma senza un vero stipendio un paio di scarpe o un vestito nuovo sono diventati investimenti da ponderare con cautela. Per questo Margherita ha ricominciato a fare la maestra come faceva prima di sposarsi. Abram Sacerdoti non è contento, ma non ha scelta.

«Ognuno deve fare la sua parte, piccolina.»

La madre dà lezioni a cinque studenti paganti, ebrei naturalmente, tre maschi e due femmine, più i due nipoti Alberto e Camillo.

«Le bambine *grandi* non fanno capricci.»

«Oggi nooo» piagnucola Ester.

La mamma-maestra presenta vantaggi e svantaggi. Svantaggi piccoli, ma numerosi. Mai disturbarla mentre "prepara la lezione" (stessa regola vale con suo padre). Mai chiamarla "mamma" durante la lezione, solo "signora maestra". La noia colossale mentre gli altri bambini scrivono *pensierini*. La noia smisurata di parole incomprensibili. *Consonante, moltiplicazione, riporto*. Ma quanto è grande, invece, la felicità di star seduta in mezzo alle due bambine *grandi*? Di ripetere le loro parole, di ridere quando ridono loro, di mordere la matita come fanno loro, di disegnare insieme a loro, di ravviarsi i capelli con il loro stesso identico gesto?

«Oggi *sììì*» risponde la madre.

Ester si tira indietro sciogliendosi dall'abbraccio. Detesta quando i grandi le fanno il verso. La madre la richiama delicatamente a sé, le sistema una ciocca dietro l'orecchio, le fa una carezza sulla guancia in fiamme. «Devi fare la tua parte, topolina.» Afferra Enrichetta e con quella le fa il solletico sulla pancia.

Ester si calma all'istante. Fissa gli occhi di vetro della bambola. «Anche Camillo?» bisbiglia.

«Anche Camillo, cosa?»

«Anche Camillo deve fare la sua parte?»

«Soprattutto lui!» Margherita ride. Non avendo mai messo piede in un'aula scolastica, il cugino Camillo fatica a stare seduto e attento. La lezione è tutta un *Camillo qui* e *Camillo lì*. Le bambine *grandi* sbuffano e dicono: «Ma basta, insomma», Ester sbuffa e dice: «Ma basta, insomma».

«Oggi pomeriggio starai con me, Ester» le assicura la madre prima di andarsene.

La mattinata col nonno è in realtà una festa. Appena saputo del compleanno, le clienti e gli altri bottegai della via s'inventano piccoli regali e all'ora di pranzo Ester ha racimolato un tesoro di tutto rispetto: bastoncini di liquirizia, fruttini di zucchero, biscotti all'uva passa, bottoni dorati e fiocchetti.

Anche il pomeriggio con la madre scorre placido, il pensiero della *sorpresa* in arrivo è un luccichio intermittente che la riempie di eccitazione. Durante il sonnellino chiude gli occhi ma non dorme. Per merenda ha una fame da lupo. I *mestieri* sono tutto un gioco. Piegare la biancheria *a puntino*, lo straccio sui vetri (senza aloni!), un dolce cremoso con vero cacao. Su uno sgabello accostato all'acquaio, il grembiule stretto in vita a coprirle anche i piedi, nell'acqua saponata fino ai gomiti, le dita intrecciate a quelle della madre, sciacqua le stoviglie e canta a squarciagola *Oh campagnola bella / tu sei la reginella* oppure *Saran belli gli occhi neri / saran belli gli occhi blu / ma le gambe / ma le gambe / a me piacciono di più*. E l'ora di andare alla stazione arriva in un attimo.

Il treno è in ritardo e per la prima volta il professor Abram Sacerdoti è davvero preoccupato. La giornata è stata calda, l'aria sa di fiori e fuliggine. Nonostante l'ora tarda, i finestrini spalancati e la corrente che si genera tra i sedili, la temperatura nella carrozza si mantiene molto alta.

La corrente d'aria è un rompicapo, difficile misurarla all'impronta. Il professor Sacerdoti pensa che le variabili in gioco siano troppe. La disposizione delle aperture. La direzione del vento. La velocità del vento. Il comportamento del vento intorno a un oggetto in movimento. L'effetto camino della locomotiva a vapore. È il classico problema su cui adora spaccarsi la testa. Ma le preoccupazioni non gli danno tregua. Chiacchiere. Mezze parole orecchiate in aula insegnanti o al tempio. Titoli a caratteri cubitali. Immagini del cinegiornale. Nazisti che bruciano le botteghe degli ebrei, le automobili degli ebrei, i libri scritti da ebrei. Persino la relatività generale di Albert Einstein, che siano maledetti. Fiamme a Berlino, Colonia, Salisburgo. Saccheggi. Templi devastati. Nazisti che entrano a Praga. Madrid nelle mani di un amico dei nazisti.

Sul sedile dirimpetto al suo una donna grassa brandisce un ventaglio rosso e blu. Altra doppia incognita da considerare nel calcolo: donna ingombrante + ventaglio in movimento. Chiude gli occhi, si costringe a immaginare forze, vettori, segmenti orientati, invece vede Roma, l'auto scoperta del Führer lungo via dei Fori Imperiali, fasci littori, croci uncinate. Vede il conte Galeazzo Ciano a Berlino. La cancelleria del Reich: Ciano, Ribbentrop e in mezzo Hitler. "Alleanza fra Italia e Germania" era il titolo de "La Stampa". "Risposta dell'Asse alle democrazie accerchiatrici. Patto d'acciaio." Apre gli occhi. Il donnone ha richiuso il ventaglio con un colpo secco.

In vista della stazione la locomotiva rallenta. La pressione del vento diminuisce, il sole è ancora una palla rovente. La donna si alza e occupa tutto lo spazio. Seno, ventre, fianchi fasciati di tessuto patriottico. Sudore dolciastro. Il professor Abram Sacerdoti distoglie lo sguardo. Anche la fine dell'anno scolastico incombe. Fine delle lezioni, fine del guadagno. Il suo, e quello di Margherita. Il fratello non fa che incalzarlo. «Cosa aspetti?», «Speri nei ripetenti?», «Ti metti nelle mani dei somari?»

Il donnone si allontana verso l'uscita liberando la visuale. Oltre il finestrino, ci sono Ester e Margherita. Sulla banchina si tengono per mano e parlottano. Non si accorgono di lui. Margherita ha uno scamiciato azzurro, la bambina un completo della stessa tinta. Il professor Abram Sacerdoti pensa alla scatola di pastelli colorati nella sua borsa, fasciata nella carta velina, al fiocco che ha preteso. «È una sorpresa per il compleanno di mia figlia.» Lui che ha sempre pudore a pretendere.

Lascia andare avanti gli altri passeggeri. Tra gli sbuffi di fumo le due appaiono e scompaiono. Margherita bambina, Ester come diventerà, pensa il professor Abram Sacerdoti. A Dio piacendo.

Agosto 1939, la carta geografica

Da mesi, per gli ebrei, limitazioni e divieti piovono dal cielo come proiettili di ghiaccio durante una tempesta. A fine novembre 1938: divieto di iscrizione al Partito Nazionale Fascista. A dicembre: revoca del brevetto di pilota, divieto di porto d'armi e di iscrizione a una società sportiva. A febbraio: impossibile iniziare l'attività di guida turistica o interprete e corriere. A maggio: niente nuove licenze per il commercio di libri. A luglio una sassaiola: proibito avviare l'attività di agente di viaggio, quella di affittacamere e da ultimo la legge n° 1054, pubblicata in Gazzetta Ufficiale il 2 agosto. "Disciplina dell'esercizio delle professioni da parte dei cittadini di razza ebraica". Giornalisti, farmacisti, veterinari, ostetriche, ragionieri, ingegneri, architetti, geometri e avvocati cacciati in massa dai rispettivi albi professionali. Vietato lavorare per clienti non ebrei. Eccezioni poche, risibili. «Vietato lavorare» conclude tra sé l'avvocato Raffaele Sacerdoti.

La mattina del 3 agosto 1939 si presenta a casa del fratello. Ha con sé una carta geografica e la srotola sul tavolo del salotto, al centro esatto della tovaglia a fiori. «Sedetevi, per favore. Anche tu, Margherita.»

Abram si sistema accanto al fratello. Margherita prende in braccio Ester e sceglie una sedia dall'altra parte del tavolo. Le macchie colorate sulla mappa ricordano un gioco da bambini. Così almeno pensa Ester, che si protende in avanti e allunga una mano sulla scritta *Cecoslovacchia*. Margherita gliela afferra e la richiama a sé facendo segno di no con la testa.

«Germania e Austria ovviamente le escludiamo» dice Raffaele spostando il dito sulla carta. «Spagna non se ne parla. L'Europa orientale non mi convince.»

Ester non capisce il gioco. Guarda Margherita con aria interrogativa, ma sua madre non le presta attenzione. Infila allora l'indice dentro l'intarsio a giorno del festone che orla la tovaglia e comincia a ruotarlo.

«Non voglio finire in qualche villaggio sperduto a parlare yiddish» prosegue Raffaele.

«Dove l'hai trovata?» domanda Abram.

«Che cosa?»

«La carta.»

«Ma che ti importa? Mi stai seguendo?»

«Ho sempre desiderato averne una. Anche per Ester, per la geografia.»

Geografia è una parola che la bambina ha già sentito molte volte durante le lezioni di Margherita e di colpo ha l'impressione di aver capito. Nella stanza che il rabbino ha messo a disposizione è appesa una carta fisica dell'Italia, azzurra dove c'è il mare, verde per la pianura e marrone al posto delle montagne. Ester sfila l'indice dal ricamo e comincia a studiare la mappa sul tavolo. Trova la forma dell'Italia. «Alpi!» esclama appoggiando il palmo sul colmo dello stivale.

«Non adesso, Ester» la richiama Margherita.

Lo zio Raffaele la ignora. «La carta puoi tenertela, Abram. Adesso seguimi, però» dice. Con la mano disegna una mezzaluna che dal cuore dell'Europa scende lungo il corso del Danubio, attraversa il Mar Nero, taglia in due la Turchia, lambisce la Siria e si ferma a Gerusalemme. Ester allunga il collo verso la macchia marrone chiarissimo su cui la mano dello zio preme con decisione.

«La Palestina? Sei impazzito?» domanda Abram sgranando gli occhi.

Palestina è una parola che Ester conosce ma non sa interpretare. Avverte solo che sua madre si irrigidisce.

«È una possibilità» risponde Raffaele.

Si fa silenzio. Nell'aria immagini confuse. Deserto, datteri, la terra promessa. Figure che stanno nei libri sacri, al tempio, durante il Seder di Pesach, nei racconti di Purim, davanti alle candele di Chanukka. Non nella realtà.

«Ma noi...» dice Abram.

«Dico solo che è una possibilità. Il Governo mandatario inglese non sta facendo difficoltà a rilasciare certificati.»

«Siamo italiani, Raffaele. Cosa c'entriamo con...»

«Non sono certo che il Governo ci consideri ancora italiani. A ogni modo capisco, e infatti la mia proposta è un'altra.»

«Basilea?» interviene Margherita. Ha saputo che una famiglia che abita nel palazzo sta facendo le carte per la Svizzera. Posa in terra Margherita, si alza. «Vai a disegnare in camera tua, da brava» le dice sottovoce.

«Basilea no. Parlano tedesco. Va bene per voi, che l'avete studiato. Per me tanto varrebbe andare in Australia!» Raffaele lo dice come dire un'enormità. Lo sanno tutti che il chirurgo ebreo dell'ospedale ha fatto i bagagli e si è trasferito in capo al mondo. Ma l'avvocato è convinto che uno capace di piantarti un coltello nella pancia senza tentennamenti, e senza ucciderti, cada sempre in piedi. «La mia è una proposta *ragionevole*.»

«Arrivo subito» dice Margherita. Prende per mano la bambina, la accompagna fuori dalla stanza, rientra, siede. Ha l'espressione tesa. «Di' pure» dice.

«Parigi.»

«Parigi» ripete Abram.

«Ci abita un cugino di Giulia. Jacob Levi. Mia moglie ha cugini dappertutto. Questo importa granaglie. Sposato, due figli. Siamo stati a trovarlo dieci anni fa, in viaggio di nozze.

Mi aveva già offerto un lavoro, ma ho rifiutato perché volevo lo studio col mio nome. Giulia gli ha scritto tre settimane fa e lui ha rinnovato l'offerta. Responsabile dell'amministrazione. Serve qualcuno che ne capisca di diritto commerciale. Depositi, locazioni, mediazioni. I figli sono degli incapaci.»

«E tu continueresti a fare l'avvocato» dice Margherita.

«Esatto.»

«Granaglie» dice Abram.

«Grano, granturco, cose così. Anche altro. Dall'America. Dal Canada.»

Abram si alza, raggiunge la finestra, scosta la tenda e guarda fuori. «Ma che ne sai tu di granaglie?» dice.

«Gli avvocati sanno tutto.»

«Non so, Raffaele. Per noi è un bel salto nel buio.»

«La matematica è la stessa anche in Francia, no? Somari francesi al posto dei somari italiani.»

«A vostro padre non pensate?» interviene Margherita. «Non parla francese. Qui ha le sue abitudini. Qui conosce tutti. Non accetterà di trasferirsi in una grande città.»

«Papà farà quello che decideremo noi» dice Abram. Sotto, la strada è un pozzo di calura. Un vecchio trascina un carretto colmo di vasellame.

«Il cugino Jacob possiede una palazzina a quattro piani in rue des Rosiers, nel quarto arrondissement. A due passi da place des Vosges. Roba di lusso. Pavimenti di marmo. Porte intagliate. E ci sta un esercito, in quelle stanze. Ci staremo benone anche noi. Non ti dico mica per sempre. Fintanto che la bufera passa.»

«Come puoi essere sicuro che...»

«Pensate alle possibilità per i ragazzi» dice Raffaele rivolto a Margherita. «Alla scuola per Ester.»

La bambina irrompe sventolando un foglio e un pastello verde. Margherita osserva il disegno e dietro le linee incerte riconosce la gita sul Po che hanno in programma per quel pomeriggio. Il nastro azzurro del fiume, i cerchi neri delle ruote di bicicletta, i costumi da bagno a strisce, il cesto con la merenda. «Facciamo l'erba?» domanda sottovoce. Ester annuisce e Margherita comincia a disseminare il foglio di ciuffetti.

Abram sospira. Il vecchio del vasellame si sta avvicinando. Passa sotto casa loro una volta al mese. Il padre di Ester si scopre ad attenderne il richiamo. Non è il cambio di orizzonte a sgomentarlo. Si volta a guardare moglie e figlia chine sul foglio. Non gli serve altro. Loro, cenare insieme ogni sera, qualche libro, qualche studente. «Qui siamo a casa nostra, Raffaele. In Francia siamo stranieri.»

«Ci mettiamo anche due fiorellini?» bisbiglia Margherita. Il richiamo del vecchio risuona stridulo.

«Tu non capisci» dice Raffaele. «Casa nostra non esiste più.»

Inghilterra e Francia in guerra con la Germania

Lo stato di guerra proclamato alle 11 di ieri a Londra e alle 17 a Parigi.

L'offensiva tedesca prosegue vittoriosa dalla Slesia alla Pomerania.

Hitler parte per il fronte orientale e preannuncia che la lotta con la Polonia sarà conclusa in poche settimane: tutte le forze del Reich saranno quindi in linea sul fronte francese.

"La Stampa", titolo e sommario di prima pagina, 4 settembre 1939.

ANNO SCOLASTICO 1945-46
PRIMO TRIMESTRE

Maria Luisa Piombo

A Borgo di Dentro il combustibile per la scuola elementare viene razionato a metà novembre. È come se la guerra non fosse mai finita. Esposta a nord, l'aula della 5ª D è una delle più fredde. Le bambine sono autorizzate a tenere in classe sciarpe e cappotti. Gilla indossa mezziguanti lavorati ai ferri che nella mattinata si gonfiano di gesso, finché lei li sfila e li sbatte l'uno contro l'altro. Nuvolette di pulviscolo si sfarinano allora nell'aria e vanno a depositarsi sulla cattedra, sul completo grigio, sui mocassini nuovi, sui piastrelloni esagonali del pavimento.

Forse per il freddo, Ester avverte la necessità di andare al bagno durante la lezione. Riesce a trattenersi fino all'intervallo, poi guarda la maestra e fa un cenno alla porta.

Gilla capisce. «Vai pure, Pellegrini» dice.

Pellegrini Francesca. Da quando va a scuola, Ester ha imparato a non trasalire se qualcuno la chiama per nome. Imperturbabilità di cui va molto fiera. Le è costata sacrificio. Concentrazione. Autocontrollo. Così si avvia tranquilla verso i bagni delle femmine. Francesca Francesca, ripete mentalmente. Se fosse nata cattolica, le sarebbe piaciuto chiamarsi così. All'orfanotrofio ha imparato molte cose del santo di cui porta il nome. Il preferito di suor Giuliana. Francesco parlava ai lupi e agli uccelli e *Francesca* parla al gatto. Sorride al pensiero. Trova lo stanzino delle latrine stranamente deserto. Meglio, pensa. Quattro porte a spinta. Sceglie la seconda.

Non passa un minuto e dalla classe escono in due. La prima è alta, col viso lungo e i denti a spatola come quelli di una cavalla. La seconda è piccola e paffuta. Raggiungono i bagni a grandi falcate. Individuano al volo la porta dietro la quale la bambina sta facendo i suoi bisogni. «Vieni fuori!» dice quella coi denti a spatola. Rinforza il concetto con una manata alla porta, che prende a oscillare. La seconda ridacchia.

Ester sobbalza e smette istantaneamente di fare pipì. La paura è un incantesimo che le immobilizza mani, piedi e gambe. Riconosce la voce. Immagina ci sia anche la piccoletta. Due sanguisughe. Due vigliacche. Se la maestra Gilla si distrae, in cortile o in palestra, sono pizzicotti sull'avambraccio. Segni rossi che nel giro di un paio di giorni virano al *viola melanzana* e al *giallo senape*. Approfittano del fatto che *Francesca* non parla. Le sibilano all'orecchio: «Bastarda di una muta». Bastarda perché sta all'orfanotrofio.

«Esci subito o vengo dentro io!»

La paura prima ferma il tempo e poi lo ricaccia indietro di qualche settimana. Mattina presto, prima della campanella. Tre volte? Quattro? Ester ha smesso di contarle. Le due l'aspettano per strada, la spingono in un angolo, la obbligano a tirare fuori dalla cartella la merenda che suor Giuliana le ha preparato. La mangiano davanti ai suoi occhi. Oppure aprono il panino e ci sputano dentro. Oppure lo schiacciano col tacco in terra fino a farne poltiglia. Anche stamattina ha già dato loro il suo pane e formaggio.

«Sbrigati!»

Non ha altro da sacrificare. Nella sua testa un carosello di pensieri. Che cosa vogliono ancora? Perché la maestra non arriva? Perché la bidella Antonia non arriva? Perché nessuno arriva a fare pipì?

Altri colpi alla porta. Due, tre, quattro, a ripetizione.

Ester sente improvvisamente freddo. Se solo ci fosse una chiave o un gancio. Lo sportello oscilla fino a sfiorarla, lei si tira indietro e la latrina le sembra di colpo quello che è, un bugigattolo stretto e puzzolente senza via di fuga. All'improvviso la porta si spalanca e se le trova davanti. Lei seduta sul water, il vestito e il grembiule raccolti in grembo, le mutande alle caviglie. Chiude gli occhi e stringe i pugni.

«Ma guardati!»

Al ruggito della spilungona i visceri le si sciolgono con un rumore disgustoso.

«Che schifo!»

«Che puzza!»

Svuotata. Umiliata come mai nella sua giovane vita. Allenta i pugni, apre gli occhi e le guarda in faccia. Prima una e poi l'altra. Cosa può succederle che non le sia già capitato? È sola. Lontana da casa. Non sa se c'è ancora, la sua casa. Se mai potrà tornarci. Cosa può esserci di peggio? Cosa può succederle che non sia già successo? Si pulisce con uno strappo di carta, tira su le mutande, sistema vestito e grembiule e si volta a tirare la catenella dello sciacquone. In piedi non è alta come la più alta, ma quasi. Solleva il mento. Raddrizza le spalle. Tenta poi di uscire dalla latrina infilandosi tra le due, ma fanno muro. Inspira, e inspirando si accorge che, oltre le loro spalle, la sua compagna di banco Maria Luisa Piombo è ferma sulla soglia dello stanzino.

«Levatevi di mezzo» sta dicendo nel tono monocorde che la maestra corregge sempre durante le prove di "lettura espressiva".

«Levatevi di mezzo» ripete. Ha la solita espressione placida e un poco ottusa. Solo che adesso loro quattro non si trovano dentro la sonnolenta cantilena di un esercizio in classe. E in fondo allo sguardo bovino, Ester vede un'ostinazione brutale.

«E sennò?» risponde allora la bambina coi denti a spatola. Volta lentamente il capo verso la voce, inquadra la figura sgraziata di Maria Luisa Piombo, esce dalla latrina e le si para davanti. «Sennò che fai, Piombo?» È più alta, ha gambe lunghe ben piantate al suolo, dita che artigliano i fianchi.

Maria Luisa Piombo socchiude gli occhi e incassa le spalle. Tutte pensano: adesso gira sui tacchi, trascina i suoi piedoni piatti sui piastrelloni e se ne torna in classe. Invece si slancia a testa bassa addosso alla bambina coi denti a spatola. Un movimento così rapido e preciso – fronte contro naso –, così stupefacente per una come lei, che le altre restano impietrite. Ester trattiene il fiato. La piccola spalanca la bocca. La bambina coi denti a spatola fa un verso soffocato, si porta le mani alla faccia e le ritrae insanguinate.

Lo scontro non incrina invece la placidità di Maria Luisa Piombo. «Levatevi di mezzo» ripete per la terza volta come dicesse "Oggi è lunedì" o "Ieri ha piovuto". Raggiunge Ester, la prende per mano e insieme si avviano in classe.

«Chiamo la maestra? La chiamo? La chiamo, eh? Oppure chiamo la bidella Antonia?» dice intanto la cicciottella.

L'altra si tampona il naso con un fazzoletto. «Zitta, cretina» risponde.

Aggiustare l'universo

Tornando da scuola, sulla soglia della soffitta in cui abita, Gilla trova un pacchetto chiuso da un cordino. I timbri indicano che viene da Genova. Sulla carta marroncina le scritte "alto", "basso" e "fragile" nella grafia di sua madre. Gilla entra in casa, posa la borsa poi appoggia l'involto sul tavolo accanto al modello del planetario e se lo dimentica.

Il pomeriggio vola correggendo i compiti e preparando la lezione per l'indomani. Solo dopo cena il pacchetto le torna in mente. Scioglie allora il legaccio e ne estrae una cassetta di legno. All'interno, dodici tubetti di colore a tempera, tre pennelli, due scodellini metallici, una tavolozza, un flaconcino di trementina e un piccolo panno. «E brava mamma» dice al silenzio. A Borgo di Dentro non le è riuscito di trovare niente di paragonabile. Immagina sua madre nei vicoli del centro storico genovese alla ricerca di questo piccolo tesoro.

Come fa di solito quando non è troppo stanca, infila un ceppo nella stufa, accende la radio e si dedica al modellino del sistema solare. La musica, qualunque musica, l'aiuta a non sentire il vuoto che in casa, di sera e poi di notte, si fa voragine. Pensa che forse dovrebbe prendersi un gatto. Uno di quei piccoli randagi di cui nessuno si occupa e che, ad andarsene soli soletti per la città, rischiano di finire in pentola.

Intanto però siede al tavolo, gomiti sul ripiano, le mani a

coppa sotto il mento. Fissa l'ingegnoso prototipo. Da quanto tempo ci lavora? Settimane, gli impegni scolastici l'hanno assorbita completamente. Sotto la corazza luccicante, che non è stato difficile smontare con un giravite adeguato, il corpo centrale del modellino è composto da un treno di ruote dentate sovrapposte l'una all'altra, la principale delle quali agganciata a un perno manovrabile da una manopola di legno. Alle ruote sono collegati otto bracci metallici, uno per ogni pianeta previsto dal modellino, più la Luna che ruota intorno alla Terra e risponde a una coroncina del diametro di una nocciola. Il perno centrale fa da supporto a una sfera dipinta di giallo: un magnifico Sole che dardeggia al centro di quell'universo di legno, ottone e cartapesta colorata. L'unico corpo celeste sopravvissuto alla guerra, pensa Gilla, ma subito scaccia il pensiero. Alla guerra non vuole pensare. A Michele non vuole pensare. E il modellino aiuta. Miracoli della meccanica di precisione.

Si alza, raggiunge la cassettiera, torna al tavolo con un astuccio di pelle a due falde e lo spalanca sul ripiano. Pinze, martelletti, una lima, un raschietto, una spazzolina, un calibro, punte di foggia diversa. Regalo di suo padre quando Gilla, a quindici anni, è riuscita nell'impresa di smontare e rimontare il suo primo orologio.

«Ma questo non è un orologio» canticchia assecondando il motivetto che la radio trasmette in quel momento.

Con la lente monoculare passa a esaminare i braccetti che ha smontato nei giorni precedenti. «Non è un orologio però ci somiglia» risponde a sé stessa.

Li ha allineati sul tavolo accanto al corpo centrale, in ordine di distanza dal Sole e ciascuno col suo cartiglio accanto. Mercurio – il braccio più corto – poi Venere, Terra, Marte, Giove, Saturno, Urano e Nettuno. In un angolo il supporto della Luna, non più lungo di due centimetri.

Si sofferma sul braccetto di Giove. L'asticella era malamente piegata in due punti. Per farla tornare dritta, Gilla ha dovuto scaldarla appena con la fiamma di una candela e lavorarla con le mani. La osserva con la lente, non trova segni particolari. Fragilità che, rimettendo in moto il meccanismo, possano spezzarla.

«Se mai riuscirò a rimetterlo in moto.»

La radio intanto passa un ballabile. Gilla posa il monocolo e manovra sulla sintonia. Trova una canzoncina da bambini e torna a studiare i braccetti con la lente. Ognuno termina con uno spuntone metallico che, in origine, reggeva la sferetta di cartapesta corrispondente al pianeta. Sferette che adesso sono appoggiate a lato del rispettivo braccio, vicino al cartiglio. Gilla passa a esaminarle sconsolata. A un primo sguardo le era sembrato di poterne salvare qualcuna. Dovevano essere splendide, appena uscite dalla bottega dell'orologiaio che ha fabbricato il modellino. Gilla immagina un omone in marsina, fazzoletto di seta bianca al collo e basette alla Manzoni. E sfere magnificamente decorate, i colori perfetti, lucide e tonde, ma la lente le toglie ogni speranza. Il tempo e la guerra (ma alla guerra non vuole pensare), il tempo ha preso il gioiello di questo mirabile artigiano e ne ha fatto strame. Per Gilla, questo sconosciuto ha il volto e il piglio di suo padre e accanto una sposa in tutto e per tutto simile a sua madre, intenta alle rifiniture. E anche per questo le pare un cataclisma morale che tutte, ma proprio tutte le sferette-pianeta siano ammaccate, manchevoli, schiacciate, fratturate. La Terra addirittura a metà. La Luna, perduta per sempre.

Da una scansia sopra la stufa recupera un cesto pieno di palline di cartapesta. Le ha fatte di misure diverse impastando striscioline di carta, acqua, farina e sale. Uno dei tanti lavoretti che insegnano all'istituto magistrale. Svuota il cestino sul tavolo, prende in mano la sfera più grande del sistema solare e tra le palline di cartapesta ne trova una di misura grossomodo corrispondente.

«E adesso, bambine, diamo il nostro più caloroso benvenuto al pianeta Giove!» dice pregustando il lampo di curiosità che di certo accenderà gli occhi delle ventiquattro allieve di 5ª D. Le capita di parlare con loro quando è da sola nella soffitta. Improvvisa fervorini, lezioni immaginarie sugli argomenti più disparati. Racconta storie che non necessariamente ripeterà in classe.

«Dovete sapere che per gli antichi Romani – ve li ricordate i Romani, sì? – per gli antichi Romani Giove era la divinità più importante, il padre di tutti gli dei.»

La radio trasmette una nenia piena di trasporto. Con un frammento di cartavetro Gilla comincia a raschiare la superficie della palla di cartapesta. Il colore a tempera rende meglio su una base liscia e compatta. Nella testa sente la voce di suo padre che dice: *Piano, piano, con calma. Prenditi cura di questa pallina.* La nenia le strappa un sospiro. Sente la voce di Michele che dice: *Sei incorreggibile, Gilla. Vuoi davvero aggiustare l'universo?*

Punizione

A dieci anni le cose cambiano in fretta. Dopo la scuola, Maria Luisa Piombo prende l'abitudine di accompagnare Ester fino al cancello dell'orfanotrofio. La mattina fanno la strada insieme. Le due sanguisughe si tengono alla larga anche nell'intervallo, quando Ester divide la merenda con la compagna di banco. Comincia a passarle i compiti di nascosto. Le soluzioni di geometria. I disegni. Un vaso di fiori con le ombre sfumate e una casetta in prospettiva col comignolo fumante. Pensierini di tre, anche quattro righe. Il profitto scolastico di Maria Luisa Piombo s'impenna.

Gilla comincia a sospettare. Ha la conferma quando assegna in classe un tema dal titolo *Il Santo Natale si avvicina. Ricordi e aspettative* e Maria Luisa Piombo consegna un elaborato di tre pagine, senza *ricordi* né *aspettative*, ma con riferimenti alla liturgia, una descrizione particolarmente toccante della Natività e le parole *censimento, mangiatoia, incenso* e *mirra* usate a proposito e scritte senza errori. Ester, invece, non scrive nulla.

Il giorno dopo Gilla la chiama alla cattedra. «Che fine ha fatto il tuo tema?» dice riconsegnandole il quaderno.

La bambina abbassa il capo.

«Brutti ricordi?»

No con la testa.

«E allora perché?»

Nessuna reazione.

Gilla sospira. L'alunna Francesca Pellegrini non parla, e questo è un problema. Un bel problema, pensando all'esame di licenza elementare che dovrà sostenere a giugno. Che non scriva è un problema ancora più grande. Che scriva il compito della compagna di banco e non faccia il compito che le è stato assegnato è un problema gigantesco. «Sono molto delusa. Molto, molto delusa.»

Ester non reagisce, ma ha gli occhi pieni di lacrime. Gilla apre il secondo cassetto e tira fuori la bacchetta. In classe, il silenzio inghiotte di colpo ogni movimento.

«Se ti do tempo fino a domani, farai il tema sul Natale?»

Ester si asciuga una lacrima col dorso della mano, e ancora no con la testa.

«Maestra!» dice Maria Luisa Piombo alzandosi in piedi. «Il mio tema l'ha scritto Pellegrini.»

Gilla spalanca gli occhi. Stringe il manico della bacchetta. Pellegrini va punita. Ma come si fa a punire qualcuno che ha fatto quel che ha fatto per aiutare una compagna?

«Io l'ho solo copiato» prosegue Maria Luisa Piombo.

Anche Piombo va punita. Ma come si fa a punire qualcuno che, per aiutare una compagna, ha il coraggio di prendersi tutta la colpa? Eppure entrambe non hanno fatto ciò che avrebbero dovuto fare. Lei è l'insegnante, non può transigere. Sta a lei distribuire colpe e premi. Qui non si tratta di spiegare il moto dei pianeti, o le frazioni, o la coniugazione del verbo irregolare *cogliere*. Qui si tratta di tracciare con una spada di fuoco il confine che separa Giusto e Sbagliato.

«Mi dispiace» dice Maria Luisa Piombo chinando il capo.

La maestra gira lo sguardo sulla classe. Occhi enormi. Silenzio. Aspettano il verdetto. Sta a lei evitare che la disciplina si sbricioli in mille frammenti taglienti e l'anno scolastico vada in frantumi. Occhi grandi come finestre spalancate. Ha l'impressione di leggere i pensieri di ognuna. Che sono i suoi stessi pensieri. *Cos'è il Bene, maestra? Cos'è il Male?* Occhi come secchi, come specchi. Ma come si fa? Non lo spiegano all'istituto magistrale.

«Ho sbagliato.» Maria Luisa Piombo non ha mai pronunciato così tante parole, ma Gilla non la sente neppure. Chiude gli occhi, poi li riapre, si alza, posa la bacchetta sulla cattedra, raggiunge la lavagna e scrive:

Copiare è un'azione spregevole e non lo farò mai più.

«Piombo, siediti. Scrivi questa frase sul quaderno. Attenta: *un'azione* vuole l'apostrofo perché è femminile, e *spregevole* si scrive con una sola g. Cento volte. Domani mi consegni il quaderno. Quanto a te, Pellegrini...»

«Non deve punire Francesca, è stata colpa mia.»

Gilla prende un bel respiro e pianta gli occhi in quelli di Maria Luisa Piombo. L'insistenza, la voce piatta, il tono petulante: il primo pensiero va alla bacchetta. A un paio di colpi ben assestati. Palmo aperto, pelle lacerata. Dolore per giorni. Il segno, per settimane. Non è così che hanno insegnato a lei la disciplina? Non è così che si cresce? Che si impara a stare al mondo? D'improvviso si sente stanchissima. Posa il gesso, torna alla cattedra. Ventidue anni, ma come se ne avesse cento. Non è così... la guerra? Pensa ad Achille Ferro pestato a sangue due piani più sotto. A Giacomo Leone, il fratello maggiore di Rosa Maria, gettato in una fossa come un animale. A Genova in fiamme. A Michele, anche se a Michele non vuole pensare, e certo non in classe, davanti a ventiquattro bambine di colpo attentissime a ogni suo gesto. Impallidisce. Deglutisce. Basta guerra, pensa, basta botte. Afferra a due mani la bacchetta e la spezza a metà. Il *crac* lacera il silenzio come un coltello il ghiaccio. Piombo sussulta. Ester sussulta. Le altre, al banco, arretrano verso lo schienale. Giunchi quando tira vento. Gilla le ignora, torna alla lavagna e sotto la prima frase aggiunge:

È mio dovere ubbidire alla maestra e svolgere tutti i compiti assegnati.

«Pellegrini, questa è per te. Duecento volte. Per domani. E in più un altro tema. *Un ricordo indimenticabile*. Cinque pagine, non una di meno.»
Ester alza lo sguardo. Sollievo? Paura? Gilla non sa dirlo.

Cose che Ester sa

Che Maria Luisa Piombo abita nella città vecchia.

Che abita in una casa poco distante dalla casa della maestra Gilla.

Che la maestra Gilla vive in una soffitta.

Che Maria Luisa Piombo vive con la nonna e la madre.

«Se vuoi puoi venire a casa mia a fare i compiti» dice a Ester accompagnandola nel tragitto dopo la scuola, o nell'intervallo, o la mattina presto prima di entrare.

Che casa sua sono due stanze e c'è molta confusione.

Che la nonna e la madre confezionano camicie.

Che il tizio delle camicie fa loro visita una volta ogni quindici giorni, lascia pezze di cotone, filo e bottoni e ritira le camicie finite, lavate e stirate.

Che Maria Luisa Piombo sa stirare.

Che sa fare le asole.

«Se vuoi ti insegno» dice.

Ester la ascolta con attenzione. Nessuno parla con lei da molto tempo. Le ospiti dell'orfanotrofio la tormentano oppure la ignorano oppure la temono, e comunque non si fidano. Troppi privilegi. Suor Giuliana le spiega le cose, le altre suore le danno ordini, la maestra Gilla una via di mezzo. Invece Maria Luisa Piombo parla con lei *davvero*.

Le asole non sono mica facili da fare.

Il padre di Maria Luisa Piombo non c'è più. Caduto in Abissinia mentre lei era nella pancia della madre.

Ester accumula informazioni come lo scoiattolo fa provviste per l'inverno.

Maria Luisa Piombo non sa dove sia l'Abissinia.

Il padre ha avuto la croce al merito.

Il padre aveva dei grossi baffi neri.

«Se vuoi ti faccio vedere una foto in divisa» dice. Ester si ripete le cose nella testa.

I vestiti, i quaderni e i libri di Maria Luisa sono della Parrocchia.

La pensione ai famigliari dei caduti basta appena per il carbone.

Vuole essere sicura di ricordarsele. Anche le domande. Maria Luisa Piombo fa solo domande a cui si può rispondere con un cenno del capo.

«Se vuoi ti racconto come si sono conosciuti mamma e papà.»

«Se vuoi ti porto un cartoccio di semi di zucca.»

«Se vuoi ti ripeto la poesia.»

Quindi la loro, pensa Ester, è una specie di conversazione. E quindi Maria Luisa Piombo è una specie di amica. La sua unica amica. Sensazione tenera e violenta, tesoro inaspettato. Per questo desidera ardentemente darle qualcosa in cambio. La soluzione ai problemi di geometria o i compiti che Maria Luisa Piombo non sa fare. E pazienza se la maestra Gilla la punisce. Così pensa davanti alla cannicciata dell'orfanotrofio, dove Maria Luisa Piombo ha appena ripercorso i momenti salienti della mattinata. Si è lamentata delle cento frasi da ricopiare. Si è doppiamente lamentata delle duecento frasi che dovrà ricopiare Ester. «Un tema di cinque pagine sono tantissime!» dice. Indugia. «Posso chiederti una cosa?»

Ester annuisce. *Avanti, amica mia.*

È una domanda che le scotta la lingua da quando la maestra Gilla ha assegnato la punizione, e allora Maria Luisa Piombo la sputa fuori di botto: «Ma se lo sapevi fare, perché non hai fatto il tema sul Natale?».

Ester la guarda. Non è possibile rispondere con un cenno del capo. Un tradimento. Il primo. Uno spillo nel cuore.

Giove

(Lezione immaginaria della maestra Gilla
mentre dipinge palline di cartapesta)

Giove è un pianeta lontanissimo e gigante. Pensate: 1316 volte il volume della Terra! E moltissime lune, non una sola come noi poveri terrestri.

Dovete sapere che, delle lune di Giove, le più importanti per la storia dell'umanità sono quattro.

Sentite la loro storia. Nel 1610 il grande scienziato Galileo Galilei viveva a Padova, che è una città del Veneto, e insegnava all'università. La notte del 7 gennaio era particolarmente limpida. Si vedevano tutte le stelle e i pianeti, la Via Lattea brillava al centro della volta celeste. Così Galileo decise di tirare fuori il suo cannocchiale e puntarlo in alto. Si concentrò sul pianeta Giove, che è abbastanza facile da vedere con il cannocchiale perché è una grossa palla striata di bianco e marrone, con una macchia rossastra proprio sotto la linea dell'equatore. Quella notte Galileo Galilei si accorse però che c'era qualcosa di strano, e proprio dalle parti di Giove. Tre puntolini, tre piccole palline che non aveva mai visto.

"Ma non erano quattro?" dirà qualcuna delle bambine.

Fate attenzione. La notte del 7 gennaio Galileo Galilei vide tre palline, ma la notte successiva tornò fuori col suo cannocchiale e le palline erano diventate quattro. Com'era possibile? Si mise a osservare con grandissima attenzione. Se le palline si avvicinavano, se si allontanavano. Insomma, se si muovevano. E non bastò una notte, e neanche due o tre, ma ben presto Galileo Galilei, che era un grande matematico e conosceva benissimo la geometria, capì che quelle quattro palline stavano girando intorno a Giove proprio come la Luna gira intorno alla Terra.

Scrisse allora le sue osservazioni in un libro in latino, un libro che si intitola **Sidereus Nuncius***, cioè "messaggero celeste". A quel tempo gli scienziati scrivevano in latino. E tutti furono colpiti da quella scoperta perché fino a quel momento si credeva che la Terra fosse al centro dell'universo e gli altri corpi celesti, i pianeti, i satelliti, le stelle e anche il Sole ruotassero intorno a lei. Così stava scritto nella Bibbia.*

Invece Galileo Galilei aveva appena scoperto che esistevano corpi celesti che se ne infischiavano della Terra e della Bibbia e se ne andavano per i fatti loro. «Non siamo noi il centro dell'universo!» diceva ai suoi alunni. E da quel momento, da quella straordinaria scoperta, tutti gli scienziati e tutti gli uomini in cuor loro cominciarono a dubitare e nessuno fu più sicuro di niente.

Gilla pensa che, quando farà lezione su Giove, dovrà rivedere il finale perché, così com'è, non è adatto a bambine di quinta elementare.

Pane e candele

Inverno duro, razionamento del combustibile anche per l'orfanotrofio. Che comunque aveva corridoi gelidi e camerate coi vetri incrostati di ghiaccio anche prima della guerra e delle requisizioni forzate.

Ester siede a un tavolo del refettorio. Stanza non più fredda delle altre. Approfitta della solitudine e della grande vetrata. Il sole è una smagliatura nella coperta di nubi grigie. Scrivere duecento volte "È mio dovere ubbidire alla maestra e svolgere tutti i compiti assegnati" porta via un bel po' di tempo e non scalda le dita. Ogni dieci-dodici righe posa il pennino, sfrega i palmi e soffia dentro le mani a conchetta. Al tramonto mette la parola *fine* in fondo al tema di cinque pagine, poi il buio incappuccia la vetrata come una tenda siberiana e l'orfanotrofio si trasforma in un labirinto di ombre.

Il momento che aspettava.

Le suore sono intente alle loro faccende. Le orfane sono tutte nelle camerate, in attesa della campana che annuncia la cena. Si tengono al caldo ravvolte nei cappotti e dividendo lo stesso letto, schiena contro schiena, alla luce vacillante delle lampadine a incandescenza. Le più grandi fumano di nascosto nelle latrine davanti a un finestrino aperto come un oblò su un gran mare gelato.

Anche Ester ha indosso il cappotto. Raccoglie le sue cose, il quaderno, l'astuccio e ficca tutto in tasca. Imbocca inosservata il corridoio principale. Nell'oscurità la luce dalle camerate disegna rettangoli fluorescenti. Il pigolio delle chiacchiere copre i suoi passi. Raggiunge la cappella, con cautela spinge la porta a vetri. Conta sul fatto che, a quest'ora, è difficile che qualcuno si raccolga in preghiera.

La cappella odora di chiuso e incenso. Buio denso, qua e là gli aloni gialli e rossi di fiammelle guizzanti: la lampada a olio del Santissimo, i lumini sotto l'immagine di sant'Anna, la rastrelliera portacandele ai piedi di san Francesco. È lì che si dirige. Le candele non sono razionate. A suore e orfane non si lesina quel piccolo conforto. Conta i mozziconi spenti. Due sono consumati, due si possono ancora accendere. Si concentra su questi. Con l'unghia li stacca dal supporto metallico, attenta a non rovinare lo stoppino residuo. Li fascia dentro un fazzoletto e infila in tasca insieme al quaderno e all'astuccio.

A cena tiene indosso il cappotto. Anche qui, niente di strano. Zuppa lunga di ceci e castagne, una pagnotta, una mela. Mette in tasca la pagnotta. È diventata bravissima a non farsi scoprire. Con le dita esercita una lieve pressione sull'involto di cera.

Il mattino dopo, prima di colazione, esce di nascosto. Il freddo ha una consistenza quasi solida. Lei spezza un candelotto di ghiaccio, lo fascia dentro un lembo della sciarpa e raggiunge l'intercapedine. Libera l'accesso dalle cianfrusaglie che lo occultano. Richiude dietro di sé la porticina di legno, scende di corsa i gradini. Il gattino è diventato un gatto. Le viene incontro con un miagolio speranzoso. Ester lascia cadere il candelotto nella conchetta dell'acqua e gli tende la pagnotta sottratta la sera prima. Il gatto si avventa.

«Torno dopo scuola» dice.

All'odore sgradevole ormai è abituata. Comunque controllerà più tardi il mucchio di trucioli e sabbia che il gatto usa per i suoi bisogni. Dalla bocca di lupo entra una luce di latte. Appena sotto c'è un ripiano. Ester appoggia lì i due mozziconi, accanto ad altri cinque, a una candela intera e a una manciata di zolfanelli che ha sottratto in cucina due giorni prima. Poi risale a fare colazione.

Tema

Un ricordo indimenticabile

Svolgimento

Un ricordo indimenticabile per me è la gita al fiume con i miei genitori. Forse avevo quattro o cinque anni perché avevamo portato anche la bambola Enrichetta e di certo a sei anni mi sarei vergognata di uscire con una bambola.

Siamo partiti al pomeriggio con le biciclette. Era estate, faceva molto caldo, ma io stavo sulla canna di papà e l'aria mi veniva addosso e mi rinfrescava. Invece la bambola Enrichetta stava nel cestino della bicicletta della mamma insieme alla merenda.

Sul ponte che porta all'altra sponda del Po c'erano altre persone in bicicletta che facevano la nostra stessa strada. E io allora ho detto: «Sembra di essere in giostra» perché ero stata una volta su una giostra dove c'erano cavallini finti col pennacchio e carrozze dipinte di tanti colori e tutte le biciclette che andavano nella stessa direzione me l'avevano ricordato. Questo succede perché i ricordi sono come gli anelli di una catenina d'oro, uno attaccato all'altro, ma una catenina è una cosa molto delicata e quando ce l'hai al collo devi fare attenzione a non strapparla e questo vale anche per i ricordi.

Andando in bicicletta mamma e papà parlavano tra loro e sembravano un po' arrabbiati perché lo zio aveva detto «casa nostra non esiste più», che a me sembrava una frase stupida visto che in quel momento che l'ha detto eravamo in casa nostra (però adesso questa frase dello zio non mi sembra più così stupida). Comunque io guardavo le altre biciclette e il fiume che in quel punto si restringe e fa cavalloni anche in agosto. Poi la città è finita e siamo arrivati in campagna e papà ha trovato un sentiero abbastanza largo in mezzo alle canne. C'era odore di fango, di caldo, di erbe che crescono vicino alle sponde e di animali come i rospi e i pesci e purtroppo anche le zanzare, che ci arrivavano addosso a mucchi come nuvole nere ma senza pioggia. Ma soprattutto c'erano le rane che saltavano nel fosso accanto al sentiero, pieno di lunghi fili d'erba fitta e ondulata. Appena ne vedeva una, papà spingeva forte sui pedali e gridava «Pista, pista», io un po' mi spaventavo e un po' ridevo e la rana saltava come una pazza. Poi siamo arrivati in un posto dove un signore vendeva fette di anguria sotto un ombrellone. Sembravano belle fresche e invitanti perché quel signore teneva le sue angurie a bagno tra i sassi nell'acqua corrente e spumeggiante. Ma non ci siamo fermati lì perché la mamma ha detto «Qui c'è troppa gente» e noi avevamo la nostra merenda che era una torta. Poi siamo arrivati in un altro posto dove c'era una piccola spiaggia isolata e abbiamo appoggiato le biciclette a un albero. Papà si è subito tolto i vestiti, li ha appesi a un ramo ed è rimasto in braghette e mi faceva ridere vederlo così mezzo nudo, bianco e coi peli sul petto tutti arricciolati. La mamma mi ha aiutato a togliere il vestito e io avevo un costume da bagno con delle strisce bianche e rosse uguale a quello della mamma che secondo papà sembrava una diva del cinema. Papà ha steso un telo, ci abbiamo messo sopra la bambola Enrichetta e la torta. E questa è stata una cosa molto sciocca ma il perché lo scrivo dopo.

Io non avevo voglia di mettermi lì seduta e allora papà e mamma mi hanno preso per mano e siamo andati sul bordo del fiume, in un punto dove formava una pozza d'acqua non tanto profonda e non tanto fredda e lì ci sono entrata a piedi nudi e c'erano sassi piccoli e lisciati dalla corrente e tantissimi pesciolini neri che se stavo fermissima mi venivano intorno alle dita. Invece papà ha fatto proprio il bagno completo, anche i capelli. La mamma si è bagnata solo le gambe e le braccia. Ci siamo stati un bel po', di certo *un po' troppo perché quando siamo tornati da Enrichetta le formiche avevano trovato la nostra torta che era tutta nera di insetti e non si poteva più mangiare. Per questo ho scritto che è stata una cosa molto sciocca lasciarla lì per terra anche se era fasciata nella carta oleata. Papà allora ha detto: «Aspettami qui con la mamma, streghetta». Quando ero piccola mi chiamava sempre così. E poi ha preso la bicicletta della mamma ed è tornato con tre fette di anguria nel cestino e abbiamo fatto merenda tutti insieme, e poi ci siamo lavati la faccia e le mani nella corrente e siamo tornati a casa felici e contenti.*

Questo è un ricordo indimenticabile perché al fiume tutti e tre insieme non ci siamo più andati. Comunque per me tutti i ricordi sono indimenticabili e io non voglio dimenticarne nessuno.

Fine

Urano

(Seconda lezione immaginaria della maestra Gilla
mentre dipinge palline di cartapesta)

Anche Urano è un pianeta gigante, 15 volte la Terra, e a cercarlo col telescopio ha la forma di un cerchio verdazzurro. Per fare il giro completo intorno al Sole impiega 84 anni.

Come il pianeta Giove porta il nome del padre di tutti gli dei, allo stesso modo il pianeta Urano si chiama così in ricordo di un'antica divinità. Urano, appunto. Il nome che gli antichi Greci davano al cielo stellato.

Secondo la leggenda, all'inizio dei tempi cielo e terra stavano sempre attaccati. Il cielo, cioè Urano, non voleva staccarsi dalla Terra, che i Greci chiamavano Gea. Urano amava moltissimo Gea, e Gea amava Urano, e insieme facevano molti figli, ma Urano era così affezionato a Gea, o forse così geloso di lei, che non voleva staccarsi neanche per lasciarla partorire. E i figli, poverini, stavano tutti stretti nella pancia di Gea come una cucciolata nel ventre della mamma. E insomma, voi capite che così non si poteva andare avanti, con Gea sempre più gonfia di figli e questi figli che crescevano, crescevano ma non potevano venire al mondo perché Urano era sempre lì a bloccare loro la strada.

Comunque Gea a un certo punto non ne poté più della prepotenza di Urano e decise di costruire un falcetto uguale a quelli che si usano per tagliare il fieno nei campi. E poi consegnò il falcetto al più coraggioso e determinato dei suoi figli, che si chiamava Crono. Non chiedetemi come fece a darglielo, visto che Crono stava con tutti gli altri fratelli dentro l'enorme pancia di Gea, ma insomma la storia è questa, e Crono ebbe il suo falcetto. E sapete cosa fece Crono, il più coraggioso, o forse il più disperato dei figli di Urano e Gea, cosa fece Crono con quel falcetto?

Gilla esita. C'è un modo sincero di raccontare questa storia, una storia che ha più anni dei Romani, dei Greci, dei Fenici, dei faraoni, degli Assiri, dei Babilonesi, più anni dell'umanità intera, c'è un modo adatto a bambine di quinta elementare?

Allora: il più ardito e risoluto dei figli di Gea e Urano si acquattò col falcetto dentro la pancia di Gea e quando il padre Urano, muovendosi anche lui dentro Gea, gli si avvicinò, quando insomma ebbe suo padre a portata di mano, Crono impugnò il falcetto e gli tagliò di netto il membro.

Si può dire "membro"? Non sarebbe meglio introdurre una variante e dire che Crono tagliò la testa al padre? O magari un braccio? O un dito?

Ferito, Urano scappò più lontano possibile da Gea, cioè dalla Terra, e da quella massa di traditori che erano i suoi figli, Crono in testa. Figli che intanto venivano alla luce uno dopo l'altro come cagnolini uggiolanti.
Pazzo di dolore, Urano si rifugiò là dove lo vediamo adesso, in cielo. Crono intanto si era liberato del membro tagliato (del dito mozzato) scagliandolo lontano. E a quel punto accaddero due cose incredibili. Cose che accadono solo agli dei, ma che poi finiscono per riguardare tutta l'umanità. Alcune gocce di sangue sgocciolarono dal membro (dito) di Urano e s'impastarono al terreno. E dal terreno allora presero vita tre orribili creature. Erinni le chiamavano gli antichi Greci. Figure mostruose con grandi ali e piedi di bronzo e serpenti tra le dita e tra i capelli. Divinità crudeli che s'involarono per il mondo seminando ovunque odio, dolore e vendetta.

Ma mentre il mondo si riempiva di orrore, accadde la seconda cosa incredibile. Gocce dello sperma di Urano (sangue, se sperma è troppo per bambine di quinta elementare), *alcune gocce caddero invece nel mare, si mescolarono alla schiuma e da questo abbraccio nacque la divinità che i Greci chiamavano Afrodite e i Romani Venere. E che è il simbolo di tutte le cose belle che ci sono nella vita, bambine.*

E Gilla smette di immaginare la sua lezione e pensa a tutta la bellezza che un tempo vedeva ma non vede, più perché le Erinni furibonde hanno steso il loro mantello di stracci sul mondo.

La marezzatura rosseggiante delle viti in autunno, l'esplosione giallo-arancio dei cachi nei cortili, l'odore carnoso di terra smossa, quello dolce e intenso di fumo e castagne arrosto, e anche il cricchiare adamantino del gelo di novembre, i monili di ghiaccio che adornano il solstizio, la neve che presto cadrà e con cui faremo epiche battaglie, la primavera in abito di gala, lo strascico profumato di tiglio e rosa...

Lacrime le inondano le guance, silenziose, irrefrenabili. Le bagnano le dita sporche di colore, annacquano la mistura verdazzurra. È certa che questa sia una lezione perfetta per bambine innocenti. Non dimenticheranno. Quando verrà il loro tempo, ne faranno buon uso. La vita che è inferno e paradiso insieme, mescolati come tempere nello scodellino.

Più inferno che paradiso, bambine.

La lezione che Gilla sente conficcata nel cuore. Michele amato e perduto, Michele paradiso e inferno. Ma, con altrettanta certezza, sa di non aver la forza di montare in cattedra, chiedere silenzio e tenere questa lezione per loro.

In chiesa

Pochi giorni a Natale, ultimo di scuola prima delle vacanze. Dopo l'intervallo tutte le classi lasciano l'edificio, attraversano Borgo di Dentro in fila per due e raggiungono la chiesa. Al passaggio, le donne si affacciano alle finestre. I bottegai, i caffettieri, le sarte, persino gli spazzini si fermano in contemplazione. Nessuno fiata, tutti pensano lo stesso pensiero: di nuovo un esercito. Ma questi sono manipoli senza armi, solo fiocchi che spuntano dal colletto dei cappotti e orli bianchi e neri dei grembiuli che gioiosamente lampeggiano al passo, e c'è chi si commuove.

L'idea è stata del direttore-prete. Che il primo trimestre della nuova era termini in gloria. Gloria di Dio, naturalmente. Una processione per le strade della città e una messa grande che sono allo stesso tempo un benvenuto alla Pace, un arrivederci a gennaio e anche un messaggio chiaro ai socialisti, ai comunisti e agli anarchici tutti di Borgo di Dentro perché si ravvedano e celebrino la Novena da buoni cristiani.

In chiesa è un baluginare di candele. Le classi prendono posto ordinatamente, maschi nei banchi a sinistra, femmine a destra, secondo l'età, davanti i piccoli e dietro gli altri. Alla 5ª D tocca l'angolo in fondo alla navata e Gilla si sistema alle loro spalle.

Il fatto che lei sia un po' cattolica era motivo di discussione. Michele eccepiva sull'*un po'* – «o lo sei o non lo sei» – ma Gilla continua a sentirsi così. Non del tutto cattolica. E non del tutto comunista. Lascia correre lo sguardo sui marmi policromi, sugli stucchi e gli ori finto barocchi, sulla Vergine popputa che sale al cielo, sulle cappelle semibuie, sui santi trafitti, martirizzati, scarnificati dal tempo, caliginosi nel fumo di candela, sulle madonne esangui velate d'azzurro e cinte di stelle, sulle sante con in mano gigli e rose, sulle montagne finte del presepe, sulle statuine dei pastori, sulla stella cometa di metallo luccicante. Che magnifiche storie ha imparato da bambina. Perché rinunciare *del tutto*?

L'organista comincia a suonare e una musica solenne accompagna l'ingresso del direttore-prete in paramenti sacri e l'inizio della messa. Gilla si assicura che le bambine stiano sedute composte e si alzino quando è il momento e tornino a sedersi quando si deve, e non approfittino della distanza dall'altare per ridere, chiacchierare o farsi scherzetti. Per la prima volta dall'inizio dell'anno ha modo di osservarle da dietro. Confronta l'immagine frontale con le code di cavallo, i codini con e senza nastri, le trecce ben fatte e le acconciature improvvisate, i capelli tagliati con cura dalla pettinatrice o alla buona dalla mamma per rendere la vita difficile ai pidocchi. A scuola c'è posto per tutti. Eccola qui la rivoluzione, pensa rivolgendosi a Michele. Colli candidi accanto a colli sporchi da generazioni. Orecchie che paiono modellate da un Michelangelo, oppure a ventola. Spalle fragili da nobildonna e larghe da contadina. Ma poi nota come in chiesa le bambine abbiano spontaneamente scelto l'assetto scolastico: le compagne di banco sedute vicine, le file ricostituite per come sono in classe. Potere dell'abitudine. Pigrizia. Mancanza di coraggio. Com'è difficile la rivoluzione. E vale anche per Piombo Maria Luisa e Pellegrini Francesca. Sempre attaccate. Stanno attente? E le altre? Difficile dirlo, così da dietro. D'altronde la celebrazione è un mormorio lontano e monotono. E tutto questo latino. Che neanche sanno l'italiano. Che la fatica, semmai, è sradicargli dalla testa il dialetto. Gilla immagina che nei banchi più avanti qualche piccolino si sia addormentato. Inevitabile. In fondo anche lei è distratta. Non tanto da non cogliere i passaggi, *in piedi*, *seduti*, non tanto da non rispondere all'officiante quando è il momento, *Kyrie*, *Gloria*, ma abbastanza perché la mente vaghi altrove. E anche il corpo. Con la scusa di controllare meglio le bambine lascia il suo posto e circumnaviga l'isoletta che è la 5ª D. Non vista, si concentra su Pellegrini. La bambina tiene gli occhi bassi. Muove le labbra al *Credo*. Gilla le si affianca e non percepisce suono. Una bambina che è un mistero. Anche il tema. Stupefacente. Stupefacente che, davanti al foglio bianco, abbia deciso di raccontare cose tanto personali. E il passaggio sui ricordi. Non sono fragili collanine, vorrebbe dirle. I ricordi sono catene di ferro.

Al momento della Comunione c'è un po' di trambusto. Le bambine della 5ª D lasciano i posti e si dirigono verso l'altare per ricevere l'ostia consacrata. Gilla è pronta a seguirle, ma si accorge che Pellegrini non si muove. Anzi, la bambina si è seduta. Le tocca una spalla e le fa segno di avviarsi, ma Pellegrini scuote la testa.

No?

No come: *non scrivo il mio nome sulla copertina del quaderno*.

No come: *non scrivo un tema sul Natale*.

Gilla è interdetta. Non può lasciare il resto del gruppo e allora si avvia, riceve il corpo di Cristo, torna indietro, finge di raccogliersi in preghiera, in realtà rimugina su quanto è successo e da lontano si accorge che la bambina non è più al suo posto. Possibile che se ne sia andata prima della fine della messa? La cerca con gli occhi ed eccola inginocchiata in una cappella laterale. Fa per avvicinarsi, ma Pellegrini in quel momento si solleva e si guarda alle spalle. D'istinto allora Gilla si nasconde dietro una colonna. Vede la bambina chinarsi sulla rastrelliera delle candele votive, tuffare la mano, fare un movimento, grattare si direbbe, mettere alla svelta la mano in tasca. Giurerebbe di averla vista portare via un mozzicone di candela. Che cosa strana. Che manchino le candele all'orfanotrofio?

Al termine della celebrazione Gilla accompagna fuori le bambine e poi torna in chiesa, raggiunge la sagrestia e aspetta accanto alla porta chiusa. Qualche minuto e il direttore è sulla soglia.

«Ho bisogno di parlarle» dice la maestra.

Lui fa strada. Non è mai stata in sagrestia, forse nessuna femmina che non sia una suora è mai stata in una sagrestia e sulle prime il luogo la intimidisce. La novità, le pareti fasciate di legno, il mistero, e davanti a lei la tonaca da uccellaccio con le penne lustre.

«La ascolto.»

Gilla si prende un attimo per raccogliere le idee, poi parla del profitto eccellente di Pellegrini in ogni materia. «Le mie lezioni non le servono, signor direttore» dice.

«Se è così dotata, dopo gli esami cercheremo di farle proseguire gli studi. Il problema resta l'orale.»

«Non solo.» La maestra racconta della pervicacia con cui la bambina rifiuta di fare cose per lei semplicissime, come scrivere il proprio nome o un tema sul Natale.

«Capricci.»

«Non credo. Il tema sul Natale lo ha scritto per una compagna in difficoltà. Allora le ho assegnato un altro tema e la bambina ha raccontato cose della sua famiglia. Suo padre, sua madre, uno zio. E ha scritto: "Io ho detto...". Insomma, racconta di aver parlato.»

L'uomo congiunge i palmi davanti al volto. «La guerra ha spezzato molte cose, signorina Gilla.»

«Io non credo che sia muta.»

«Forse ha spezzato anche questa bambina.»

«Ma se si potesse... aggiustare?» Quanta enfasi. E quanti ricordi. La parola è così piena di... Michele, che la fa arrossire. Il direttore non sembra accorgersene. «Cosa mi sta chiedendo?»

«Io vorrei...» Gilla non trova le parole.

«Saperne di più.»

Lei annuisce.

«Provare ad aggiustarla.»

Gilla stringe le labbra.

«E vuole la mia complicità?»

«Diciamo il suo aiuto. In fondo è lei...»

«In fondo sono io che l'ho messa nei pasticci.» Il direttore ha un riso secco e allegro. «Facciamo così. Vada all'orfanotrofio. Si presenti a mio nome. Cerchi suor Giuliana. Si faccia dire tutto quello che sanno loro.»

«Suor Giuliana.»

«Suor Giuliana. Facciamo un tentativo.»

Una determinazione che ha qualcosa di minerale tende allora i lineamenti di Gilla. Una forza che avanza intatta attraverso il gran macello della Storia. Anita Garibaldi a cavallo nella pampa. Giovanna d'Arco impavida alla guerra. Cornelia, Ipazia, Penelope. Pentesilea regina delle Amazzoni. E in quel momento, in un giorno qualunque di dicembre del 1945, tra le pareti fasciate di legno di un'oscura sagrestia, il direttore vede Gilla come non l'ha mai vista. Come gliel'avevano solo raccontata, spingendolo ad assumerla. Come l'hanno conosciuta, in guerra, i compagni ribelli. Come l'ha vista Michele la prima volta, appuntamento al grande noce dei Franzoni, lei a capo scoperto sotto la pioggia, fradicia e risoluta, intrepida e spavalda, in mano un messaggio cifrato miracolosamente asciutto.

È un attimo, ma sufficiente a instillare una goccia di paura nell'animo peraltro ardimentoso del direttore della scuola elementare di Borgo di Dentro. Paura per lei, che intanto già china il capo in un gesto di saluto, volta le spalle, mette mano alla maniglia della porta.

«Gilla.»

Anita Garibaldi è morta di febbri nelle paludi di Comacchio. Non aveva compiuto ventotto anni.

«Sì?»

«Non sappiamo cosa scoprirà all'orfanotrofio. Non sappiamo neanche se scoprirà qualcosa. Viviamo tempi difficili.»

Giovanna d'Arco è morta a diciannove anni, arsa viva. Pentesilea trafitta dalla lancia di Achille.

«Capisco.»

«No, non capisce. Lei è troppo...» Adesso è il sacerdote a non trovare la parola, e allora ripiega scegliendone una imprecisa. «Lei è troppo giovane per capire.» Come se la giovinezza fosse tutt'uno con l'urgenza di metter mano al male del mondo. «Però mi dia retta: ha altre ventitré bambine di cui occuparsi. Non si faccia coinvolgere troppo da questa faccenda. Non è un buon investimento.»

Cappottino verde bosco

Lungo la strada che dalla scuola conduce alla chiesa, Maria Luisa Piombo parla, ma Ester non ascolta. Guarda le donne affacciate alla finestra, i bottegai alle botteghe, i caffettieri, le sarte, gli spazzini. Non conosce nessuno, non sa niente di questo posto, ma si vede con gli occhi degli altri, una scolara in fila per due, e si sente come se tutti la conoscessero e la guardassero con gioia e pietà.

A fendere la selva d'occhi, i ricordi non sono più una catenina d'oro, ma una scala che la precipita nel pozzo nero del passato, giù, sempre più giù, fino alla prima immagine cosciente di sé. Un cappottino verde bosco con gli alamari dorati sul petto. Nient'altro. Quel cappottino e la felicità tonda e lucente di scolari per strada.

La nostalgia la travolge ma lei resiste, raddrizza la schiena, ricaccia le lacrime, stringe la mano di Maria Luisa Piombo e risale a ritroso l'abisso. La sua amica, la sua unica amica Maria Luisa Piombo per fortuna continua a parlare.

All'orfanotrofio

Il pomeriggio stesso Gilla si presenta all'orfanotrofio.

«Aspetti nel salottino, vado a chiamare suor Giuliana» dice la suora portinaia.

Il salottino è una stanza fredda e spoglia, illuminata da una finestra col vetro a smeriglio. Gilla si stringe nel cappotto, non osa sedersi su una delle sedie accostate a un piccolo tavolo. L'unica suppellettile che fa pensare a un luogo per ricevere ospiti è una tela a olio con una ricercata cornice dorata, tutta ricci e volute, più adatta a un soggetto mondano che alle ieratiche figure scelto dall'artista: sant'Anna in trono, subito sotto la Madonna sua figlia e in grembo alla Vergine il bambinello nell'atto di benedire l'osservatore.

Suor Giuliana arriva zoppicando. Indica a Gilla una delle sedie e si accomoda proprio sotto il quadro. «Non mi dica che la bambina ha combinato qualche guaio» dice.

Gilla si accorge che la monaca somiglia in modo impressionante a sant'Anna. Lo stesso soggolo color crema stretto sotto la gola, la pelle rugosa come di scorza d'albero, l'espressione che pare intagliata nel legno. Si obbliga a non guardare la tela. «Nessun guaio» risponde, poi le spiega i motivi della visita.

Se la monaca è sorpresa dalla richiesta non lo dà a vedere. «Sono onorata della fiducia che il signor direttore ripone in me, ma devo chiedere l'autorizzazione alla madre superiora» risponde. Torna dopo una manciata di minuti con un fascicolo tra le mani. «Le raccomando la massima riservatezza su quanto le mostrerò. Le ragazze che escono di qui non hanno vita facile. Cercano di ritrovare la famiglia che le ha abbandonate. Oppure una famiglia qualunque. Si fidano troppo o troppo poco. Non sanno distinguere e la gente ne approfitta.»

«Mi interessa solo il bene di questa bambina» dice Gilla.

«Non ne dubito. Le chiedo solo di essere prudente. E comunque non sappiamo granché» dice la suora, poi tira fuori dalla tasca dell'ampia veste un pince-nez, lo inforca e comincia esaminando una scheda. «Vediamo. È stata registrata il 2 gennaio di quest'anno. Accompagnata da un collaboratore del vescovo. Vedete questa sigla, SE? Significa "Sua Eccellenza", e vuol dire che chi l'ha portata qui aveva avuto incarico dal vescovo. Diretto o, diciamo così, indiretto.»

«Indiretto?»

«Sua Eccellenza aveva – ha – persone di fiducia. Non è detto che sia informato di ogni piccolo...»

«Movimento?»

«Esattamente.»

«Ma non c'è scritto il nome di chi l'ha accompagnata?»

La monaca toglie il pince-nez, chiude gli occhi, si massaggia la base del naso, poi li riapre. «La bambina aveva bisogno di aiuto e noi l'abbiamo accolta.» L'espressione di una sfinge. «Qui vicino stavano di casa i soldati della Wehrmacht. Non si facevano scrupoli a ispezionare le camerate e lo schedario.»

«E meno informazioni trovavano, meglio era per tutti.»

«Vedo che mi capisce» dice suor Giuliana inforcando nuovamente il pince-nez. «Per questo le schede si limitano allo stretto indispensabile. Anche la data potrebbe non essere giusta. Forse è stato necessario compilare la scheda alla svelta, variare le date. Ma non di molto. Diciamo che può essere arrivata da noi tra la fine di dicembre e i primi di gennaio."

«E non parlava.»

«Neanche una parola. C'è scritto anche nelle "note particolari", vede?»

Suor Giuliana allunga la scheda verso Gilla. Qualcuno ha scritto *muta* e, sotto, *corredo*. «Cosa significa?» chiede Gilla.

La monaca tira fuori dal fascicolo una seconda scheda. Riporta l'inventario degli oggetti con cui la bambina è arrivata all'orfanotrofio ma, non bastando le righe previste dal modulo, l'elenco prosegue sul retro del foglio. «Non è comune che una delle nostre bambine arrivi qui con la valigia piena e le scarpe ai piedi» dice.

Gilla lo scorre. «Posso copiarlo?» domanda tirando fuori dalla borsa un taccuino.

La suora annuisce, poi scompare in portineria e torna con una penna e dell'inchiostro. La maestra si mette all'opera. «Quindi aveva denaro con sé» dice Gilla alla fine.

«Qualche gioiello e un po' di denaro. Non molto, in verità. Considerate che non troviamo scarpe invernali da bambini a meno di 1800 lire al paio.»

Gilla ricorda perfettamente la cifra inaudita che ha sborsato per i suoi mocassini nuovi.

«E aveva con sé questo biglietto.» Suor Giuliana le porge un cartoncino.

Vi raccomando mia figlia Francesca. Vi prego di provvedere a cibo e vestiario adeguati. Desidero che prosegua gli studi e che assuma lo sciroppo per la tosse secondo necessità.

Margherita Moretti in Pellegrini

«Ecco perché l'avete iscritta a scuola.»

«Qui viviamo della Provvidenza divina e dell'umana carità. Insegniamo alle bambine l'essenziale, e poi un po' di ago, un po' di ricamo, un po' di orto e un po' di cucina. Non possiamo permetterci altro» dice suor Giuliana.

Gilla rilegge il biglietto. La grafia le ricorda quella della bambina, ma una bambina cresciuta. Non una data, non un luogo. «Lei che ha esperienza» domanda, «le sembrano parole di una donna che abbandona la figlia?»

«Mi sembra il biglietto di una donna che non sa se la rivedrà.»

«E nessuno si è ancora presentato a reclamarla» dice Gilla.

«Nessuno. Ma può essere che sia per via della distanza.»

«Che distanza?»

La monaca recupera dal fascicolo altri due documenti. Il primo è un certificato di nascita rilasciato dal comune di Napoli da cui risulta che Francesca Pellegrini è nata il 4 luglio 1935 da Ludovico Pellegrini e Margherita Moretti. Il secondo è un certificato firmato dal parroco di una chiesa di Napoli, Santa Maria della Neve, dove Francesca Pellegrini avrebbe ricevuto il battesimo dodici giorni dopo esser venuta al mondo.

«Napoli» dice Gilla.

«Come le dicevo, molto distante.»

«Mmh» dice Gilla.

«Non è convinta? A me sembrano autentici. Guardi i timbri.»

«In un tema la bambina ha raccontato una gita in bicicletta che avrebbe fatto con papà e mamma in riva al Po quando aveva quattro o cinque anni.»

«Potrebbero essersi trasferiti al Nord dopo la sua nascita.»

«Nel tema parla anche di uno zio che avrebbe detto "casa nostra non esiste più".»

«Forse la casa di famiglia, in meridione, è stata venduta.»

«Non so. Avete per caso contattato il municipio di Napoli? Magari una parte della famiglia abita ancora là.»

«Finita la guerra, la madre superiora ha scritto al parroco della chiesa in cui la bambina è stata battezzata. Gli ha chiesto di informarsi. E questo è il risultato.»

Suor Giuliana estrae dall'involto una velina semitrasparente fitta di inchiostro. «Legga qui» dice indicando un passo.

Gilla si concentra sulla grafia appuntita e il periodare cerimonioso del sacerdote.

... non posso dunque dirVi nulla circa questa bambina, né per il sì, né per il no. Non ve n'è traccia nel registro parrocchiale, non nella data che Voi mi dite essere riportata sul certificato, né in tutto quel volgere di mesi e anni. Ma non ero qui quando la neonata sarebbe stata battezzata e, per quanto improbabile, in coscienza non posso escludere che il nostro prezioso registro sia manchevole.

Quanto allo stato degli uffici comunali, lascio a Voi immaginare le condizioni in cui ci troviamo dopo il tumulto degli ultimi anni. La guerra, le bombe, la povertà estrema, la ferocia degli occupanti, la fame che debilita i corpi e offusca le menti, lo stravolgimento occorso al passaggio del contingente americano...

«Insomma nessuna certezza» dice la maestra.

«Nessuna. Ma anche nessun motivo per pensare che questi siano documenti falsi.»

«Mi ha stupito che questa mattina in chiesa non abbia fatto la comunione come tutte le sue compagne.»

«Si rifiuta, lo so. Ma non è giusto forzarla perché c'è solo il certificato di battesimo, non quello della prima Comunione.»

«Capisco. E... avete candele?»

«È l'unica cosa che non manca. Che strana domanda, signorina Gilla.»

«È che... ma nulla, una cosa da nulla. Piuttosto...» Gilla torna a scorrere gli appunti sul taccuino. «È arrivata qui con una vera d'oro, giusto?»

«Una fede nuziale.»

«E c'è un'incisione all'interno?»

Suor Giuliana la fissa per un lungo istante. «Devo chiederle ancora un po' di pazienza» dice e si allontana. Ritorna dopo qualche minuto, nel palmo ha un anello. «Controlli lei, per i miei occhi è troppo piccolo.»

Gilla rigira la vera tra le dita. Cosa darebbe per avere con sé il monocolo. «*Da A. a M.* e poi... curioso...» dice.

«Cosa?»

«Il simbolo matematico dell'infinito.»

Suor Giuliana spalanca gli occhi. «Potrebbe avere un significato religioso» dice.

«Comunque non mi torna. La madre si chiama Margherita» dice Gilla. «E stando ai documenti il padre si chiama...»

«Ludovico.»

«Ma allora chi è *A*?»

«Lei presume che sia la fede nuziale di sua madre, ma potrebbe essere di un parente qualsiasi.»

La monaca ha ragione. Gilla sospira, restituisce l'anello, chiude il taccuino e lo rimette in borsa. «Grazie dell'aiuto» dice.

«Bisogna sapersi rassegnare, signorina Gilla. Qui si impara che ci sono limiti a quello che possiamo fare per queste bambine» dice la monaca.

Gilla si alza e raggiunge la finestra. Spalle al vetro, si rivolge ancora alla monaca. «Nel tema ha scritto anche altro.»

«Sì?»

«Ha scritto che parlava con suo padre.»

Il pomeriggio va declinando. La suora scuote il capo.

«Non è muta! Non è una bambina muta!» sbotta Gilla.

Un raggio di sole attraversa la superficie a smeriglio e si frantuma in mille piccoli diamanti. La giovane donna rifulge di luce vespertina. Il volto ligneo di suor Giuliana si addolcisce in una calda tonalità color miele. «E non ha considerato la possibilità che abbia mentito? Una fantasia. Un suo desiderio.»

La maestra è senza parole. No, non ci ha pensato. Anche se sa che i bambini talvolta colorano la realtà, la stravolgono nel modo che torna loro più comodo.

«Ho io una domanda per lei, signorina Gilla. Sieda, la prego. Ammettendo che la bambina non sia muta, lei crede che se ritrovasse la sua famiglia ricomincerebbe a parlare?»

Gilla torna al tavolo. «È una possibilità» dice.

«È ottimista.»

«Devo esserlo. Se non è in grado di sostenere l'esame orale, non otterrà la licenza elementare. Sarebbe ingiusto fermare una bambina tanto dotata.»

«Allora forse bisognerebbe capire perché ha smesso di parlare. Cosa può esserle capitato di tanto terribile da averla ammutolita.»

Gilla non sa cosa rispondere. Ha l'impressione di avere le idee più confuse di quando è arrivata. La monaca allunga la mano a cercare la sua. «Dobbiamo confidare nella Provvidenza, signorina Gilla.»

Gilla è infastidita dal gesto, ma troppo educata per sottrarsi. «Provvidenza è provvedere» risponde però. Così dice la sua amica Rosa Maria, e così ha imparato a pensare lei nei lunghi giri che, nell'ottobre del 1943, coi tedeschi per le strade, facevano insieme in città e sulle colline intorno. Si agghindavano, si fingevano ragazze a spasso, o contadinotte in cerca di funghi e castagne, e intanto la genovese imparava vicoli, sentieri e modi per rendersi utile ai ribelli.

«Iddio misericordioso le conservi lo spirito, ragazza mia» fa la monaca ritirando la mano. Si alza, accosta la sedia al tavolo, il volto adesso è tutt'uno col dipinto. «Mi permetta però un suggerimento, poi la lascio tornare alla sua battaglia. Mi pare che la bambina si sia dimostrata incline a confidarsi con lei. Anche se solo per iscritto e forse camuffando un po' la realtà.»

«Dovrei assegnarle un tema tipo *Raccontami da dove vieni e perché non parli*? Mi perdoni, ma chi è l'ottimista adesso? I bambini decidono loro quello che vogliono o non vogliono raccontare.» E comunque, per tentare, Gilla dovrebbe aspettare la fine delle vacanze, mentre brucia d'impazienza.

A passi incerti suor Giuliana si avvia verso la porta, si appoggia allo stipite e si volta. «Ha senz'altro ragione» dice, l'espressione immobile di sant'Anna in trono. «Ma sono certa che troverà un modo.»

Il corredo di Ester

n° 1 valigia di cuoio rosso
n° 1 cappotto
n° 2 cuffie ai ferri
n° 1 paio di guanti
n° 3 vestiti invernali
n° 3 vestiti estivi
n° 2 golfini ai ferri con bottoni
n° 2 paia di scarpe invernali
n° 1 paio di scarpe primaverili/autunnali
n° 2 paia di sandali
n° 3 corpetti di lana
n° 5 mutande di lana
n° 5 mutande di cotone
n° 5 calze di lana
n° 3 calze filo di scozia
n° 1 spazzolino da denti
n° 1 saponetta alla lavanda
n° 7 forcine
n° 3 fiocchi per capelli
n° 1 grammatica latina
n° 1 libro di lettura per la classe V
n° 1 sacchetto di tela contenente certificato di nascita e certificato di battesimo

n° 1 boccetta di sciroppo per la tosse
n° 1 sacchetto di damasco verde con cordoncino dorato contenente Lire 25.720 in carta moneta e spiccioli

Nell'orlo del cappotto:
n° 1 paio di orecchini di granati
n° 1 paio di gemelli da polso in oro
n° 1 collana di perle con fermaglio d'oro
n° 1 vera d'oro

Il miracolo di Chanukka

Nove giorni a Natale, il pomeriggio dopo la messa. Seduta sulla branda nella camerata che condivide con altre sei ragazze più grandi, Ester sfoglia un libro illustrato che le ha prestato suor Giuliana, ma lo fa distrattamente e senza perdere di vista il finestrone che dà sul cortile.

Dormire con le grandi è un altro dei suoi privilegi. Con le sue coetanee era un disastro. Prese in giro. Spinte. Furti. Scherzi crudeli. Suor Giuliana dice che le grandi hanno altro per la testa, pensieri su cosa troveranno una volta lasciato l'orfanotrofio. Infatti le sei compagne di stanza se ne stanno per conto loro, chiacchierano nello spazio libero tra le due file di letti, sedute in cerchio su seggiole di paglia, ognuna in mano un telaio tondo da ricamo, un ago e una matassina colorata.

Leggere, studiare e fare i compiti anziché ricamare o lavorare nell'orto è un altro dei privilegi di Ester. Imparare a ricamare però non le dispiacerebbe, ma secondo la madre superiora chi va a scuola va a scuola e basta. La bambina sospetta che abbia deciso così perché è più difficile insegnare a chi non parla.

Sbircia l'andirivieni dell'ago, la danza dei polpastrelli sulla tela. Sì, non le dispiacerebbe provare. Il gruppetto è ben affiatato e lei si sente già abbastanza grande, non come loro che hanno i seni e fumano di nascosto, ma quasi, e ricamare le sembra una cosa alla sua portata. Mamma è capace, pensa. Che sorpresa se Ester ricamasse qualcosa per lei. E poi oggi si annoia. Di solito al pomeriggio fa i compiti, ma adesso che sono cominciate le vacanze il tempo assume una consistenza vischiosa, i minuti s'incagliano nel vociare ora placido ora smanioso delle compagne di stanza, e lei sente le palpebre pesanti, ma non vuol dormire, al contrario, oggi deve stare più sveglia che mai, e allora prova a concentrarsi sulle figure del libro.

Racconta di una santa bambina di nome Bernadette Soubirous, una povera pastorella scalza, con un fazzoletto in testa e un bastone in mano. Di questa pastorella Ester ha già sentito parlare. Di questo posto – Lourdes – anche. Per questo ha accolto di buon grado il libro che suor Giuliana ha scelto per lei.

Un bel giorno la pastorella è fuori a pascolare il gregge e in una grotta le appare la Madonna ravvolta in un manto candido. La storia non sorprende Ester, la Vergine Maria sembra un angelo senza ali, e lei ha già sentito parlare di angeli che scendono dal cielo per intromettersi nelle faccende umane. Angeli consiglieri, angeli armati. Guarda fuori dalla finestra. Il pomeriggio è ancora tutto luce. Tra le dita delle compagne, i telai lentamente fioriscono, corolle blu di Francia e carta da zucchero, il verde tenero dei tralci di foglioline. Deve trattarsi di una commissione di qualche signora di fuori, pensa Ester. Probabilmente una tovaglia da dodici. Le suore la tovaglia e le ragazze i tovaglioli.

Si sforza di tornare al libro. Sa che, quando gli angeli scendono dal cielo, le persone per prima cosa si spaventano. Nell'illustrazione invece la pastorella è tranquilla e nelle pagine successive torna più volte alla grotta dove la Madonna-angelo continua a farsi vedere. Così la voce si diffonde e viene gente. Cento, mille persone. Una fonte sgorga dalla nuda roccia. "Miracolo!" urla qualcuno. In un'altra pagina la Madonna usa parole difficili come Immacolata Concezione. Difficili per una pastora analfabeta ma anche per Ester, che sbuffa. La luce dal finestrone adesso è oro zecchino e le ragazze spostano le sedie sotto la vetrata. Da quel momento i miracoli si succedono come grani di rosario. Una bambina immerge nella fonte prodigiosa il braccio paralizzato e l'acqua la guarisce. Il cero che la pastorella regge in mano si consuma fino in fondo, e la fiamma arde sul palmo, e non smette di ardere per interminabili minuti, due, tre, dieci, quindici, e la mano resta intatta! Poi altre pagine, altri miracoli, finché Ester risolleva lo sguardo. Fuori, la luce è arancio. Le brande, isole scarlatte. Chiude il libro. Le ragazze intanto si alzano, raccolgono i telai dentro un cesto, radunano le sedie in un angolo.

Nessuno bada a lei, nessuno la vede mentre controlla i tasconi del cappotto, lascia la camerata e poi l'edificio. Nel portico recupera una lanterna a cherosene. Prima di entrare nell'intercapedine osserva il cielo. Azzurro cupo. Il sole, un graffio sanguigno all'orizzonte. Bene, pensa, anche se non è sicura che sia il tramonto giusto.

Chanukka comincia al calar del sole del ventiquattresimo giorno del mese di Kislev, ma Ester ha perso il conto e non sa se sia ancora Kislev o sia già Tevet. Da quel che ricorda, le *chanukkiot*, le lampade festive, illuminavano le finestre nello stesso periodo in cui i negozianti esponevano gli addobbi natalizi. La città era allora uno sfolgorio di luci, le strade sentieri incantati e l'incanto toccava anche a chi non festeggiava il Natale.

Ricordi lontani. Camminare per mano alla mamma. Vetrine traboccanti di salami, dolciumi, giocattoli di legno, pinocchi, befane. Avanti, pensa. La luce vespertina è appena sufficiente per varcare la soglia dell'intercapedine, scendere i gradini, ritrovare i fiammiferi, accendere la lanterna e regolare lo stoppino. Del gatto nessuna traccia.

«Micio, micio, micio» bisbiglia Ester.

Vasi di terracotta, cataste di coppi, una botte di castagno corrosa dal tempo e dall'umidità: la prigione in cui la bambina l'ha rinchiuso è piena di anfratti in cui il gatto, se vuole, può ritirarsi.

«È per il tuo bene» dice Ester. «Fuori è pericoloso. La gente ha fame, mangia i gatti. Maria Luisa dice che la gente mangia persino i topi.»

Il gatto non si fa vedere. Il cherosene ha un buon odore. La lanterna disegna un tondo giallastro sul pavimento sporco. La bambina siede nel solito posto, la schiena appoggiata al muro, le gambe raccolte, ma questa sera la punta degli scarponcini resta nel cerchio di luce. «La gente fa cose orribili» aggiunge.

Silenzio.

«Maria Luisa tu non la conosci ma è una mia amica.» Si stropiccia le mani per il freddo. «E con gli amici bisogna essere sinceri. Vieni fuori, dai.»

Il gatto non si muove. La bambina oscilla le punte dei piedi alla luce della lanterna. Ombre oblunghe si arrampicano sulle pareti come in un racconto di fantasmi.

«Veramente con tutti bisogna essere sinceri. Ma se non si può? Se è pericoloso?»

Il freddo risale dal pavimento, con le sue lunghe dita ghiacciate penetra gli strati del cappotto, del vestito, dei mutandoni di lana.

Se non puoi essere sincero, almeno non dire bugie. Così direbbe suo nonno.

Ester ne è certa come se lui fosse lì a suggerirglielo in un orecchio. E anche la mamma e anche papà. *Almeno non dire bugie!* Tutti lì per lei. Ester si alza e pesta i piedi in terra. «Io non dico bugie. Io non mi chiamo Francesca Pellegrini. Io non ho ricordi di Natale. Io non ho aspettative per Natale. Io non scrivo bugie!»

Raggiunge la bocca di lupo, fruga in tasca e appoggia sul ripiano il moccolo di candela che ha preso in chiesa.

Cera cattolica dice una voce nella sua testa.

«La cera è cera» risponde lei a voce alta.

Alla luce della lanterna allinea gli otto moccoli. Fuori, buio fondo, respingente. Ester accende la candela, lascia colare una goccia di cera e la fissa sul ripiano. Dalla tasca del cappotto tira fuori un pezzetto di pane, lo divide in due. Si accuccia e ne lascia metà accanto allo scodellino dell'acqua. Spegne la lanterna. Si rialza e si sistema dritta e composta. «Fai finta che siano frittelle di patate» ordina al gatto ancora nascosto. Chiude gli occhi. Richiama accanto a sé la madre, il padre, il nonno. «Frittelle fritte nell'olio, non nello strutto» aggiunge. Riapre gli occhi. Impugna la candela e accende il primo dei moccoli. La fiammella vibra, puntolini luminosi le accendono il volto. Il buio, fuori, non si vede più.

Nella mente recita: *Barùk Attà Adonài Eloènu Mèlekh a'olàm sheeheyànu weqyemànu weighyànu Iazemàn azè*. Benedetto sii Tu, Signore Dio nostro, Re dell'Universo, che ci hai mantenuto in vita e ci hai fatto giungere fino a quest'epoca.

Inghiotte il primo boccone. Mastica e pensa alla lampada di Chanukka, la lampada con l'olio prodigioso, la lampada che non smette di ardere, contro ogni previsione, ogni ragionevolezza, ogni disperazione. Alle lucine che dalle finestre, questa sera e milioni di sere prima di questa, urlano al mondo: "Miracolo, miracolo!".

1940–1943

Disposizioni relative ai cittadini ebrei

Il 12 gennaio 1940 è vietato il rilascio agli ebrei di licenza per agenzie di affari, brevetti e marchi di fabbrica.

Il 14 gennaio è vietata la confezione e vendita di indumenti militari.

Il 31 gennaio il commercio di preziosi.

Il 29 febbraio il rilascio e il rinnovo di licenze per esercizio di caffè, bar, spacci di vino e alcolici.

Il 4 marzo l'esercizio del credito e di tutte le attività affini e connesse.

Il 22 marzo l'attività nello spettacolo (attori, artisti di varietà, riviste, operette nonché tecnici e operai, personale di sala, custodia e pulizia).

Il 13 aprile la detenzione di fucili da caccia.

Il 16 aprile è permesso il rilascio di licenza da affittacamere ma per camere riservate esclusivamente a ebrei.

Il 31 maggio il divieto è esteso ai lavoranti di oggetti preziosi.

Genova, giugno 1940

Gilla studia per l'esame di Maturità. La notte tra l'11 e il 12 giugno 1940 si addormenta con la luce accesa e il libro di pedagogia sul lenzuolo, aperto sul capitolo dedicato a *Metodologia e spontanea formazione dello spirito*. A svegliarla è la sirena dell'allarme antiaereo. Lì per lì è disorientata. Qualche secondo dopo la madre è sulla soglia della camera, poi al bordo del letto. Spegne la luce con un gesto energico e le porge la vestaglia. «Mettila» dice.

Il padre le aspetta all'ingresso, insieme scendono le scale a memoria, il lucernaio che si apre sul tetto è oscurato con la carta blu. Si aggrappano ora al corrimano ora all'intonaco screziato delle pareti. La madre fa strada. Dietro di lei, il padre le tiene una mano – la mano con tutte e cinque le dita – sulla spalla. Via via che avanzano, altri inquilini dello stabile si uniscono. La cantina è troppo piccola, pensa la ragazza. Sente che il battito del cuore accelera, i polmoni faticano a riempirsi. Troppo piccola per contenerci tutti, e senza vie di fuga.

Due giorni prima il Duce ha parlato al balcone di piazza Venezia a Roma e la radio ha trasmesso il discorso in tutte le piazze d'Italia, anche dagli altoparlanti in piazza De Ferrari a Genova, gremita come non mai. «La dichiarazione di guerra è già stata consegnata agli ambasciatori di Gran Bretagna e di Francia.» Boato della folla. «Vincere!» Acclamazioni. Urla di giubilo. Ancora e ancora. Impossibile distinguere quelle che giungono da Roma attraverso il crepitio metallico degli altoparlanti da quelle che percorrono gli astanti come una scarica elettrica. «Vincere! E vinceremo!»

La cantina odora di muffa. Gilla trova posto in un angolo, stretta tra madre e padre, le gambe raccolte. Non può allungarle senza scontrare un piede altrui, un polpaccio, un ginocchio. Il cuore piano piano si acquieta. Il padre tiene le mani in grembo, la destra che stringe la sinistra a nascondere la mutilazione. Stringe e schiaccia, tensione e vergogna. Gilla pensa alle due dita rimaste sulle montagne del Carso. Lei non ha mai visto il Carso. Ne ha un'immagine funesta. Intorno mormorii e starnuti. Dopo lunghi minuti di nulla qualcuno azzarda: «Non è meglio se torniamo a dormire?». Nella penombra, le riesce impossibile stabilire chi abbia parlato. La cantina intanto va gonfiandosi di respiri e odori di corpi strappati al sonno. Il primo bombardamento aereo su una città italiana e lei non riesce a pensare ad altro che alla sgradevolezza di abiti succinti, pigiami stropicciati, capelli in disordine, denti da lavare, barbe da radere.

All'esplosione, il bambino dell'infermiera che sta al secondo piano, loro dirimpettaia, comincia a strillare. I colpi si susseguono senza ordine e perciò più spaventosi, ora vicini e vicinissimi, ora lontani, ora secchi, ora seguiti da un fragore che non cessa. Il caldo aumenta, l'aria è satura di clamore e paura. Gilla sente che le manca il fiato e scioglie i lembi della vestaglia. Non c'è modo di calmare gli strilli del neonato.

La vedova svampita del primo piano si presenta nel pieno della battaglia. Ha gli orecchini, il rossetto, le dita cariche di anelli. Le vele della camicia da notte di canapa la fanno somigliare a una falena con ali di stoppa. Al suo ingresso la cantina si muove come un essere vivente, un fiore notturno che apre i petali ad accoglierla. Gilla invece chiude gli occhi. Fuori, due tonnellate di bombe piovono dal ventre di bimotori inglesi Whitley come enormi uova distruttive.

Nach Paris!

... Quando l'alba ha iniziato a imbiancare il cielo il grande ordine è arrivato. In colonna!...

... i bei ragazzi biondi della Germania alleata si sono messi in fila come per una parata, col casco d'acciaio appeso allo zaino e la gola bruciata dal sole. "Nach Paris!" Preceduti da piccole squadriglie di carri armati leggeri, i fanti si sono mossi mentre spuntava il sole. Parigi si svegliava con mille riflessi luminosi: nessun rumore caratterizzava questo risveglio. Nella notte i soldati francesi se n'erano andati e tutti i cittadini sapevano che l'ultima ora di Parigi libera era scoccata sul quadrante della storia, questa meravigliosa storia moderna, i cui sviluppi sono dovuti alla genialità di Hitler e al valore dei suoi soldati. Il Bois de Boulogne era deserto, deserta la piscina Molitor, deserta la porta omonima...

... i carri armati hanno fatto il loro ingresso nella orgogliosa capitale... Le fanterie germaniche hanno messo il casco d'acciaio in testa e hanno iniziato la loro marcia trionfale sfilando al passo di parata... Uno, due... Uno, due!... Mai Parigi ha udito un fragore tanto virile. Sotto l'Arco di Trionfo, al centro dell'Etoile, hanno sfilato i vincitori... Sulla Torre Eiffel sventola un'immensa bandiera con la Croce Uncinata...

"La Stampa", prima pagina, 15 giugno 1940.

Casale Monferrato, 16 giugno 1940, pomeriggio

Fine dell'anno scolastico. Salotto di casa Sacerdoti. Terminate le lezioni alla scuola ebraica torinese, e concluse anche quelle ai bambini ebrei della comunità, dopo pranzo il tavolo ha l'aspetto di una zattera alla deriva nella placidità di un mare estivo. Il professor Abram Sacerdoti fuma una sigaretta, immerso in una vecchia dispensa di geometria. Una complicata dissertazione sulla possibilità di rappresentare graficamente lo spazio a n dimensioni. La moglie e la bambina si danno da fare tra fogli di cartoncino, pastelli, forbici, colla e la prima pagina de "La Stampa".
«Posso ritagliare io?» domanda Ester.
«Sei troppo piccola» risponde la madre.
«Ma papà...»
Abram scuote il capo senza alzare gli occhi dal testo. «Non è che sei troppo piccola» dice. Ester unisce i palmi e sorride. «È che le forbici sono troppo grandi» conclude l'uomo. Nient'altro. La bambina sospira. Guarda il padre. Il libro che ha davanti l'ha riagguantato come un'onda. Guarda la madre che ritaglia il giornale. È certa di essere in grado di farlo.
«Adesso prendi tutte le carte che abbiamo usato a scuola e fai due mucchi. Vocali da una parte, consonanti dall'altra» le dice Margherita. Preferisce servirsi di lettere stampate, così i bambini si abituano ai caratteri tipografici. Le ritaglia e le

incolla su rettangoli di cartoncino che somigliano a piccole carte da gioco. Utilizza anche sillabe intere o gruppi come -GL- oppure -ZIONE. E la sfida consiste nel mescolare e ricomporre il tutto in parole sempre diverse: fi-GL-io, a-GL-io, crea-ZIONE, avia-ZIONE.

«Ma sono tantissime!» dice Ester.

«Magari fossero *tantissime*. A settembre ne serviranno *tantissime*. E quando hai finito di dividerle, le conti.»

Ester sbuffa.

«Non sbuffare» dice Abram.

Dalla finestra aperta un refolo solleva striscioline di giornale. *Maginot, Cirenaica, attacco frontale, nemici* vorticano per la stanza come foglie al vento. Margherita le acchiappa, poi si concentra sulle singole lettere, mentre Abram appunta formule al margine del testo.

«Così?» dice Ester dopo qualche minuto. Ha costruito due pile di carte.

Margherita le controlla. «Molto brava. Adesso conta.» Osserva poi le lettere che ha appena ritagliato. Non capita spesso che i titoli di giornali siano a caratteri cubitali e in maiuscolo. *Parigi* a tutta pagina. *Bombardamento* in taglio basso. Grazie alle conquiste tedesche il suo bottino è di tutto rispetto: tre A, due I, una P, due R, una G, due B, due M, una D, una N e una T. Comincia a ritagliare i rettangoli di cartoncino su cui applicarle.

«Ventidue vocali e trentun consonanti» esclama Ester.

«Molto bene. Questa come si chiama?» domanda Margherita allungandole una R.

Da qualche giorno la bambina ha compiuto cinque anni e questo significa, secondo lei, che è *davvero* diventata una bambina *grande*. Possibile che la mamma non se ne accorga?, pensa roteando gli occhi in alto. Non solo sa riconoscere, ma sa anche scrivere con la matita tutte le lettere dell'alfabeto italiano. Conosce anche le quattro lettere dell'alfabeto ebraico incise sulla trottola che il nonno le ha regalato per

Chanukka. Sono נ ג ה ש e stanno per: "Un grande miracolo accadde là". Sa scrivere per intero il suo nome e cognome, quello della mamma, *Margherita* oppure *Rita Segre*, del papà *Abram Sacerdoti*, del nonno *Giosuè Sacerdoti* e le parole *mamma, papà, nonno, mela, pera* e *casa*. E conosce i numeri fino a 100. E sa fare anche moltissime altre cose. Distinguere il prezzemolo dal rosmarino. Dividere il tuorlo dall'albume senza sprecarne nemmeno una goccia e senza sbriciolare il guscio.

«Allora, che lettera è?» insiste Margherita

«Erre» risponde Ester allungando l'ultima E, a dire la noia di chi la sa lunga.

«Erre come?»

La bambina ci pensa. La lettera R è l'ultima del suo nome, ma la madre vuole una parola che *cominci* per R. Questo è il gioco. Fa vibrare la lingua vicino al palato cercando il suono. Le vengono un delizioso *arare* e un raffinato *fragore*, parola di cui non conosce il significato ma che ha sentito pronunciare da papà mentre leggeva il giornale a voce alta.

«Allora, erre come?» ripete Margherita.

Abram sospira. «Sono sicuro che Raffaele...»

«*Raffaele?*» interviene Ester.

«Brava. Erre come *Raffaele*. Adesso prova a comporre il nome dello zio.»

«Dicevo, Raffaele» riprende Abram chiudendo il libro.

Margherita smette di ritagliare e lo guarda fisso. «Ne abbiamo già parlato, Abram. Ti prego, non facciamo congetture, è angosciante. Stiamo ai fatti.»

Il professor Sacerdoti si alza, dà un'ultima boccata alla sigaretta, schiaccia il mozzicone nel posacenere e comincia a muoversi per la stanza. «I fatti. Secondo il giornale tre quarti dei parigini sono scappati. E questo è un fatto.»

Margherita riprende a ritagliare. «Non mi fido del giornale. Concentriamoci su quello che sappiamo per certo.»

Abram appoggia le mani allo schienale della seggiola e guarda davanti a sé. «L'ultima lettera da Parigi è del 2 giugno.»

«Quindi siamo sicuri che il 2 giugno Raffaele, Giulia e i bambini erano ancora a Parigi.»

«Anche Camillo?» interviene Ester. Non sa se la parola "Raffaele" ha una doppia F.

«Anche i cuginetti, sì» risponde Margherita. Annuisce guardando le due F che la bambina tiene in mano.

«Sì, ma poi Mussolini ha dichiarato guerra. La guerra è un altro fatto. Un fatto bello grosso» riprende Abram.

«Non sappiamo se sono ancora a Parigi, Abram. Niente castelli in aria, non serve a niente.»

«Si fa per ragionare. E ragionando dico che i parigini non avranno reagito benissimo alla nostra dichiarazione di guerra. Che, se mezzo mondo parla di "pugnalata alla schiena alla Francia in ginocchio", non gli avranno fatto le feste, agli italiani che abitano a Parigi.»

«E quindi?»

«E quindi, conoscendo mio fratello, avrà messo al sicuro la famiglia.»

«È possibile. Dico solo che non possiamo esserne certi.»

«E penso che, se non abbiamo più ricevuto sue lettere, forse è perché sono in viaggio. E forse stanno tornando a casa.»

«Come corri. Per quello che ne sappiamo, potrebbero essere ancora in rue des Rosiers. Ma quello che davvero mi chiedo...»

«È che diavolo ci facessero ancora lì il 2 giugno, visto che i tedeschi erano diretti *nach Paris*» dice Abram accennando ai rimasugli del giornale.

«*I tedeschi sono in definitiva nostri alleati*» risponde Margherita. Ripete le parole di Raffaele Sacerdoti nella lettera del 2 giugno. Il tono è quello magniloquente del Sacerdoti abituato a perorare in tribunale.

«Così va bene?» dice Ester.

Margherita osserva la sequenza di lettere che la bambina ha allineato. «Prova a leggere.»

«R-a-f-f-e-l-e» compita Ester.

«Ti do un indizio» le bisbiglia all'orecchio. «Manca una vocale.» Poi guarda il marito. «Ma i tedeschi sono tedeschi, Abram. E noi...»

L'uomo stringe lo schienale della sedia fino a sbiancare le nocche. «E noi siamo ebrei» dice.

Razionamento

Ancora giugno 1940. È una magnifica serata, col sole a picco sull'orizzonte e un venticello che porta in città la consolazione dell'estate in campagna. Giosuè Sacerdoti si attarda sulla soglia della bottega, e non solo per godere il fresco, o perché tornare nell'appartamento vuoto lo intristisce, ma perché attende la penombra del tramonto per muoversi inosservato.

Quando il campanile batte le otto decide però di mettere gli scuri alle vetrine. Una bottega aperta fuori dal consueto orario, per quanto miserabile, risulta senz'altro sospetta. Abbottona il gilet e si avvia con il bastone alla destra e il cesto con gli avanzi del pranzo alla sinistra. Far le cose di nascosto è inebriante. «Davvero, Livia.»

Le conversazioni con la moglie defunta sono sempre più frequenti. Giosuè Sacerdoti non si preoccupa neanche più di nasconderle. Cammina parlando a voce alta, ride, scuote la testa alla sua invisibile compagna. Stasera però i movimenti sono controllati, gli accenti contenuti, perché è importante che nessuno faccia caso a lui. Ma nessuno fa caso a un vecchio, pensa imboccando i portici. «Giovinezza, giovinezza, primavera di bellezza...» canticchia tra sé. «Livia cara, oggi come oggi la vecchiaia ha i suoi vantaggi.»

Nel bel mezzo del corso rallenta, si guarda intorno, s'infila in un vicolo, raggiunge un portoncino senza insegna.

Batte due volte col manico del bastone. Il chiavistello scatta tre volte, poi il rumore del gancio fermaporta, poi il portoncino si spalanca quel tanto che basta a lasciarlo entrare. Giosuè Sacerdoti si ritrova avvolto nel profumo di aglio, legno, cera e carta vecchia che ristagna nel retro dell'emporio.

«Siete in anticipo!» dice il negoziante. «Mi ero raccomandato che fosse buio.»

«A giugno il sole non si decide a tramontare.»

L'uomo ha in testa una cuffia, addosso il camice e sopra il camice il lungo grembiule che gli sfiora le caviglie. Zoppica vistosamente. «Seguitemi» dice e s'inoltra in una selva di scaffali, barili, cassoni, scatolame, damigiane di vino, sacchi di patate, grappoli di cipolle. Si ferma vicino a un tavolo stracolmo di matassine di filo di ferro e cubi di sapone grigio. «Ecco quello che mi avete ordinato» dice porgendo a Giosuè Sacerdoti un involto di carta azzurrina.

«Tutto qui?»

«Non siete l'unico cliente, signor Sacerdoti. Sono 18 lire.»

«18 lire per un chilo di zucchero? Via, siate ragionevole.»

Il negoziante scuote la testa. «Fuori tessera, il prezzo è questo.» Parla socchiudendo palpebre di tartaruga. Il suo volto di vecchio rugoso, grigio come il magazzino nel quale trascorre la maggior parte della giornata, assume in quel momento un che di funereo, come di un morto che non abbia perso del tutto la voce. «Se non vi va, lasciatelo, e amici come prima.»

La tessera annonaria basta per mezzo chilo di zucchero a persona. Significa che l'estate 1940 sarà un'estate senza conserve, e così l'autunno e poi l'inverno. «Quanta marmellata si fa con un chilo di zucchero?» domanda Giosuè Sacerdoti alla moglie.

«Volete che vi procuri della marmellata?» dice il negoziante.

Giosuè Sacerdoti fa segno di no, aggancia il bastone al tavolo, appoggia il cesto, dal portafogli conta 18 lire, cioè buona parte dell'incasso della giornata. «Zucchero me ne servirà ancora» dice porgendo il denaro al negoziante. «E anche farina di mais e almeno tre latte grandi di olio d'oliva.»

«Farò il possibile. Non posso garantirvi il prezzo» dice l'uomo. Le iridi sono fessure lampeggianti.

«Garantitemi la consegna. Fatemi avvertire dal vostro garzone quando ci sarà la roba» risponde Giosuè Sacerdoti. Poi infila lo zucchero nel cesto, lo ricopre con un canovaccio, recupera il bastone, volta le spalle e si dirige al portoncino.

«Per l'olio mandatemi vostro figlio. Le latte pesano» dice il negoziante.

Giosuè Sacerdoti si ferma. Si incanta a osservare una catasta di candele di paraffina. Centinaia di candele, lisce e candide come ossa.

«Avete sentito? Dite a vostro figlio di procurarsi un carretto.»

«I nostri figli non sanno niente della guerra. Ci pensate mai?» dice Giosuè Sacerdoti.

«Come dite?»

«La guerra la conosciamo solo noi vecchi. I giovani devono impararla daccapo. E così ogni generazione, da sempre e per sempre. È una cosa crudele, non credete?»

«Senta, Sacerdoti. Per l'olio mi mandi Abram, ma non prima delle nove di sera.»

«Crudele dal punto di vista di Dio, intendo.»

«Non bestemmiate, non mi piace. E dite a vostro figlio di presentarsi col buio, sennò non apro. Ho fatto un'eccezione per voi.»

«È perché ci conosciamo da tanto tempo?» dice Giosuè Sacerdoti senza voltarsi. Le scapole affiorano come sassi sotto la fodera lucida del panciotto. Il negoziante ha l'impressione che siano scosse da una risata muta. O da un brivido, difficile dirlo.

«Per questo avete fatto un'eccezione» prosegue Giosuè Sacerdoti. «Perché io *so*. Perché io c'ero. O forse avete fatto un'eccezione per la vostra gamba. In memoria della vostra povera gamba regalata alla patria.»

«Non mi piacciono i vostri discorsi. Io...»

«Avete fatto un'eccezione perché entrambi sappiamo tutto quel che c'è da sapere. E da temere.»

«Stasera non vi capisco.»

«Oh sì che mi capite. Capite perfettamente che non vorrei trovarmi qui. Capite perché anche voi, tutto considerato, non siete contento di essere qui. Nessuno di noi due vorrebbe essere qui. Di nuovo. Daccapo. E per sempre.»

Un rumore di minuscolo crollo sale dalle profondità del magazzino.

Fuori, le campane rintoccano la mezz'ora. Come a un richiamo segreto, Giosuè Sacerdoti si riscuote. «Vi auguro una buona serata, dormite bene» dice avanzando nel labirinto di masserizie.

Disposizioni relative ai cittadini ebrei/2

Il 24 luglio 1940 è fatto divieto agli ebrei di commerciare cose antiche o usate.

Il 30 luglio è vietato l'esercizio del commercio ambulante.

Il 10 agosto il divieto relativo alla confezione e vendita di indumenti militari è esteso anche al coniuge di razza ariana.

Il 21 agosto il divieto relativo al commercio di oggetti preziosi è esteso anche al coniuge di razza ariana.

Il 7 settembre sono revocate le licenze per la circolazione di autoveicoli.

Il 16 settembre il divieto di commerciare cose antiche o usate è esteso anche al coniuge di razza ariana.

Il 23 settembre è vietato l'esercizio dell'arte fotografica.

Il 19 ottobre l'attività di spedizioniere doganale.

Il 20 ottobre l'esercizio di mediatore.

Il 22 novembre l'esercizio del mestiere di autista di piazza.

Il 16 dicembre il ministero dell'Interno chiarisce che gli ebrei non possono essere iscritti nell'elenco dei poveri e quindi usufruire dell'assistenza pubblica.

Lettera da Parigi, fine ottobre 1940

Solo, seduto all'unico tavolo nel trilocale fra i tetti dell'XI arrondissement, l'avvocato Raffaele Sacerdoti solleva lo sguardo dalla lettera che sta scrivendo al fratello Abram. L'appartamento puzza di fumo vecchio, la tappezzeria è sdrucita, la mobilia malconcia, il parquet segnato dai mozziconi dell'inquilino precedente. L'affitto è un furto. La dispensa non c'è, ma se ci fosse sarebbe vuota. Un pollo, kasher o impuro, è introvabile, oppure costa una follia.

L'avvocato scrive approfittando del fatto che la moglie Giulia è fuori con i ragazzini. In questo momento pazientano in fila davanti a qualche bottega e in casa c'è silenzio. Finalmente. Fatica però a concentrarsi. La brutta copia che ha davanti è un garbuglio di cancellature.

Ciò che gli fa perdere lucidità non è la miseria della sistemazione o il fatto di buttare la giornata in un sottotetto, e non in un caffè parigino o, meglio, nell'aula di un tribunale. Ciò che gli toglie serenità è l'espressione di Giulia da quando hanno traslocato. La mancanza di espressione. La non-espressione. La mancanza di lamentele, recriminazioni, musi lunghi. Perché non lo insulta? Perché non sbatte le porte? Perché non si fa venire una crisi isterica? Perché si ostina a lucidare mobili che sarebbe ora di bruciare nella stufa? Perché non pretende di averla, una stufa? L'indole combattiva dell'avvocato Raffaele Sacerdoti ha bisogno di un avversario e invece il trilocale è tutto pace, tranquillità, sorrisi, freddo, fame e rassegnazione.

Rilegge a voce alta quanto ha scritto. Si è dato una regola: le cose essenziali. Non menziona la tristezza del trilocale o altre bagatelle che potrebbero indurre Abram a commiserarlo. O che potrebbero peggiorare l'invincibile malinconia di suo padre Giosuè.

Racconta invece di come, un paio di mesi prima, due ufficiali tedeschi si siano presentati in rue des Rosiers, abbiano staccato dal portone il cartello obbligatorio IMPRESA EBREA e abbiano requisito i locali "per conto dell'amministrazione occupante". Alloggi, magazzini, tutto. Ne scrive come se si fosse trattato di un'avventura tutto sommato divertente, quasi scanzonata, piena di situazioni perfino buffe, da riderci sopra comunque, come il gran naso dell'ufficiale in capo, *di dimensioni tali da farmi dubitare della sua perfetta arianità.* Ah ah ah.

Non scrive delle valigie fatte in fretta, del pallore di Giulia, dei gioielli e dei risparmi salvati solo in piccola parte, e per una fortunata casualità. Commenta piuttosto la decisione del cugino Jacob Levi di lasciare Parigi e scappare nel Sud della Francia, fuori dal territorio occupato dalla Wehrmacht.

Ha stipato due automobili di bagagli e figliolanza e si è diretto nella villa di Cap d'Antibes. Ho gentilmente declinato l'invito a seguirlo. Non ha capito, il caro Jacob, che la Francia cosiddetta libera prende ordini dal Führer?

Sono sicuro che sia più facile passare inosservati qui, occuparsi dei propri affari in una grande città, tra centinaia di migliaia di altri esseri umani con nasi di tutte le dimensioni, che facendo il riccone in un buco di culo di paesino.

Rilegge. Cancella *Sono sicuro che sia più facile passare inosservati* e corregge con *Spero che sia più facile passare inosservati.* Poi cancella ancora e ritorna alla versione precedente.

L'avvocato Raffaele Sacerdoti affronta la vita di petto, non *spera*: l'avvocato Sacerdoti è sicuro.

Cancella anche *di culo*. Meglio: *in un buco di paesino*. Il senso della frase resta intatto e lui sa che Abram leggerà a voce alta la lettera davanti alla bambina.

Prosegue. *E poi si dice che nella Francia meridionale abbiano deciso di internare gli ebrei stranieri sui Pirenei*, aggiunge. *E io detesto la montagna!* Ah ah ah.

Che altro?

Gli ci vorrebbe un goccio di grappa. Pensiero amaro. Il suo tavolo nello studio di Casale, i suoi fascicoli, la fiaschetta nel cassetto. Chiodo nelle carni. La nostalgia rovente delle cose banali.

Si alza, recupera un bicchiere dallo scolapiatti, apre il rubinetto, aspetta che l'acqua risalga le profondità delle tubature (o scenda dal tetto, non ne è sicuro), insomma che il filo d'acqua rugginosa riempia il bicchiere. Beve. Limatura di ferro. Torna al tavolo. Che altro, dunque?

Il censimento degli ebrei. Anche qui.

Le innumerevoli professioni proibite, compresa l'avvocatura. Di nuovo.

Gli attentati incendiari alle sinagoghe. Come stupirsi?

Il divieto per gli ebrei di lasciare la zona occupata.

Questa è la cosa peggiore, se mai gli montasse l'uzzolo di raggiungere il cugino Jacob e godersi il Mediterraneo in autunno. O di rivedere fratello e padre. Se, insomma, un giorno di questi, il chiodo di nostalgia gli esplodesse dentro come un ascesso, e l'avvocato Raffaele Sacerdoti non riuscisse più a contenersi. Scuote la testa. *Homesickness*, dicono i nemici inglesi. La malattia di chi non si dà pace. Guarda fuori dal lucernaio. Parigi è grigio e silenzio.

Per ora viviamo dei risparmi, scrive.

Rilegge. Cancella *per ora*. Riscrive: *Viviamo bene dei risparmi*.

Disposizioni relative ai cittadini ebrei/3

Il 15 gennaio 1941, in omaggio al principio della separazione cui è ispirata tutta la legislazione italiana per la difesa della razza, è fatto divieto agli ebrei di aderire ad associazioni per la protezione degli animali.

Il 20 gennaio, in conformità al medesimo principio, è proibita la conduzione di scuole di ballo.

Il 14 febbraio è vietata l'attività di portierato se non per quegli stabili in cui dimorino solo ebrei.

Il 3 marzo è disposto il sequestro degli apparecchi radiofonici in possesso degli ebrei.

Il 2 aprile è vietato il commercio di libri usati.

Il 6 aprile è vietata la concessione della licenza di amministratore di condomini, escluse case e condomini di soli ebrei.

Il 12 aprile è vietata la vendita di apparecchi radio.

Il 15 aprile è sospeso il rilascio di licenze per esercizi commerciali.

Il 4 maggio è vietato agli ebrei esporre e vendere oggetti in pelle come guanti e borsette negli alberghi.

Il 20 giugno i nominativi ebraici vengono eliminati dagli elenchi telefonici.

Il 10 luglio è vietato il commercio di stracci di lana e lana usata.

Il 5 settembre è proibita qualsiasi attività di tipografia.

Il 22 ottobre è vietata l'attività di copisteria in negozi.

Bombe dal mare

All'alba del 9 febbraio 1941 una pattuglia di ricognitori inglesi plana sulla città di Genova come uno stormo di uccelli meccanici. Gilla avverte il borbottio dei motori inghiottendo l'ultimo sorso di latte. Esce fiduciosa, la guerra che conosce è un gran andirivieni e lei immagina che i piloti si limiteranno a fare ciò che fanno di solito. Fotografie aeree del porto, delle navi militari in rada, della batteria da terra di Pegli, del pontone armato GM-269, del treno armato di stanza a Voltri, della ferrovia, delle acciaierie, dei cantieri navali.

È per strada quando alle 7.35 suona l'allarme. Calcola che il tempo di tornare sui suoi passi, ripercorrere via San Vincenzo, svoltare in via Galata direzione piazza Colombo, rientrare a casa e scendere in cantina è identico al tempo che le occorre per raggiungere la scuola dove ha preso servizio da qualche settimana.

Scuola, decide. Che non sia un'altra giornata persa. Si affretta, ma non corre perché sirena non significa bombardamento, non sempre almeno. Non molto spesso, comunque, e infatti Gilla ha tutto il tempo di radunare gli otto bambini che si sono presentati nonostante l'allarme, raggiungere con loro i sotterranei, superare lo sbarramento di sacchi di sabbia, trovare un angolo libero accanto ai pali di rinforzo (a sufficiente distanza dagli altri gruppetti), disporli seduti in cerchio a gambe incrociate e cominciare la lezione.

Per il suo primo anno da maestra le sono toccati i più piccoli. L'orario è ridotto, le assenze continue. A febbraio hanno a malapena imparato l'alfabeto, solo i più bravi leggono parole semplici. Le colleghe con esperienza pronosticano somari a vita. Gilla fa come se la guerra fosse un ospite indesiderato. Non lo si può cacciare, ma lo si può lasciare fuori dalla porta. «Avanti. Ripassiamo la tabellina del 4» attacca.

Alle 8.14, dentro un banco di nebbia a una decina di miglia marine dalla costa, le corazzate inglesi *Renown* e *Malaya* e l'incrociatore *Sheffield* alla fonda con sette cacciatorpediniere aprono il fuoco. Alla tabellina del 6 c'è la prima esplosione.

Proiettili calibro 381, grossi come tronchi e pesanti come un'automobile, sbriciolano i moli, i muri maestri della cattedrale, il tetto delle acciaierie, i soffitti affrescati dei palazzi di via XX Settembre. Altri proiettili, a migliaia, cadono a pioggia sui piroscafi nei bacini di carenaggio, sull'ospedale Galliera, sui mezzi busti e le tele dell'Accademia di belle arti, sugli atti notarili e le carte bollate dell'Archivio di Stato, sugli edifici affacciati su quell'elegante ottagono irregolare che è piazza Colombo. Accecate dalla nebbia, le batterie di terra sbagliano il bersaglio. Le tubazioni saltano. I vetri esplodono. Il fumo degli incendi oscura il cielo. La polvere si adagia come neve grigia sui tetti rimasti interi, sul selciato, sui mucchi di macerie.

Nei sotterranei della scuola è come stare in una campana di piombo, e un gigante che sbatte la sua mazza sul bordo. Il pavimento vibra. Il frastuono inghiotte gli strilli dei bambini, i pianti, i singhiozzi, i sospiri, le parole delle maestre. Mezz'ora così, poi torna il silenzio.

Gilla riapre gli occhi. Si ritrova con i suoi otto scolari addosso. «È finita» dice. «Tranquilli» dice. Non parlano. Tremano. «Adesso ci alziamo, ci teniamo tutti per mano e usciamo» dice.

Ubbidiscono. Fuori ci sono altri gruppetti, altre maestre.

«Ognuna i suoi» dice qualcuna. Siedono fuori, sui gradini. Anche se fa freddo e il bombardamento è cessato, nessuno ha il coraggio di entrare nell'edificio. Alla spicciolata arrivano i parenti. Uno, due, tre, sei, sette. L'ottavo bambino si chiama Marco, per lui non si presenta nessuno. L'ora di pranzo arriva e passa. Sui gradini della scuola restano solo loro due. «Ancora mezz'ora?» domanda Gilla. Marco annuisce. Dopo mezz'ora la maestra dice: «Spiegami dove abiti, ti accompagno io». *Dove abiti*, non *dove abitavi*. L'ospite indesiderato? Che continui a starsene fuori dalla porta.

Si avviano tenendosi per mano. La città è irriconoscibile. Gilla teme che lui non sappia individuare la strada, invece Marco punta deciso in direzione via San Vincenzo. Sono quasi vicini di casa, e lei non se n'era accorta. Anche i suoi non sono venuti a cercarla. Scaccia il pensiero.

Pallido e silenzioso, Marco si arrampica su una montagnola di calcinacci, supera una camionetta della polizia municipale, un gruppo di persone assiepate intorno a un cadavere, una donna seduta per terra con un neonato al collo e una lunga ferita che le squarcia il cuoio capelluto. Cammina sempre più svelto, o forse è Gilla che, avvicinandosi a casa, rallenta. Neppure lei è andata a cercare i suoi. Scaccia anche questo pensiero, che però le si deposita alla bocca dello stomaco e non se ne va.

Appena la strada curva in leggera discesa, il bambino si blocca davanti a un caseggiato sventrato. Tre piani a vista, come visceri oscenamente esposti. Tavoli, sedie, pentolame, un divano, un brandello di tappezzeria a minuti fiorellini blu, una poltrona, un quadro, un materasso, un cappotto, un lampadario che oscilla sghembo, un pitale, cocci, posate, un fucile giocattolo, dei libri, un fiasco assurdamente intero. Gilla ha un brivido. Non riesce a ricordare l'aspetto dell'edificio prima dell'esplosione, non ricorda le botteghe al piano terra, niente. Intanto si scava tra le macerie. Secchi di calcinacci passano di mano in mano.

«Marco!» Una donna con il volto insanguinato e gli abiti imbrattati lascia il suo posto nella fila e si avvicina tenendosi in equilibrio sui rottami.

«Sono la maestra di Marco» dice Gilla.

La donna non ascolta, stringe il bambino, lo bacia. «Stai bene, stai bene» ripete.

Tra le braccia della donna, il bambino sembra una bambola di pezza. Non lascia la mano della maestra.

«Io allora vado» dice lei.

In quel momento la donna le si rivolge. «Sì, sì, grazie, sono la zia.»

Marco non dice nulla, non si muove, continua a stringerle la mano. Gilla si accuccia. «Adesso ti lascio qui con la zia, va bene?» dice.

«Dov'è la mamma?» le domanda lui.

«Vieni, Marco, vieni con me» dice la donna prendendolo in braccio. Negli occhi tutto lo strazio del mondo. «Vada pure, torni a casa, qui non smettiamo di cercare.» Afferra dolcemente la mano del bambino, la scioglie dalla stretta di Gilla, la stringe tra le sue e insieme avanzano barcollando verso l'edificio devastato.

Gilla si volta e riprende a camminare sul tappeto di calcinacci. Ha la testa vuota. Non un pensiero, non una parola. Arriva alla svolta di via Galata. Respira a fatica, piccoli respiri affrettati, tutti polvere. L'odore, la confusione, la distruzione. Poi la vede. Casa sua. In piedi. La bottega da orologiaio. In piedi. Suo padre spazza vetri con una ramazza di saggina. Sua madre è lì accanto. In piedi, tutti e due. Il cuore decelera. Un conato la scuote. Dà le spalle e vomita. Poi si asciuga con la manica del cappotto e li raggiunge.

Parigi, 20 agosto 1941

È un mercoledì sonnolento, afoso già alle dieci del mattino, quello in cui due uomini della Gendarmerie fermano sotto casa l'avvocato Raffaele Sacerdoti appena uscito per la consueta passeggiata mattutina intorno all'isolato. Controllano i documenti, lo seguono lungo i quattro piani di scale che portano al trilocale, lo accompagnano nell'unica camera da letto, ispezionano l'armadio e la borsa in cui gli dicono di ficcare l'indispensabile per un breve viaggio, intimano alla moglie Giulia e ai figli Alberto e Camillo, pallidi come sassi, di farsi da parte, tornano dabbasso spaventando i vicini affacciati alle soglie e lo obbligano a salire su una camionetta insieme ad altri ebrei adulti, perlopiù stranieri, arrestati quel mattino per le strade dell'XI arrondissement.

A pieno carico, nel primo pomeriggio la camionetta raggiunge Drancy, sobborgo a nordest della città, e scarica i detenuti presso un gigantesco caseggiato a quattro piani di alloggi popolari ancora da ultimare, a forma di ferro di cavallo, con un cortile centrale grande quanto una piazza d'armi e ventidue scale d'accesso alle varie zone. Intorno, filo spinato, guardie armate e torri di avvistamento.

Le operazioni di registrazione si svolgono senza intoppi. Le camionette fanno avanti e indietro per altri quattro giorni. Dall'XI arrondissement, la retata si tende come tela di ragno ai quattro capi della città. Il caseggiato di Drancy si trasforma in un nero formicaio. Migliaia di maschi adulti, poca acqua, pochissimo cibo. Indomito, l'avvocato Raffaele Sacerdoti insiste per conoscere il capo d'accusa.

«Crimini contro il Terzo Reich» gli dicono.

Casale Monferrato, autunno 1941

I Sacerdoti sono sempre più poveri. I prezzi salgono, le entrate no. Il poco garantito ad Abram dalla scuola ebraica di Torino, il pochissimo che, tolte le spese e l'affitto dei locali, guadagna Giosuè con la bottega, gli spiccioli che intasca Rita con le lezioni private ai bambini della comunità. Che pagano quando possono, e comunque un tanto all'ora, e spesso sono assenti perché le madri li lasciano dormire dopo la notte trascorsa nel rifugio sotterraneo. Oppure li spediscono a fare la coda per il pane o le uova. 20 lire la mezza dozzina, quando prima della guerra di lire ne bastavano 2.

Passa la giornata in coda chi non è al fronte o al lavoro. L'indispensabile è razionato. Combustibile, pane, pasta, riso, olio, burro, zucchero, formaggio, persino la conserva di pomodoro. La carne sparisce. Grassi e carboidrati servono al fronte. Mentre l'alleato germanico avanza spedito e l'Europa tutta parla tedesco, l'esercito italiano arranca. Bisogna armare di più i soldati. Nutrirli, vestirli, calzarli. Il freddo dei Balcani, il caldo del deserto africano. Le razioni della tessera annonaria si riducono ancora. Coda per prenotare e coda per ritirare. Pane di crusca, di farina di lenticchie. Latte annacquato. E leggende: nel latte, calce; nel pane, segatura e polvere di marmo.

Süss l'ebreo, la pellicola voluta dal ministro tedesco Joseph

Goebbels e presentata con successo all'ottava Mostra del Cinema di Venezia, desta in città molta impressione.

I primi fotogrammi con le pietre preziose e le perle che l'ebreo Süss custodisce in un'enorme cassaforte.

L'ebreo Süss che dichiara di non riconoscere alcuna patria.

L'ebreo Süss che insidia una bionda giovanetta innocente.

L'ebreo Süss che poi la stupra.

Le macchinazioni, la mancanza di scrupoli, perfino la bruttezza dell'ebreo Süss incendiano gli animi.

Al termine della proiezione un gruppo di scalmanati si presenta al tempio con i sassi nelle tasche e i bastoni in pugno. I vetri vanno in frantumi, il portone regge. La stanza dove Margherita Sacerdoti insegna l'alfabeto è al sicuro, ma per giorni e giorni nessun bambino della comunità partecipa alle sue lezioni.

Col primo freddo, Giosuè Sacerdoti è costretto a scegliere: o reinveste il guadagno della bottega in legna da ardere e cibo, o paga l'affitto. Decide per la borsa nera e compra due sacchi di patate, uno di castagne secche, quattro chili di fagioli, tre salami d'oca e un carico di rovere di prima qualità, sufficiente per tre settimane scarse.

Passano i giorni, il padrone dei locali non si presenta a reclamare il dovuto. Giosuè Sacerdoti comincia a credere che la bottega Stoffe dal mondo, che ha resistito ai flutti rabbiosi di innumerevoli schermaglie doganali, all'abisso della Prima guerra mondiale, alle bolle inflattive, alle oscillazioni della moneta, al maremoto finanziario del 1929, alla buriana delle sanzioni economiche e alle raffiche dell'autarchia, sopravvivrà anche a questa burrasca.

S'illude. Ai primi di dicembre si presentano due sgherri. È l'ora di pranzo. È già accaduto che il padrone si servisse di manovalanza senza scrupoli. In passato Giosuè Sacerdoti li ha sempre cacciati, contratto d'affitto in una mano e soldi pattuiti nell'altra. La forza del denaro. La forza del diritto. Il figlio principe del foro, il temibile Raffaele Sacerdoti.

Questa volta i due sgherri non hanno neanche bisogno di fare la voce grossa. Non ci sono più soldi, forse neanche il diritto e di certo non c'è l'avvocato Sacerdoti. Nel retrobottega Giosuè Sacerdoti firma le carte che gli mettono davanti e in cambio intasca una cifra pari a un terzo del valore di mercato della licenza di cui è titolare. Al pomeriggio non riapre.

«La bottega è andata» comunica la sera stessa al figlio. Posa sul tavolo il sacchetto di damasco verde chiuso dal cordoncino dorato. Dentro c'è la mazzetta di denaro che ha ricavato dalla cessione. «Per Ester» aggiunge.

La settimana successiva si trasferisce da loro, nell'appartamento al secondo piano, mette in vendita le due stanzette al primo, in cui ha vissuto con Livia e in cui sono nati Raffaele, quarantun anni prima, e Abram, che di anni ne ha compiuti trentasei. «Così accendiamo una sola stufa» dice.

L'appartamento è piccolo, ma Ester è felicissima. Abram mette a frutto le sue competenze geometriche: prende le misure, disegna una pianta del salotto, simula lo spostamento della mobilia, ricava un angolo sufficientemente illuminato e abbastanza discreto per il letto del nonno.

Anche Margherita preferisce avere un uomo in casa visto che, per contenere le spese di viaggio, da quel momento in avanti durante la settimana Abram si fermerà a dormire a Torino, in uno stanzino della scuola attrezzato con una branda, un tavolino e un pitale. Nelle cantine sotto le aule dormono invece famiglie ebree in fuga, tedesche e polacche.

Parigi, tra l'autunno del 1941 e l'estate del 1942

Una volta alla settimana, Giulia Sacerdoti lascia i figli soli nel trilocale con l'ordine tassativo di non aprire a nessuno, raggiunge a piedi avenue Jean Jaurès e l'ingresso del campo di Drancy. Sono quattro ore tra andata e ritorno. Alla guardia chiede notizie del prigioniero Sacerdoti Raffaele e poi consegna un pacco destinato al marito. Il contenuto è variabile. Due mele, una pagnotta, un paio di calze di lana, una sciarpa, una coscia di pollo arrosto, quello che può. Eccezionalmente, un pacchetto di sigarette o un cartoccio di mentine.

Il fatto che l'avvocato Raffaele Sacerdoti riceva o meno il pacco dipende da chi è di turno all'ingresso. Anche per questo perde peso. Molto. Soffre di insonnia e mal di stomaco. Ha dolori alle articolazioni e alle gambe, non necessariamente dovuti alle botte. A Drancy la gente non muore di botte, o di rado. Muore di dissenteria, di fame, di fucilazione al petto.

Il 27 marzo 1942, sette mesi e sette giorni dopo la sua carcerazione, l'avvocato Raffaele Sacerdoti è irriconoscibile. Viene selezionato con altri 564 prigionieri durante l'adunata del mattino. Che preparino alla svelta le loro cose perché saranno trasferiti. Sulle Ardenne, pare. A fare legna per il Reich.

Il campo è vicino a due stazioni ferroviarie. Bourget-Drancy, memorizza l'avvocato, treno numero 767, terza classe. Alle

17 il locomotore si mette in marcia. Direzione nord. Sembra un viaggio qualunque. Cullato dal movimento, Raffaele Sacerdoti prova persino a dormire un po'.

A capo del convoglio c'è un tedesco di Tubinga, l'ufficiale delle SS Theodor Dannecker, responsabile del dipartimento affari ebraici della Gestapo. Quel giorno compie ventotto anni e i suoi uomini gli hanno fatto trovare nella carrozza riservata agli ufficiali la sua torta preferita, panna, cioccolato e ciliegie candite. Dopo la festicciola, fa il giro dei vagoni.

«Se qualcuno prova a fuggire» dice, «tutti i passeggeri della carrozza saranno fucilati.»

L'avvocato Raffaele Sacerdoti fa come fanno tutti, tiene gli occhi bassi. Non tanto però da non cogliere, nella fisionomia del giovane, qualcosa di familiare. La forma degli zigomi, forse. Non che la minaccia della fucilazione non lo turbi, solo dubita che qualcuno abbia la forza, in quella carrozza, di improvvisare una fuga. Oltre agli zigomi, è il taglio della mandibola a suggerirgli una somiglianza, e mentre l'ufficiale si dirige col suo codazzo verso la carrozza successiva, l'impressione diventa un nome. *Milano Samuele*, il praticante nello studio di Casale Monferrato. Ecco chi gli ricorda l'ufficiale!

All'avvocato Raffaele Sacerdoti manca il fiato. Fa di tutto per allontanare il nome, la figura, l'immagine di se stesso *allora*. È diventato molto bravo a dominare i pensieri, ha avuto mesi per allenarsi tra i miasmi del campo di Drancy. Ma non è abituato a questo treno, che ha qualcosa di rassicurante nella normalità della terza classe, e qualcosa di demoniaco nella soldataglia sprezzante e nel mistero della meta. Ecco perché il ricordo improvviso di ciò che è stato lo sorprende indifeso, il cuore nudo, esposto alle rovinose correnti d'aria della memoria. Piange in silenzio, poi a singhiozzi che lo scuotono come non è mai successo nei lunghi mesi a Drancy, e come si è sempre ripromesso di non fare.

Nella notte si calma. Alla stazione di Compiègne salgono

altri 547 ebrei. Il convoglio riparte in direzione est. "Forse davvero si va a disboscare le Ardenne" è la voce che corre. Sotto il sedile l'avvocato trova un foglietto appallottolato. Qualcuno l'ha usato per fare un conto e poi l'ha gettato. Non visto, lo stira sulla coscia. La locomotiva corre sempre più a est. Non aveva mai riflettuto su quanto potesse essere spaventevole non sapere dove stai andando. Le Ardenne adesso se le figura come il posto più bello del mondo. L'illusione si dissolve quando il convoglio attraversa il confine, poi la Germania, da occidente a oriente. Naufraghi in un oceano di terre ignote. A quel punto si ricorda del foglietto. Riesce a farsi prestare un mozzicone di matita, scrive, poi infila in tasca e attende il momento buono per lanciare il messaggio dal finestrino. *Message in a bottle*, ma senza bottiglia. I giorni passano, e neanche la Germania è il capolinea, anche se tutta l'Europa ormai è Germania, e sono giorni senz'acqua, e qualcuno sviene, qualcun altro viene fucilato. Il capolinea è in Polonia, si chiama Auschwitz-Birkenau e nessuno dei prigionieri, neanche l'avvocato Raffaele Sacerdoti, l'ha mai sentito nominare.

A Parigi intanto la primavera diventa estate. Giulia Sacerdoti continua a portare pacchi a Drancy e nessuna delle guardie li rifiuta o le dice che il marito è stato trasferito altrove. L'unica differenza è che adesso lei ha più fame e che, cucita sugli abiti, ha una stella gialla con la scritta *juif*. Scrive biglietti a Raffaele, li infila sotto le pagnotte o tra le mentine, scrive ai parenti di Casale Monferrato, ma le lettere forse si perdono da qualche parte perché lei non riceve risposta. Alberto compie dodici anni, Camillo dieci. Il regalo al primogenito è un paio di calze fasciate con un fiocco di seta autentica. Al secondogenito un libro illustrato a cui mancano due quinterni. La sera approfittano della luce estiva per leggerlo insieme provando a inventare le pagine perdute.

La mattina del 16 luglio 1942, due giorni dopo la festa nazionale, una pattuglia di poliziotti francesi affronta i quattro piani, sfonda la porta del trilocale e li trova tutti e tre intenti a sgranare piselli acquistati da una signora che fa la borsa nera. Giulia Sacerdoti li offre ai poliziotti, svuota per loro il portafogli, si toglie gli orecchini ma non c'è pietà. Ciascuno può portare una coperta, un maglione e un paio di scarpe. «Con questo caldo?» domanda Alberto. La risposta è uno schiaffo. La polizia li carica tutti e tre su una camionetta del tutto simile a quella che aveva portato via quasi un anno prima l'avvocato Raffaele Sacerdoti. La destinazione è dalle parti della Tour Eiffel, al Velodromo d'Inverno. Una bella struttura metallica illuminata da un grande lucernaio centrale, fatta per ospitare gare ciclistiche al coperto lungo i 250 metri della pista ovale in profumatissimo legno di pino.

Tempo quarantott'ore e nel velodromo sono ammassati in migliaia, quasi tutti stranieri, in maggioranza donne e bambini. Finestre chiuse, cinque bagni, un solo rubinetto. Il fetore è insopportabile. Ogni tentativo di fuga si risolve nella fucilazione. Cinque giorni così, poi Giulia, Alberto e Camillo Sacerdoti vengono trasferiti a Drancy, e di lì, su vagoni ferroviari per il trasporto di bestiame, ad Auschwitz-Birkenau.

Disposizioni relative ai cittadini ebrei/4

La guerra non distrae il legislatore fascista. Agli ebrei è vietato il commercio di oggetti usati, di stracci non di lana, di libri, di articoli per bambini, di carte da gioco, di articoli ottici, di oggetti sacri, di cartoleria, di carburo di calcio. Proibito anche il lavoro nella raccolta di rifiuti, nelle scuole di cucito, nelle ricerche minerarie, nei cantieri navali e in aziende utili alla produzione bellica, come la FIAT, la Compagnia generale dell'elettricità e la Montedison. Proibito far pubblicità alle proprie ditte sulla stampa nazionale. Rappresentare, eseguire, proiettare o incidere su disco opere di autori ebrei. Allevare colombi viaggiatori.

Le disposizioni si susseguono incalzanti, affidate a circolari, leggi, decreti, comunicazioni ai prefetti. Si sommano alle precedenti e sono così fittamente e disordinatamente intrecciate alle multiformi manifestazioni del reale che i poliziotti chiamati a vigilare non sempre sono in grado di districarsi. Nel dubbio, chiedono ai superiori, e i superiori ai superiori dei superiori, e così le richieste rimbalzano fino alla prefettura e da tutte le prefetture d'Italia alla Direzione generale della Pubblica Sicurezza, alla Direzione generale per la Demografia e la Razza, al ministero dell'Interno, alla segreteria del Partito e di lì, in un andirivieni di pareri che può durare settimane o mesi, tornano ai poliziotti chiamati a vigilare, in forma di altre circolari e altri avvisi, e precisazioni e chiarimenti, di cui si deve, in un modo o nell'altro, tener conto.

È per esempio del 6 maggio 1942 la circolare della Direzione generale per la Demografia e la Razza che invita i prefetti a precettare a scopo di lavoro gli ebrei maschi e femmine tra i diciotto e cinquantacinque anni. Manodopera obbligatoria al servizio del Paese in guerra.

I prefetti studiano la circolare. Ci vuole tempo per individuare le ditte che svolgano attività consentite agli ebrei, inviare le cartoline precetto gialle, vagliare le eccezioni, i distinguo, i casi dubbi. Solo alla fine dell'estate, quindi, Margherita Sacerdoti prende servizio come operaia addetta alla piegatura in un'azienda che produce sacchetti di carta alle porte della città. Avendo una figlia minorenne, dovrebbe essere esentata, ma la faccenda è ancora per aria e quindi ogni mattina Margherita inforca la bicicletta e va. Abram invece è esonerato perché, in base a una precedente disposizione mai abrogata, gli è consentito fare l'insegnante alla scuola ebraica torinese.

Ester trascorre le giornate col nonno. Mattinate in coda per il cibo. Pomeriggi a leggere insieme *Pinocchio*, *Cuore*, *Le tigri di Mompracem* o a ripassare le quattro operazioni. Se il tempo è buono, fanno lunghe passeggiate fino al Po. Talvolta incontrano contadine in bicicletta che dalla campagna portano in città verze, finocchi o fagioli secchi.

Ogni giorno si spingono fino alla bottega. Giosuè insiste, è convinto che alla moglie defunta piaccia molto. C'è una nuova insegna dipinta di fresco, la vetrina appare più luminosa, l'interno è stato ammodernato e ospita non solo stoffe ma anche guanti, cinture e cappelli di tutte le fogge. Al bancone c'è una coppia elegante, sulla cinquantina. Considerato il periodo, l'assortimento è stupefacente, la qualità sopraffina.

«Hai la nostalgia?» gli domanda una volta Ester.

Fermo davanti alla vetrina, Giosuè Sacerdoti continua a osservare i guanti di capretto disposti a raggera e non dice nulla. Ester pensa che il nonno non l'abbia sentita e ripete: «Ti dispiace che non hai più la tua bottega?».

L'uomo riprende il passeggio, la bambina insiste. «Perché non rispondi?»

«Perché non so rispondere.»

Ester si blocca. «Non sai se hai la nostalgia della bottega?» Per avere solo sette anni, è una bambina molto sveglia.

«Ho nostalgia della nonna.»

«Ma anche della bottega?»

«È la stessa cosa.»

«Non capisco.»

«È difficile da spiegare.» La bottega *è* Livia. La vita trascorsa con lei. I fatti accaduti dopo la morte della moglie non hanno lasciato traccia, oppure esile come bava di lumaca. Neppure gli avvenimenti gravi e dolorosi del tempo presente, neppure lo spavento dei due sgherri che l'hanno costretto a firmare la cessione, o i bombardamenti notturni. Neppure, e di questo si vergogna, il mistero che avvolge la sorte di Raffaele, di Giulia e dei loro bambini. È come se tutto accadesse altrove, in una di quelle dimensioni misteriose che qualche volta Abram ha tentato di spiegargli. Entità di numeri e calcoli, mentre la carne e il sangue, per Giosuè Sacerdoti, sono tutti nel passato.

«Non mi sembra una domanda difficile» dice la bambina.

Giosuè Sacerdoti cerca la sua mano. «Ti sbagli.» La piccola mano per cui, ne è certo, vale la pena di svegliarsi la mattina. «E io preferisco tacere che dire bugie.» Stringe le dita, se le porta alla bocca e le bacia. Una mano di carne e sangue. Ma meno viva, meno urgente e presente della mano di Livia. E anche di questo Giosuè Sacerdoti profondamente si vergogna.

Area bombing

A Genova, nell'autunno 1942, non è facile mettere insieme l'occorrente per una vera torta. Le uova sono preziose, lo zucchero è poco e molto caro, di burro non se ne parla. La bottega dell'orologiaio sopravvive a malapena con le riparazioni. La clientela abituale è fatta di piccoli commercianti, artigiani, impiegati di basso livello, gente troppo anziana per il fronte. Oppure segretarie, parrucchiere, sarte la cui unica attività ormai consiste nello stringere vestiti e cappotti, o ancora casalinghe che, da quando la guerra è cominciata, contano anche gli spiccioli. Nessuno di loro, in questi mesi, può permettersi di buttare soldi in una sveglia nuova, e figurarsi un orologio da polso o da taschino.

A casa di Gilla la situazione non è migliore. Si fa colazione con latte annacquato, caffè di carrube e un pezzo di pane. Si pranza con una minestra di fagioli o di ceci o di lenticchie. Si cena con cipolle cotte, a volte una patata lessa, una frittata di un uovo a testa, di tanto in tanto dei fichi secchi o un pezzo di formaggio.

A ottobre inoltrato, tramite certe sue conoscenze e all'insaputa della figlia, la madre di Gilla riesce a procurarsi al mercato nero un po' di farina di castagne, un piccolo favo di miele e un pugno di uvetta sultanina, pagata a carissimo prezzo. La sera dell'11 ottobre aspetta che tutti si addormentino, poi si alza di nascosto, mette a mollo l'uvetta, stempera la farina di castagne in un po' d'acqua, aggiunge un pizzico di sale – un pizzico vero, anche il sale scarseggia –, spreme il favo in due dita di acqua calda in modo da sciogliere il miele, unisce uvetta e miele al composto, mescola energicamente e poi deposita il tutto in una teglia unta con un velo di olio d'oliva. Prima che faccia giorno, la donna esce di casa con il castagnaccio avvolto in una pezza da cucina, si presenta dal fornaio del quartiere, sistema la teglia tra le pagnotte in cottura e aspetta seduta davanti alla bocca del forno, con le fiamme che le tingono il volto di rosso e di arancio. Rientra a casa all'alba con la teglia fumante.

Quando Gilla si sveglia, il profumo di miele e castagne è dappertutto. In camera, in corridoio, e naturalmente in cucina. La teglia è sul tavolo, tiepida e fragrante. Senza candela, che le candele non sono a buon mercato, ma con un fiocchetto di tulle e un biglietto di buon compleanno.

«Perché ti sorprendi, bambina? O pensavi che ci fossimo dimenticati? Compiere diciannove anni non capita mica tutti i giorni» dice la madre. Poi aggiunge: «Tutta tua» mentre il padre, serafico e sempre più smilzo, fa sì con la testa.

Gilla si fa durare il castagnaccio per giorni, avvolto nella carta oleata e sistemato nel punto più fresco della casa. Ne mangia giusto un quadratino col caffelatte di carrube. Un compleanno che non finisce, pensa ogni mattina assaporando il dolce cremoso, particolarmente gradito quando la notte è stata funestata dall'allarme antiaereo.

Non si fidano più a scendere in cantina. Troppi palazzi crollati seppellendo nei sotterranei gli abitanti. Alla prima sirena – sei fischi da quindici secondi, un'eternità lunga un minuto e mezzo – preferiscono invece uscire in strada, fosse pure in piena notte. I condomini formano allora un piccolo corteo, la vedova svampita del primo piano in testa, l'infermiera col neonato in coda, e tutti insieme affrontano strade rese nuove e fantasmatiche dall'oscuramento, fino a raggiungere uno dei rifugi salmastri ricavati dalla municipalità nelle gallerie che, come tane di lombrichi, innervano questa strana città che è mare e montagna insieme. Ma, così facendo, le notti d'allarme diventano isole insonni, e le giornate successive arcipelaghi di nervosismo e stanchezza. Ben venga allora il quadratino di castagnaccio. L'ultimo boccone è per la mattina del 22 ottobre 1942, undici giorni dopo il compleanno di Gilla. Ed è un vero peccato che il dolce sia finito, visto che la notte che li attende è quella dell'apocalisse.

Si chiama *area bombing* l'attacco di insediamenti urbani con gigantesche quantità di ordigni esplosivi e spezzoni incendiari, ossia rudimentali tubi metallici progettati in modo da cadere perforando, carichi di miscela infiammabile, termite o fosforo bianco o giallo. Secondo la dottrina militare in voga, l'alternarsi di proiettili esplodenti e incendiari deve essere tale che non sia possibile a terra intervenire per soffocare le fiamme, che così si estendono agevolmente risultando indomabili per giorni.

Lo scopo dell'*area bombing* non è immediatamente militare, come sarebbe nel caso di un'incursione contro infrastrutture belliche, ma strategico: fiaccare la popolazione civile laddove è più numerosa, i quartieri popolari e operai, e fisiologicamente debole. Vecchi. Bambini. Seminare il panico, la rabbia e la sfiducia nei governanti incapaci di difendere il proprio popolo.

Utilizzata variamente dagli eserciti in lotta, il caso più emblematico essendo quello del bombardamento italo-tedesco della cittadina basca di Guernica durante la guerra civile spagnola, nella seconda metà del 1942 la dottrina dell'*area bombing* domina la strategia britannica e si incarna in sir Arthur Harris (responsabile del Bomber Command e soprannominato "The Butcher", il macellaio, dai suoi sottoposti) e nelle sue puntuali istruzioni agli equipaggi della Royal Air Force.

A uno di questi dettagliati ordini di servizio rispondono la sera del 22 ottobre 1942 cento bombardieri Avro Lancaster. *Lankie*, per i piloti. Equipaggiati con quattro motori Rolls Royce da 1460 cavalli, gli apparecchi decollano dalle basi inglesi, superano la Manica, sorvolano gli ottocento chilometri di territorio francese sotto controllo tedesco, aggirano la sorveglianza delle contraeree di terra e i caccia attrezzati per il volo notturno e convergono ai piedi delle Alpi. Una muraglia di granito e ghiaccio alta quattro chilometri che è necessario superare di slancio, al buio, tagliando banchi di nebbia e nuvole gelate fino alla parte alta della troposfera, a quota cinque, anche seimila metri. Le cabine non sono pressurizzate e nell'ascesa vertiginosa manca l'aria. Strati e strati di ghiaccio appesantiscono i 120 metri quadri di apertura alare. I piloti volano alla cieca, abbacinati dallo strato opalescente sui finestrini. La temperatura scende a meno 40° C. Sotto tre paia di guanti, le dita si irrigidiscono, faticano a tirare leve, a ruotare manopole. I mitraglieri, rannicchiati nella parte più fredda dell'apparecchio, vomitano o svengono. Sessanta, anche settanta minuti così. Peggio dei caccia tedeschi, pensano i piloti, peggio della formidabile artiglieria nazista. Poi, finalmente, il lampeggiare intermittente della Dora Baltea, il grande corridoio della Valle d'Aosta, il nastro a specchio del Po e la grassa, pacifica pianura Padana, bianca sotto i raggi della luna. Il cielo è sgombro di nubi. La contraerea italiana non spaventa. Il Mediterraneo, là in fondo, splende. Genova è buia, ma non invisibile alla luce dei bengala. I puntatori inquadrano piazza De Ferrari e 180 tonnellate di bombe e spezzoni incendiari cadono sulla città.

Quando il mostruoso bombardamento termina, uomini e donne lasciano alla spicciolata i rifugi. Gilla tiene per mano i genitori. Le dita che mancano alla mano del padre la indispettiscono come insulti. Sulla soglia si bloccano stupefatti.

La notte è una vampa rossa che si leva imperiosa. Il fuoco è un grosso animale selvaggio che respira rumorosamente, con voci e stridii spaventevoli come succede solo negli incubi. Il padre di Gilla abbraccia le due donne e tornano a casa così, stretti l'uno alle altre, senza una parola, nell'aria che sa di cenere e metallo. E casa loro è ancora lì, pensa Gilla con le lacrime agli occhi. Casa e bottega.

Nessuno riesce più a dormire, neanche i bambini. Quando viene giorno, il vermiglio dell'aurora è tutt'uno con le fiamme. Il mare – fosco, freddo – ha riflessi d'argento brunito. Brucia la stazione di Brignole, bruciano le camerate dell'ospedale di Pammatone, i letti, i tavolini con le medicine già pronte per la somministrazione, le sedie per i parenti dei ricoverati. Bruciano i portici medievali di Sottoripa, le botteghe dei verdurieri, le stoffe, le passamanerie, i guanti, i cappelli, i bastoni da passeggio, i sacchi di granaglie, i tagli di trippa. Bruciano palazzo San Giorgio, palazzo Spinola e la prefettura, palazzo Tursi e il Comune, le ricchezze dei banchieri e dei condottieri, le casupole dei camalli, le chiese di Santa Maria in Passione, San Silvestro, Sant'Agostino. Non ci sono parole per dire l'orrore. Secoli, millenni di orrore. Troia in fiamme, zolfo su Gomorra, Cartagine rasa al suolo e sale sulle rovine, Costantinopoli sotto i colpi dei cannoni ottomani. E come in una favola nera, anche nella città martoriata si manifestano il re Vittorio Emanuele III e la regina Elena, mostrandosi nei loro numinosi corpi mortali al cospetto dei sudditi atterriti.

Amarezza, rabbia. A sera Genova brucia ancora. Molti scelgono di dormire nei rifugi. Anche Gilla e tutti i condomini. Sono al chiuso che sa di sale e umidità quando, alle dieci meno un quarto, la sirena torna a suonare. È in ritardo: i primi velivoli sono già sulla città e il cielo splende ai globi bianchi dei bengala. Difficile distinguere nel fracasso della contraerea il sibilo delle bombe che cadono sulla chiesa dell'Annunziata, sul teatro Paganini, sul Palazzo Imperiale in Campetto, ma il tempo è brutto e i bombardieri questa volta si ritirano alla svelta.

Al segnale di cessato allarme, l'orologiaio s'impunta, non vuole lasciare il rifugio. Gilla si scioglie dalla stretta. «Vado a vedere» dice. Rifà la strada di corsa, incurante delle nuove distruzioni che sfigurano la città. Casa e bottega, ancora una volta, sono in piedi. Nel constatarlo ha dentro una gioia cattiva, una festa matta. Torna veloce al rifugio, tranquillizza i genitori, rientrano insieme a casa ma lei non ci pensa nemmeno a dormire. Ha l'impressione che il sangue le scorra più veloce, che nel petto il cuore pompi furibondo.

Appena fa luce, infila un paio di scarpe pesanti, un paio di vecchi guanti da lavoro e un fazzoletto a contenere i capelli. Scende poi in cantina a recuperare un badile e di buon passo, aiutandosi con quello, risale le macerie di via XX Settembre fino a piazza De Ferrari. Sente nelle orecchie e nel naso il fuoco, lontano, vicino, ancora e ancora. Ma da qualche parte bisogna pur cominciare, pensa, e il centro della città le sembra il luogo più ragionevole per mettersi a disposizione dei soccorsi.

Per strada percepisce una tensione fatta di sguardi e mezze parole, un passaparola raggelante. Scendere. Spingere. Scivolare. Schiacciare. Soffocare. Capisce che è accaduto qualcosa di brutto alla Galleria delle Grazie, uno dei rifugi più grandi della città, raggiungibile attraverso una fetida scaletta da inferno dantesco.

Una volta in piazza, la devastazione la disorienta. Avanza verso le torri di porta Soprana, la Galleria delle Grazie è lì sotto. Una piccola folla, straordinariamente silenziosa, fa ala intorno a un camion fermo. Tutti fissano il cassone. Odore acre. Sangue in sottili rivoli neri, ramificati come alberi secchi. Gilla trova un varco, spinge lo sguardo a fondo, orrendamente ammaliata. Qualcuno sta scaricando a braccia. Una catena di braccia. Capisce all'improvviso e si ritrae. Cadaveri. Maschi, femmine, bambini. Centinaia. Corpi offesi, tagliati, violacei di sangue rappreso. Sollevati dal cumulo e allineati con cura, amorevolmente, per il riconoscimento.

Si appoggia al badile. Non sa più che farsene, anzi prova un rigurgito di nausea al pensiero di averlo con sé. Quasi fosse colpevole di una profanazione. È partita pensando di liberare la strada dai calcinacci, ma non di macerie si tratta, e questa non è più una strada, una piazza, una città. Questo è un cimitero.

Nelle settimane successive Genova diventa una trappola. La Royal Air Force torna a bombardare il centro la notte del 6 e quella del 7 novembre 1942. Colpiti i quartieri orientali, villa Pallavicini, le acciaierie Ansaldo, la chiesa di Santa Chiara e ancora quella dell'Annunziata. Il Bomber Command affina la tecnica. Incursioni rapide e spietate. I *pathfinder* illuminano a giorno con i bengala. I bombardieri sfilano uno dopo l'altro in formazione compatta, detta *stream*, corrente, e sganciano proiettili *blockbusters*, spiana-isolati. Bestioni che pesano tonnellate. Quartieri ridotti in macerie. Il 13 novembre tocca a Sampierdarena, all'ospedale Galliera, alla loggia dei Mercanti. Il 15 novembre al porto, a Carignano e alle chiese di Cosma e Damiano e di San Siro.

La madre di Gilla passa le giornate a caccia di cibo. Gilla si divide tra le poche lezioni che è possibile fare e i soccorsi. Non tutte le macerie vengono rimosse alla svelta. I cumuli puzzano di disinfettante e carne putrefatta. L'orologiaio decide che è arrivato il momento di contare i risparmi e abbandonare la città. «Ho un conoscente a Borgo di Dentro. È disposto a ospitarci. L'affitto è alto ma ce la facciamo. In campagna c'è da mangiare e forse non bombardano» dice a colazione. Le due donne si guardano. Poi, stremate, acconsentono.

Luce

Casale Monferrato, novembre 1942. È pomeriggio inoltrato quando Margherita, terminato il turno di lavoro, lascia la fabbrica di sacchetti, sale sulla bicicletta e si dirige a casa. Il biglietto che la mattina ha trovato nella cassetta delle lettere le pesa in tasca come un sasso. Al lavoro non ha avuto né il tempo né il coraggio di aprire la busta. Niente mittente. Bolli stranieri. Tedeschi? Svizzeri? L'indirizzo in una grafia che Margherita non conosce. Abram è a Torino e tornerà solo fra due giorni. Che fare? Se lo è domandata tutto il tempo e ha deciso di aprire la busta senza di lui. Ci sono cose che non possono aspettare troppo. Però non vuole addosso gli occhi di Ester e Giosuè. Prima deve capire, poi condividere. Forse. Se sarà necessario.

Ferma la bicicletta a pochi metri da casa. Si guarda intorno, cerca un posto dove sedersi a leggere indisturbata. Nel muro perimetrale di un vecchio edificio nota una rientranza lunga e stretta e, dentro l'incavo, quasi fosse parte stessa della costruzione, una seduta a listelli di legno.

Non ci aveva mai fatto caso e non ricorda di aver visto qualcuno seduto lì. Si tratta in effetti di un luogo poco adatto a una panchina. Non ci sono alberi a far ombra d'estate, non si vede nulla di particolarmente interessante, non uno scorcio suggestivo sul corso, non un panorama di qualche pregio. Non il portone della palazzina dove vive. Solo, di sbieco, le finestre dell'appartamento al secondo piano. Ma, per quello che deve fare lei, è il posto ideale. Accosta la bicicletta e siede. Tira fuori dalla tasca la busta, con delicatezza infila l'indice sotto il risvolto e riesce ad aprirla senza strapparla. Dentro c'è un biglietto piegato in due, che reca i segni di una precedente stropicciatura, come se il pezzo di carta fosse stato appallottolato e poi riutilizzato per scrivere. La prima facciata contiene dei numeri, una somma di più addendi a inchiostro blu. E poi il loro indirizzo, a matita. Quest'ultimo nella grafia distinta, autorevole, inconfondibile di Raffaele Sacerdoti. Margherita trattiene il fiato voltando il foglio dall'altra parte.

Germania, 29 marzo 1942

Carissimo padre, cari Abram e Margherita, carissima Ester, due giorni fa io e i miei compagni di prigionia siamo stati portati alla stazione di Bourget-Drancy e caricati sul treno numero 767 in un vagone di terza classe e da allora viaggiamo senza conoscere la destinazione. Vi raccomando Giulia, Alberto e Camillo, che credo al sicuro all'indirizzo che già sapete. Vi penso tutti e vi abbraccio con tenerezza infinita.

R.

Nient'altro. D'altronde lo spazio è pochissimo e l'avvocato Raffaele Sacerdoti ha dovuto spingere i caratteri fino al margine estremo, tanto che quel "tenerezza infinita", pure così leggibile, ha la grazia di un sussurro.

Margherita legge e rilegge. Gira il foglio tra le mani, cerca altro, poi esamina la busta, un indizio, qualcosa che possa suggerire dove si trovi suo cognato. Non le tornano le date. L'ultima lettera di Giulia è datata giugno 1942, poi più niente. La cognata scriveva che stavano bene e che Raffaele era sempre imprigionato a Drancy, ma in questo biglietto datato 29 marzo... questo biglietto arrivato solo ora... con otto mesi di ritardo... Margherita è confusa. Il buio freddo di inizio novembre intanto avanza. Lei si stringe nel cappotto. Confusa e spaventata. La paura le fa tremare le labbra, i pensieri. Nell'oscurità, sono fili che si intrecciano in un disegno misterioso e terrificante, finché una luce si accende al secondo piano, casa sua, e li spazza via.

Borgo di Dentro, fine novembre 1942

La prima impressione è rassicurante: la stazione ferroviaria di Borgo di Dentro è un sobrio edificio a due piani dalle pareti tinteggiate di chiaro, pulito, silenzioso, ingentilito da un'elegante pensilina di ferro battuto. E soprattutto niente macerie, pensa Gilla.

È partita da Genova coi genitori un'ora e mezza prima, lasciandosi il mare alle spalle, su un convoglio che ha attraversato l'Appennino arrancando tra boschi di castagni e minuscoli borghi dall'aspetto fumoso e sbreccato. Borgo di Dentro è la prima città che hanno incontrato. Loro tre più due valigie a testa e un baule che hanno faticato non poco a depositare prima sul marciapiede accanto al binario e poi nella sala d'aspetto della stazione.

«Vedo se c'è una vettura» dice il padre avviandosi, ma in quel momento un tizio allampanato si affaccia alla porta a vetri, fa segno di aspettare, torna con un ragazzino d'una dozzina d'anni, insieme afferrano il baule e fanno strada fino al piazzale antistante, dove li attende un carretto trainato da un cavallo tozzo e spelacchiato. Il padre sale a cassetta con quello che Gilla ha capito essere il loro nuovo padrone di casa. Lei, la madre e il ragazzino dividono il pianale con le valigie e il baule.

La stazione è in periferia, la strada è tranquilla. Gilla continua a cercare segni della guerra, ma non ne trova. Un viale, qualche sparuta villetta, alberi, una spianata erbosa, altre villette, nessuna automobile, incrociano giusto una corriera che Gilla presume diretta in collina, là dove immagina ci sia cibo. Ma il carburante deve essere razionato anche qui, si ritrova a pensare. Poi le case si fanno più ravvicinate. Al dondolio del carretto, Borgo di Dentro si raddensa poco alla volta, come una crema da mescolare. Gilla individua una bottega, un'altra, un'altra ancora. Un fornaio, un calzolaio, uno speziale, un caffè, una chiesa, un'altra più grande. Indica alla madre uno spaccio di sali, tabacchi e generi coloniali e persino la vetrina di una modista. Ma ecco che, quando la ragazza crede di averne riconosciuto la fisionomia di massaia senza misteri né grilli per la testa, Borgo di Dentro si trasforma sotto i suoi occhi.

«Benvenuti nella città vecchia» dice in quel momento il padrone di casa.

Il carretto ha imboccato una strada stretta, lastricata di pietra, le murate addosso, il cielo color piombo. Il dondolio si fa accidentato. A Gilla pare che il ragazzino raddrizzi le spalle, lo sguardo fiero, bellicoso. Immagina abbia in tasca un coltellino a serramanico.

La strada stretta intanto diventa un vicolo. Voltoni neri, slarghi senza luce, sporcizia, facce di carbonai e maniscalchi, lingue di fuoco, manipoli di ragazzini con la stessa espressione di quello che le siede accanto. E ratti. Gilla deglutisce. La madre deglutisce. Si guardano. Per un attimo hanno la sensazione di essere tornate a Genova. Ma non nel loro lindo quartiere borghese: nel ventre puzzolente dell'angiporto. Solo che qui non c'è odore di pesce, solo di piscio, di cavolo, di trippa, e non c'è il mare, e fa molto più freddo.

Trasportare il baule su per le scale del civico 13 di vico Luna è poi una pena. La soffitta, gelida. Ingresso, cucina, una stanza col letto matrimoniale e un ripostiglio con un letto singolo. Tutto in un giro di sguardo. Il loro soggiorno genovese è più grande. Il padrone nel frattempo intasca sei mesi di pigione anticipata e se ne va lasciandoli in un silenzio attonito.

«Vado a cercare un po' di legna e qualcosa da mangiare» dice allora il padre sfregandosi le mani.

La madre stringe gli occhi. Senza una parola tira fuori dal baule un pezzo di sapone e un paio di stracci. «L'acqua c'è. Aiutami» dice a Gilla. Strofinano ogni cosa col cappotto addosso: il tavolo, le sedie, la testiera e la pediera del letto matrimoniale, quelle del letto singolo, il lavandino, la credenza in cucina, la vetrina nel minuscolo ingresso, il bagno al piano. Quando il padre torna con le provviste, si mette a strofinare anche lui.

A sera, la soffitta è pulita e calda, la pentola bolle sulla stufa, gli abiti sono nell'unico armadio, la biancheria nel cassettone, il pentolame su una mensola in cucina, le stoviglie nella vetrina dell'ingresso, i centrini all'uncinetto sulla povera mobilia, gli strumenti da orologiaio del padre su un piccolo ripiano, la macchina da cucire della madre su un altro, i libri della maestra Gilla impilati di fianco al suo letto, a mo' di comodino.

«Visto? Basta un po' di pazienza» dice il padre attizzando il fuoco.

La luna, dal finestrino della cucina, disegna sul pavimento un pozzo di luce.

Abram torna a casa

Tra l'autunno e l'inverno i bombardieri britannici valicano le Alpi in continuazione. Gli avvistamenti si rincorrono disordinati e talora contraddittori, dando luogo a una ridda di ipotesi subito smentite. Genova? Milano? Torino? Impossibile stabilire dove gli stormi siano diretti, e così, sull'onda tumultuosa delle trasmissioni radio, le sirene prendono a suonare in tutti i centri abitati tra pianura Padana e Appennino. Vercelli, Novara, Casale, Alessandria, Asti, Tortona, Pavia, Novi Ligure, Savona. Milioni di persone si svegliano di soprassalto, si vestono al buio, agguantano i bambini, afferrano la borsa preparata la sera prima – una coperta, qualcosa da mangiare e da bere, gli ori, rotolini di garza, una bottiglietta di acqua ossigenata – e raggiungono le cantine o i rifugi più vicini.

Nella cameretta che gli hanno assegnato alla scuola ebraica di Torino, il professor Abram Sacerdoti ha preso l'abitudine di coricarsi vestito, il portafogli nella tasca interna della giacca e una torcia elettrica sotto il guanciale. Ed è così che lo sorprende la sirena quando, la notte di venerdì 20 novembre, 232 velivoli attaccano la città. Mai così tanti in una missione sulla penisola, secondo il rapporto del Bomber Command.

Il professore si sveglia al primo fischio. La scuola è di fianco alla sinagoga e a qualche centinaio di metri dal rifugio che lui considera più sicuro. Si getta in strada e segue il flusso, il cielo stellato e limpido, e subito illuminato a giorno per i traccianti della contraerea. Varca la soglia del rifugio mentre una bomba sfonda il tetto del tempio. Dal tetto, l'incendio si propaga al matroneo e agli uffici della Comunità. Tempo qualche minuto e anche la scuola si ripiega su se stessa.

Al cessato allarme, Abram torna indietro di corsa. Il disastro lo ammutolisce. Del tempio sono in piedi le mura perimetrali, il resto è fiamme e cenere. Prende a vagare per la città, stretto nel cappotto, la testa piena di fantasmi spaventevoli. All'alba è di nuovo davanti alla scuola. "Lezioni sospese" è la voce che corre tra i colleghi accorsi. A lui pare un pietoso eufemismo. Ma c'è anche il direttore che ordina di «salvare il salvabile» e con un compito davanti il professor Abram Sacerdoti riacquista calma e lucidità.

Salvare il salvabile significa tre cose. La prima: valutare piloni portanti, muri maestri e infissi e rimettere in sesto almeno il piano terreno della scuola. La seconda: trasferire i bambini ospiti del vicino collegio ebraico a Casale Monferrato, al riparo dalle bombe, nei locali del tempio, sotto le volte del matroneo. La terza: adattare i locali del collegio ad aule supplementari.

Nei giorni che seguono Abram volentieri spala macerie, trasporta sedie, lavagne e stufe a legna in luogo dei termosifoni inutilizzabili. Con riga e squadra progetta e poi tira su tramezze. Trasporta libri nella cantina riadattata a biblioteca. Intanto le incursioni non cessano. Il 28 novembre il Bomber Command sperimenta a Torino ordigni da quattro tonnellate. Il giorno successivo ancora un'incursione, e così l'8 dicembre, festa dell'Immacolata, e poi il 9 e l'11, e nonostante tutto la scuola miracolosamente riapre. Ma gli allievi sono sempre meno, chi può ha lasciato la città e si è rifugiato in collina, e dall'alto assiste ai bombardamenti come a una sarabanda infernale di luci e scoppi. «Con somma costernazione» il direttore comunica al professor

Sacerdoti che la Comunità non può più garantirgli lo stesso numero di ore.

Abram ricomincia allora a fare il pendolare, ma solo tre volte alla settimana. I soldi diventano un problema, un grosso problema. Ester però non lo sa. Anzi, è molto contenta: la mattina fa scuola con i bambini sfollati da Torino e il pomeriggio gioca con loro nel cortile del tempio. La notte, da quando papà dorme a casa, gli aerei che incessantemente le sfrecciano sul capo fanno meno paura.

Borgo di Dentro, cascina Leone

Quello del 1942 è un Natale triste e l'anno nuovo porta solo guai. Dal fronte russo arrivano notizie pessime: l'armata italiana, che l'estate precedente ha affiancato l'alleato tedesco lungo le sponde del grande fiume Don, è in rotta.

Nella soffitta di vico Luna il padre di Gilla si adatta a fare piccole riparazioni, ma con moderazione, per non intralciare i già magri guadagni dei due orologiai che lavorano in città. Si mette piuttosto al servizio di chi non ha denaro sufficiente a varcare la soglia di una vera bottega. Aggiusta sveglie che non tengono più la carica, sostituisce coroncine, vetri, lancette di patacche da quattro soldi, e si fa pagare a patate e castagne, o non si fa pagare per nulla e ringrazia di avere mente e mani occupate.

In generale, procurare il cibo è compito di Gilla e della madre. Comprare in città però non conviene, bisogna andare dai contadini. È vero che l'Italia sta perdendo la guerra, ma quanto durerà l'agonia? «Quelli che devono durare sono i risparmi» dice la madre.

Così le due donne di casa si spingono nei dintorni di Borgo di Dentro, stanno fuori mezze giornate, a piedi esplorano il circondario, sentieri da mulo e carrozzabili polverose, finché a marzo del 1943 raggiungono cascina Leone.

È una mattina di vento teso e luce opaca. La ragazza che

le accoglie è mortificata: nell'orto sono rimasti solo gli ultimi cavoli, una zucca storta e qualche finocchio smilzo. Scende in cantina e torna con un mazzo di carote che sembrano quasi fresche, sporche della sabbia in cui sono state conservate. «Queste ve le regalo, tornate ancora, abbiamo seminato e le galline sentono la primavera» dice alzando una mano a indicare il pollaio, l'aria, il bosco alle spalle dell'abitazione, il cielo gonfio di chiarore. Ha modi allegri, lo sguardo vivo. Si chiama Rosa Maria.

Da quel momento Gilla e la madre tornano a cascina Leone almeno una volta alla settimana. A fine marzo trovano cicoria e carciofi, ad aprile agretti, asparagi, bietole e la notizia che il padre di Rosa Maria, Carlo Leone, risulta ufficialmente disperso nella steppa gelata di Nikitovka. La ragazza lo dice con le spalle bene aperte e la schiena dritta, tanto che a Gilla sembra cresciuta dalla volta precedente. Mostra loro il telegramma, poi lo ripiega nella tasca del grembiule. «Dicono che in Africa va meglio» aggiunge sistemando una grossa lattuga nel cesto che le due donne portano dalla città. «Ma meglio per chi? Prima finisce e meglio è.»

A maggio è un tripudio: fave, piselli e poi nespole e fragole. A cascina Leone Gilla e la madre ormai conoscono tutti. Se arrivano col sole alto, seduto fuori dalla porta della cucina trovano il bisnonno di Rosa Maria, Primo, con accanto la cagnetta Nuxe, gran cercatrice di tartufi. Se si presentano la mattina presto, è facile che incontrino la cagnetta col fratello maggiore di Rosa Maria, Giacomo, di ritorno dalla cerca nel bosco. E poi nonne, zie, bambini, una baraonda di gente. «Che famiglia numerosa!» commentano tornando alla soffitta di vico Luna cariche di frutta e verdura. Rosa Maria regala loro sempre qualcosa: due albicocche sugose, una manciata di noci dell'anno precedente, a volte un tartufino che profuma di muschio. A giugno ci sono cipollotti, patate novelle e zucchine lucide, croccanti. Con le prime ciliegie, l'Africa è perduta. A luglio, ci sono pomodori e melanzàne. La madre di Gilla le fa a fette, le lascia spurgare con una manciata di sale, le impana nell'uovo e pane grattugiato, le frigge. «Bistecche bugiarde!» dice mettendole in tavola. La soffitta profuma di olio e rosmarino mentre gli angloamericani invadono la Sicilia.

ANNO SCOLASTICO 1945-46
SECONDO TRIMESTRE

L'universo in frantumi

La radio accesa e un ciocco nella stufa, dopo cena Gilla si dedica al modellino del sistema solare. Non lo tocca da settimane. Prima le vacanze di Natale, a Genova, insieme ai genitori. Poi la ripresa delle lezioni col suo turbine di incombenze. E intanto, sul tavolo della cucina di vico Luna, le sferette di cartapesta continuavano a prendere polvere, e il disagio della ragazza per il lavoro continuamente rimandato cresceva come pane nel forno.

«Calma e decisione» si dice a voce alta.

Calma e *decisione* sono parole che usa spesso suo padre. Insieme a *delicatezza, attenzione, ordine, cura. Pazienza.* La ragazza allinea accanto ai rispettivi braccetti le palline che ha impastato di carta e colla e poi dipinto a tempera. Braccetti che adesso sono tutti dritti e lucidi, gli spuntoni che reggeranno i pianeti affusolati con *cura*.

«E anche un po' di coraggio.»

Affrontare il congegno meccanico che governa l'intero movimento è, in effetti, la sfida più ardita.

Gilla è abile con gli orologi fermi. Sgancia il coperchio posteriore, allenta viti piccole come semi di miglio, rimuove i perni, i ponti, i rubini, sfila la coroncina dall'albero, estrae il bariletto, le ruote, l'ancora, il bilanciere. Controlla ogni pezzo col monocolo. Sostituisce, lima, sciacqua nella benzina rettificata, rimonta i componenti. E a quel punto, e nella maggior parte dei casi, il tempo, silenzioso, riparte.

Adesso rigira tra le mani il corpo metallico del planetario. Immagina che si tratti di un grosso orologio a forma di cilindro, con le ruote-ingranaggio appaiate l'una all'altra da millimetriche connessure. In un orologio tradizionale, al movimento della ruota centrale corrisponde il passo simmetrico ma diverso della ruota dei minuti. Se per i pianeti del modellino vale una meccanica simile, e Gilla non ha motivo di credere che non sia così, allora le operazioni da svolgere saranno le stesse. Smontare i pezzi memorizzando l'ordine. Liberare ogni componente dalle incrostazioni di polvere e grasso. Lucidare le parti di ottone. Rimontare ungendo le parti a contatto.

Con calma, molta calma le dice la voce del padre nella testa.

La ragazza comincia sfilando dall'alto la sferetta del Sole. Svita poi il cappuccio superiore, quello con i segni zodiacali, e le schermature laterali, finché il meccanismo appare nudo.

«Adesso viene il bello, papà.» Via la manopola, poi la prima ruota, poi, una dopo l'altra, le successive – *L'ordine, Gilla!* – fino all'ultima, corrispondente al pianeta più lontano dal Sole, Nettuno.

Si accorge di essere sudata. Si alza, fa due passi, si asciuga le goccioline sulla fronte, poi torna al tavolo e osserva l'universo in frantumi. Le ruote, una a una col monocolo. Macchioline ossidate, dentini spuntati. Tanti. L'enormità del lavoro la sgomenta. Per un attimo. Poi si alza di nuovo, raggiunge l'acquaio, mescola un cucchiaio di bicarbonato con qualche goccia di limone, allunga con poca acqua, lascia spumeggiare, asciuga le mani e alza il volume della radio. Apre uno dopo l'altro i cassetti finché trova un pacchetto di sigarette smezzato. Ne accende una, aspira con piacere, con la cicca tra le labbra recupera la mistura di limone e bicarbonato, siede al tavolo, intinge una pezzuola e comincia a strofinare la ruota di Nettuno. Con *delicatezza*.

Strofina e canticchia, e finisce la sigaretta. La prima da... da quanto? Un anno?

Canticchia e non pensa a nulla. Non pensa al tema che ha assegnato in classe appena rientrate. *Descrivi la tua città*. Un buco nell'acqua, perché la bambina non ha raccontato di Napoli né della città sul fiume Po, ma solo il poco che sa di Borgo di Dentro.

Si alza, si accende una seconda sigaretta, ricomincia a strofinare. Recita nella testa un paio di lezioncine immaginarie. Non pensa al secondo tema che ha assegnato: *Descrivi la tua casa*. La bambina ha parlato di come è strutturato l'orfanotrofio. Secondo, clamoroso buco nell'acqua. Non pensa al tema che poteva essere la chiave del mistero: *Un ricordo doloroso*. Non pensa al momento in cui, pronta a dettare il titolo, ha guardato negli occhi le ventiquattro allieve della 5ª D e ha considerato sommariamente, ma non senza *attenzione*, quella che deve essere stata la loro breve vita di bambine in guerra. E ha dettato una banale traccia sull'inverno.

La sera intanto avanza leggera, la neve immilla i vetri in un vorticare di farfalle notturne. Occhi sul lavoro, Gilla sorride a mezzaluna e non se ne accorge. Non pensa a Michele, e neanche di questo si accorge. Non pensa al freddo che pativa lui come tutti i ribelli in montagna, alla fame, al terrore del rastrellamento. Non pensa alle pattuglie tedesche coi cani, ai fascisti, alle fosse comuni piene di ragazzi. Non pensa a quando d'un tratto ha sentito con intollerabile certezza che non ci sarebbero più stati appuntamenti sotto il noce e baci e progetti e futuro e Michele. Lavora al modellino e non ci pensa, ed è la prima volta. Non fa caso a ciò che, provetta orologiaia, sa bene. Il tempo che si ferma, per caso o per destino. Il tempo che, con un po' di *pazienza* e un po' di *cura*, poi riparte.

Nei meandri dell'orfanotrofio

Maria Luisa Piombo si presenta alla porta dell'orfanotrofio subito dopo pranzo, con i quaderni, l'astuccio, il libro di lettura e un cartoccio di castagne secche.

«Sono venuta a fare i compiti con la mia compagna Francesca Pellegrini. Queste ve le manda la mia mamma» dice alla suora portinaia porgendo l'involto.

Sta seguendo alla lettera le istruzioni che Ester le ha scritto su un pezzetto di carta. Comunicare così è diventato naturale. Ester scrive e Maria Luisa risponde a voce. Alta, se sono sole. Bisbigliando, se sono in classe.

La suora portinaia ritira le castagne e le ordina di aspettare, poi sparisce dietro una porticina. Dopo qualche minuto arrivano suor Giuliana e Ester. La vecchia fa sedere le bambine al tavolo del salottino in cui ha incontrato Gilla. «Cominciate pure» dice.

Non è comune che un'ospite dell'orfanotrofio riceva questo tipo di visite, ma Ester è una bambina speciale. Suor Giuliana è sorpresa dal fatto che sia riuscita a farsi un'amica, visto l'isolamento in cui trascorre i pomeriggi nell'orfanotrofio. Molto sorpresa. Al punto che pensa sia suo dovere farsi un'idea esatta del rapporto che c'è tra le due. «Resterò con voi» dice sedendosi accanto alla finestra con i vetri a smeriglio.

Le due bambine si guardano. «Matematica» dice Maria

Luisa. Ester annuisce. Aprono ciascuna il proprio quaderno e cominciano a svolgere gli esercizi. Maria Luisa si blocca quasi subito. Osserva la tela appesa alla parete di fronte. Sant'Anna è rigida come un tronco. La Madonna è molto seria. Il bambino Gesù la squadra con un'espressione arcigna. China il capo sul foglio. Il volume del cubo è per lei un mistero doloroso. Ester le mostra la soluzione. In perfetto silenzio, con la matita rifà per lei tutti i passaggi, in modo che Maria Luisa possa ricalcarli con l'inchiostro. Dieci minuti così, e suor Giuliana si assopisce col mento a picco sul soggolo.

Le due bambine ridono a piccoli scoppi trattenuti. Finiscono alla svelta gli esercizi e i pensierini che dovranno consegnare a Gilla l'indomani. Maria Luisa legge a voce alta una pagina dal libro di lettura dedicata a Cristoforo Colombo. Con un cenno del capo, Ester la invita a ripetere e memorizzare parole e date. *Castiglia, Aragona, Palos, caravella, Cipango, 12 ottobre 1492*. Suor Giuliana si sveglia, ma ben presto il tono monocorde di Maria Luisa la precipita in un sonnellino più profondo del precedente. Si risveglia del tutto che il salottino è soffuso di fredda luce crepuscolare. «Meglio se adesso torni a casa» dice allora rivolta a Maria Luisa.

Gli incontri proseguono con la stessa modalità per i tre pomeriggi successivi. Il quarto giorno suor Giuliana ritiene di potersi fidare e le lascia sole. Appena comincia a imbrunire, Ester scrive su un biglietto: *Lo vuoi sapere un segreto?*

«Certo!» risponde Maria Luisa.

Ester le intima di fare silenzio. Poi la invita a mettersi la giacca e le fa strada nei meandri dell'orfanotrofio.

Nettuno

(Lezione immaginaria della maestra Gilla
mentre lucida la ruota di Nettuno)

Il pianeta Nettuno è grande più o meno come Urano e impiega quasi 165 anni per fare il giro completo intorno al Sole.
    Nonostante le dimensioni più che ragguardevoli – conoscete questa parola, bambine? –, nonostante sia un pianeta molto grande, non è facile da osservare. Infatti gli antichi non lo conoscevano.
    La storia della scoperta di Nettuno è davvero istruttiva. Seguitemi con attenzione. Vi ricordate di Urano? Come tutti i pianeti, Urano si muove seguendo una certa orbita, cioè una specie di sentiero nello spazio, una traccia che ha la forma regolare di un'ellisse.
    Un centinaio di anni fa, uno studente inglese di matematica molto appassionato anche di astronomia, fu incuriosito dal fatto che Urano non disegnava nel cielo una perfetta ellisse. In certi momenti il pianeta sembrava deviare appena appena dal percorso.
    Quello studente aveva all'epoca solo ventidue anni. Sapeva – come sapete anche voi, visto che lo abbiamo studiato – che i corpi celesti si attraggono tra loro. Poteva questo fatto spiegare la stranezza dell'orbita di Urano? Il giovane studente pensava di sì, e si convinse che da qualche parte, nel fondo nero del cielo, ci fosse un pianeta così grosso da attrarre a sé anche un gigante come Urano, facendolo deragliare dall'orbita. Un pianeta che nessuno purtroppo aveva mai visto. Forse perché troppo lontano. Forse impossibile da vedere, anche con i più potenti telescopi, a meno che...

"A meno che?" ripeterà una delle bambine.

A meno che uno non sapesse dove guardare. Matematico brillante, lo studente si mise a fare i conti. Ricontrollò per bene l'orbita di Urano, calcolò il punto esatto in cui la traiettoria si deformava, ipotizzò il punto in cui avrebbe dovuto trovarsi il pianeta misterioso. Una montagna di calcoli. E questo perché la matematica non è utile solo per controllare il resto dal panettiere. La matematica serve a esplorare l'universo!

Facce dubbiose.

E insomma, dopo aver concluso tutti i calcoli, lo studente fu certo di aver trovato il punto esatto verso cui orientare il telescopio. Pieno di entusiasmo, trasmise le coordinate all'osservatorio di Greenwich, il più importante di tutta l'Inghilterra, forse il più importante del mondo. Ma l'Astronomo reale, cioè il capo dell'osservatorio, non si fidò. In fondo si trattava solo di uno studentello, cosa poteva saperne di pianeti sconosciuti?

"Ma il ragazzo aveva ragione" dirà a questo punto un'allieva particolarmente perspicace. O forse più abituata delle altre a sentirsi raccontare le favole.

Ogni cosa a suo tempo. Mentre lo studente inglese faceva i suoi calcoli, un astronomo francese appena più grande di lui, ma sempre molto giovane, si trovò a fare gli stessi ragionamenti. E anche lui si infiammò all'idea di aver trovato, attraverso la matematica, la posizione nell'universo di un nuovo pianeta. Si rivolse allora al capo dell'osservatorio di Parigi, ma a Parigi non considerarono la sua ipotesi degna di attenzione. Il giovane astronomo francese scrisse allora all'osservatorio di Berlino, dove un altro giovane, un semplice assistente, prese a cuore la faccenda e, non senza fatica, riuscì a convincere il suo vecchio capo a investire un po' di tempo nella ricerca.

Ottenuta finalmente l'autorizzazione, l'assistente scelse una notte limpida, puntò il telescopio nella direzione indicata dall'astronomo francese e nel giro di pochi minuti vide un puntino luminoso che non era segnato sulle mappe stellari. Un nuovo pianeta, a cui venne dato il nome di...

"Nettuno!" In coro.

Esatto. Quindi cosa abbiamo imparato da questa storia, bambine?

"Che dobbiamo studiare la matematica!". Risate. Anche Gilla ride tra sé. In fondo che ne sa di come andavano le cose tra gli astronomi del XIX secolo...

Abbiamo imparato, bambine, che il sapere non conosce confini. Che collaborando possiamo fare grandi cose. Che Inghilterra, Francia e Germania, per la scienza, non esistono.

Facce ancora più dubbiose. E la geografia, allora? E la guerra? Perché la guerra?

E poi la cosa più importante di tutte: abbiamo imparato che il mondo è dei giovani.

Ma questo ogni generazione lo impara daccapo, pensa Gilla. A suo modo. A sue spese. Per esempio in montagna.

Nei meandri dell'orfanotrofio/2

Maria Luisa Piombo non è mai stata dentro un orfanotrofio. Quel vivere recluse un po' la incuriosisce e un po' la spaventa, per questo si fa piccina, tenendosi alle spalle di Ester.

A quest'ora la porta principale è già chiusa e la suora portinaia si è ritirata nell'ala delle monache. I corridoi sono gallerie d'ombra incise dagli affacci delle camerate. Ester si sporge dallo stipite e, quando è sicura che nessuno faccia caso a lei, stringe la mano dell'amica e se la trascina dietro. Un paio di minuti così e si ritrovano in cortile.

«E adesso?» domanda Maria Luisa.

Ester le fa segno di tacere. Per evitare i finestroni, si allontana dal perimetro della struttura. Facendo un lungo giro la conduce sul retro, nella parte abbandonata dell'edificio, davanti alla montagnola di robaccia che occulta la porta dell'intercapedine.

Maria Luisa stringe gli occhi e non capisce. La stessa espressione ottusa che sfoggia davanti a una lavagnata di moltiplicazioni. Vede Ester scostare il ramo spinoso di un rovo, far rotolare di lato un bidone arrugginito, poi due pneumatici squarciati. C'è uno sportello basso con un asse piazzato di traverso a sigillare il fondo. Sembra la porticina di Biancaneve e i sette nani. O quella della strega di Hansel e Gretel.

Ester le fa segno di aspettare. Dal collo estrae un cordoncino con una chiave, scosta l'asse e apre quel tanto che basta a sgusciare dentro. Pensa che l'idea dell'asse messo di traverso sia buona, che trovarlo sia stato un vero colpo di fortuna. Pensa anche che ce ne vorrebbe un altro da utilizzare mentre lei è nell'intercapedine, altrimenti il gatto potrebbe appiattirsi sotto la porta e provare a scappare.

Maria Luisa la sente armeggiare, poi lo sportello si apre dall'interno. Una scaletta che scende. Tanfo. Maria Luisa si fa coraggio, mette un piede dentro, poi l'altro e poi nella penombra la vede. La sua amica ha in braccio un gatto grigio e bianco e le sta facendo segno di chiudere. Ubbidisce e la segue lungo il budello sotterraneo. Tanfo nauseante. «Micio micio micio» la sente dire.

La sente *parlare*.

Poi il gatto si divincola. Succede sempre più spesso. E se proprio in uno di questi momenti decidesse di infilarsi sotto la porticina e fuggire? Ester pensa che deve trovare una soluzione a tutti i costi perché fuori è troppo rischioso per il gatto. Rabbrividisce al pensiero del pericolo. Intanto però lo lascia scivolare giù. «Non aver paura. È una mia amica» dice mentre la bestiola scompare nel ciarpame che ingombra il sotterraneo. Poi si volta e fa un gesto con le mani come dire: "Mi dispiace".

Maria Luisa la guarda con gli occhi enormi. «Questo sì che è un segreto!» risponde.

Nettuno/2
(Seconda lezione immaginaria della maestra Gilla
mentre lucida la ruota di Nettuno)

I Romani chiamavano Nettuno il dio del mare. I Greci, che erano grandi navigatori e avevano fondato colonie in tutto il Mediterraneo, lo chiamavano Poseidone.

Dovete sapere che Poseidone aveva un carattere molto vendicativo e figli decisamente particolari, come il ciclope Polifemo, un gigante con un occhio solo al centro della fronte e l'abitudine di mangiare carne umana.

Un bel giorno Ulisse, il re di Itaca, capitò coi suoi compagni nella grotta dove Polifemo viveva...

«L'*Odissea* non sarà troppo?» si domanda Gilla. Il ciclope, i lotofagi, le sirene, la maga Circe, la ninfa Calipso, Penelope che la notte disfa la tela: troppo complicato per bambine di quinta elementare?

Insomma finì che Ulisse accecò il ciclope e Poseidone decise di vendicarsi.

La vendetta di una divinità non è una cosa da prendere sottogamba, ma Ulisse aveva combattuto nella guerra di Troia, dove aveva visto cose terribili, e quindi era pronto a tutto. In quel momento stava tornando a casa con la sua nave e i compagni d'arme. Poseidone sollevò contro di loro una grande tempesta, facendoli naufragare e ostacolandoli poi ogni volta che riprendevano il mare.

"E Ulisse?"

Secondo Gilla, Ulisse è uno di quei nomi che restano impressi.

Ulisse era un uomo molto coraggioso e non si diede per vinto, anche se la sua vita era in balia di forze più grandi di lui, forze oscure e maligne che avrebbero piegato chiunque. Così, dopo mille peripezie e un viaggio durato ben dieci anni, approdò finalmente nella sua amata Itaca, dove lo aspettavano la moglie Penelope e il figlio Telemaco. Perché Ulisse amava sì l'avventura, ma c'era una cosa che desiderava più di ogni altra: tornare a casa.

Come tutti quelli che conoscono la guerra, pensa Gilla.

Poi riflette sui padri, gli zii, i fratelli che non sono tornati, o sono tornati in un sacco nero. Pensa a Michele. Pensa a Giacomo Leone, il fratello di Rosa Maria. Pensa ad Achille Ferro. Pensa che certi pensieri li puoi anche allontanare, ma solo a momenti. Questa lezione non va, decide.

Programma ministeriale e indicazioni didattiche per la classe V

Materia: *Lavoro*
Classi maschili: *Giardinaggio. Preparazione di piccoli sussidi pratici per le altre classi.*
Classi femminili: *Taglio camicia da notte. Cucito. Crespa. Occhielli. Ricamo. Monogrammi. Rammendo.*

Villa Franzoni

Le giornate si allungano. Una domenica di cielo terso Gilla infila gli scarponi, un po' di cose in una sacca ed esce alla prima luce. Ha voglia di camminare, sentire il cuore che spinge, i polmoni che si riempiono di aria fresca e pulita.

Lascia vico Luna, imbocca un voltone e lo percorre per intero. Borgo di Dentro sorge alla confluenza di due torrenti e il vicoletto buio riesce in uno slargo a perpendicolo su uno di questi. Gilla si affaccia. Luce piena e poca acqua, frantumata in minuscole pozze splendenti.

Alle sue spalle c'è la bottega di Achille Ferro, il calzolaio ribelle. Sprangata. A qualunque ora del giorno Gilla lo trovava dietro il banco. Di notte, nell'appartamento al secondo piano del "palazzo reale", lo stabile più fatiscente della città vecchia. Dove adesso, per un giro di parentele che a Gilla non è chiarissimo, abita la famiglia Leone, compresa la sua amica Rosa Maria.

Achille Ferro era molto più anziano di suo padre, riflette Gilla. Era il nonno dei ribelli. Le scappa un sorriso. Sotto le assi del pavimento, munizioni e copie del giornale clandestino "Il patriota", e favolose riserve di pistole semiautomatiche sottratte a soldati della Wehrmacht distratti o ubriachi. Appoggiata al parapetto, Gilla avverte la presenza fantasmatica del vecchio. Si volta, si avvicina alla porta chiusa, sbircia tra le assi. Ha l'impressione di vederlo chino tra i cartocci di chiodi. Impressione fortissima, da sentire l'odore del cuoio, da stringere le mani a pugno. Impressione fallace, visto che domenica 4 marzo 1945 Achille Ferro è stato catturato dai tedeschi, pestato a morte e gettato in un fosso. Pochi giorni e sarà un anno, e questa non è una passeggiata, pensa la ragazza. Non è camminare o l'aria fresca: è un pellegrinaggio.

Scende allora verso il torrente, attraversa il ponte, punta dritta alle colline. Supera di buon passo una spalliera di acacie. Prima sosta: qui i ribelli hanno attaccato la camionetta tedesca e la sua amica Rosa Maria Leone, prigioniera, è riuscita a scappare. Gilla china il capo, poi riprende a salire. La strada si avvita in tornanti tra le vigne, lei rallenta. Seconda sosta nei pressi di una svolta: qui era facile trovare un posto di blocco. Qui le perquisivano sempre il cestino della bicicletta. Ancora su, altri tornanti, altre vigne. Tracce di neve. Terza sosta: un bivio, e l'infittirsi del bosco che significava salvezza.

La strada bianca s'inoltra tra i castagni. Qui, qui e qui, pensa Gilla richiamando volti e momenti. Il passato inciso nella scorza degli alberi, nelle venature delle foglie tra i sassi. Cascina Leone le appare all'improvviso. Spezzata, nera di fuliggine. Domenica 4 marzo 1945, di nuovo. Gilla sente gli occhi inumidirsi. Rivede le travi carbonizzate e pericolanti dei palazzi genovesi trafitti dai proiettili. O certe cappelle votive disseminate lungo i tratturi, con le fiamme che bruciano i dannati. Data infernale.

Si accomoda su quel che è rimasto del sedile su cui Primo Leone, bisnonno della sua amica Rosa Maria, nella sua tranquilla svagatezza usava attendere l'ora di pranzo. Lascia correre lo sguardo sull'aia. Non le riesce di pregare. Resta così a lungo, la mente al passato. La Terra intanto ruota di un niente, il sole si alza e la scalda e lei sbottona il cappotto. Gesto irriflesso, millimetrica breccia nel muro dei pensieri, larga abbastanza perché il presente s'insinui, la afferri e dolcemente la trascini con sé.

Gilla pensa allora alle bambine della 5ª D. Dalla sacca tira fuori taccuino e matita. Il secondo trimestre marcia a passo di carica. Come da programmi ministeriali è necessario dedicare qualche ora ai lavori manuali. Immagina qualcosa per Pasqua. Il tempo c'è, quel che manca sono le risorse. Niente uova dipinte, le uova non si devono sprecare e la maggioranza delle bambine non può permettersi tempere e pennelli. Per le presine all'uncinetto servirebbero troppe matassine colorate. Per tagliare una camicia da notte, anche semplice, un sacco senza maniche, ci vuole troppa stoffa. Al massimo si può pensare a un sacchetto. Un sacchetto è sempre utile. Appunta le idee sul taccuino.

Tela grezza minimo 80X30 cm.
Coulisse/bottoni. Asole.
Aghi e filo da cucito. Ditale. Centimetro da sarto.
Per ricamo: aghi da ricamo, telaio (se possibile), matassine, forbicine.

La pagina si riempie poco alla volta.

Disegni: foglioline, festoni, fiocchi, agnellini. "Buona Pasqua" (punto croce).
Punto filza, punto indietro, punto erba, punto mosca.

Quanto ai telai, Gilla si domanda se una classe maschile non possa costruirli per tutte. Oppure potrebbero farseli da sole. In fondo che ci vuole? Rilegge. Le pare una buona idea. Fa scorrere le pagine. I temi assegnati. I voti su cui è indecisa. Gli appunti per le lezioni. Si sofferma sul corredo di Ester. Nell'elenco delle cose che la bambina aveva con sé quando è arrivata all'orfanotrofio c'è un'anomalia, ma non saprebbe dire quale. Qualcosa le sfugge. Ripone il taccuino nella sacca e si rimette in cammino.

Benché ancora spoglio, il bosco dietro cascina Leone le

sembra gonfio di vita. Le gemme verde chiaro succhiano linfa dai rami. Il terreno splende di crochi giallo-viola. Il sole rinvigorisce gli uccellini. Gilla tira fuori dalla sacca una pagnottina e la mangia di gusto. Raccoglie le briciole nel palmo e le deposita nell'incavo di un tronco, come fosse una mangiatoia. Raggiunge in fretta il grande noce ai margini della tenuta dei marchesi Franzoni. Nudo, l'albero appare maestoso, i rami poderosi, il tronco spaccato in due come per il colpo d'ascia di un gigante, le radici aggrappate alla terra in un impeto pieno di vigore.

Al cospetto di tanta bellezza, Gilla rallenta. Le è venuta un'idea. Per capire se è una buona idea, dovrebbe controllare una cosa sul taccuino. Così fa per andare a sedersi sotto il noce (quante volte l'ha fatto in passato), ma in quel momento i ricordi allungano unghie affilate come lame.

Non oggi, pensa, non ancora, e si avvia verso la grande casa che domina la tenuta. Saprebbe arrivarci a occhi chiusi, persino al buio. Anche questo accadeva in passato. Cammina spedita, in testa l'immagine sempre più nitida del corredo di Ester. L'anomalia non è nell'elenco, pensa, ma in quel che manca.

Il sentiero intanto si muove sinuoso tra gobbe di trifoglio ed eliciso. Lo sguardo si alza oltre il filo seghettato dei boschi, vaga per le colline. Gilla avverte sotto di sé i milioni, miliardi di passi che hanno calcato questi luoghi prima di lei. Cacciatori, mulattieri carichi di olio e sale, ambulanti, zingari, predicatori, straccivendoli, contadini, venditrici di uova, lavandaie a peso, serve, padroni, fascisti, tedeschi, ribelli. Vede in basso la sagoma scura del Borgo di Dentro, misteriosa nella nebbia che esala dai torrenti. Vede intorno, a corona, torrioni e castelli, il loro carico di lutti e magnificenza, e ancora più su la luna di carta velina e il sole alto nel cielo e sente tutta l'insensatezza di questo modo di dire.

Non è il Sole che si muove, bambine, è la Terra che vortica, siamo noi che corriamo a perdifiato verso l'equinozio, quando due volte all'anno luce e buio pareggiano il conto. Siamo noi che precipitiamo senza sosta nell'abisso.

Sul colmo, tra due file di alberi il sentiero si fa viale. In fondo c'è villa Franzoni, placida e maestosa come una cattedrale. D'istinto Gilla si ferma. Raccoglie le idee. L'enorme voliera dalle vele candide che staziona poco distante le sembra una nave pronta a prendere il largo. Nel tempo, qui hanno trovato riparo cinciallegre e merli, falchi e passerotti, mentre villa Franzoni custodiva i ribelli nei sotterranei e ne curava segretamente le ferite. La marchesa Adelaide Franzoni fingeva inclinazione per i nazisti invasori, li accoglieva nel salone col pianoforte, offriva rinfreschi, suonava per loro, conversava in tedesco, e intanto nutriva partigiani e braccianti. Dai magazzini partivano cibo e armi. Dalle stanze a stucchi, giubbe, calzoni, coperte. La notte, sotto le volte di ninfe silvane e divinità tonanti, si tenevano conciliaboli rivoluzionari. Rosa Maria, tutta la famiglia Leone, Michele: qui erano di casa. Ricordi che sono carezze e sono spine, per Gilla.

Ricomincia a camminare, raggiunge il portone. Non si decide a bussare. Ripensa a tutta la strada fatta. La bottega del padre, l'istituto magistrale, le adunate in piazza, le bombe, i cadaveri, le file per il pane, le montagne, la paura, il freddo, le armi, Michele, la scuola elementare di Borgo di Dentro, una misteriosa bambina muta. Cento vite, pensa, poi il battente si apre all'improvviso e la marchesa Adelaide Franzoni è sulla soglia.

«Adelaide...» riesce a dire, ma la donna non la lascia finire, le prende le mani ed esclama: «Gilla! Finalmente! Bentornata! Stavamo giusto per metterci a tavola».

Maria Luisa ha paura

Quando la maestra Gilla detta in classe l'occorrente per il lavoretto di Pasqua, Maria Luisa Piombo non crede alla propria fortuna. Per la prima volta non dovrà spendere soldi perché ha in casa tutto quello che serve. E per la prima volta deve svolgere un compito che non la fa sentire un'idiota. Orli, asole, piccoli ricami sono il suo pane quotidiano. Ha solo un dubbio sulla parola "monogramma". Ma esulta tra sé quando capisce che si tratta delle cifre. Anche le cifre sa fare! Sente invece la tensione della sua compagna di banco. «Ti aiuterò io» le sussurra compiaciuta.

La maestra Gilla intanto spiega come sarà organizzato il lavoro. Prima il taglio della tela, e per questo serve il centimetro da sarto, poi l'orlo del bordo superiore...

Maria Luisa ascolta sì e no. Confezionare un sacchetto è una tale banalità. E poi il pensiero di quello che ha scoperto la distrae. Guarda Ester di sottecchi. Nell'intercapedine la sua amica parlava col gatto, ma non con lei, e questo a Maria Luisa sembra molto strano. Un modo di fare che la turba, un'ostinazione che la spaventa.

«È necessario anzitutto che pensiate a un soggetto da ricamare. Foglioline, un ramoscello d'ulivo, un agnellino, dei fiorellini. Lasciatevi ispirare dalla primavera...»

Spaventata, sì. Ecco come si sente. Lei che non ha mai

paura di niente. Per questo non riesce a dire alla sua compagna: "Perché non mi parli se sai parlare?". Così, chiaro e tondo. Ha l'impressione che Ester potrebbe ritrarsi come una lumaca nel guscio, non parlarle più del tutto, neanche a sguardi, neanche coi foglietti di carta.

«Cominciate a ragionarci sopra. Poi lo disegneremo in classe e dopo ricalchiamo il disegno sulla tela. Adesso invece cominciamo a fare pratica coi monogrammi...»

Però Maria Luisa è certa che qualcosa non va. Non è giusto imprigionare un gatto. Non è bene rifiutarsi di parlare se si è in grado di farlo. Guarda la maestra Gilla schizzare alla lavagna lettere in un corsivo maiuscolo tutte volute e arzigogoli. La maestra le piace. È una donna giusta. Potrebbe avere lei la soluzione? Guarda Ester china sul quaderno. Ha disegnato una E dalle curve panciute e una S che pare un serpente. Com'è brava a disegnare. Forse, una volta finita la scuola, potrebbero fare camicie con cifre bellissime, pensa Maria Luisa. Tovaglie con figure magnifiche. Venderle all'uomo che ogni quindici giorni ritira la biancheria a casa loro, fare soldi insieme. Uno sguardo di Gilla la richiama al lavoro. Si concentra allora sul suo quaderno. Abbozza una M, ma di nuovo si distrae. Non sa se parlare con la maestra Gilla sia una soluzione accettabile. La sua migliore amica le ha confidato un segreto e lei non è una che fa la spia. Ma qual è il segreto?, si domanda. Il gatto, o l'altra cosa?

La maestra Gilla intanto gira tra i banchi. Comincia dalle ultime file, dice cose tipo «Prova ad arrotondare qui» oppure «Questa linea è troppo spessa». Maria Luisa sente che la sua amica si agita, la vede strappare il foglio del quaderno, farne una pallina e ficcarsela in tasca.

«Che fai? Erano lettere bellissime!» le sussurra. Ma l'altra non la ascolta, alza la mano e fa un cenno verso la porta.

La maestra Gilla dice: «Vai pure». Poi si avvicina al banco dove è rimasta sola Maria Luisa. Osserva il quaderno di Ester, nota la pagina strappata, stringe le labbra.

«Maestra» dice Maria Luisa a voce bassissima.
«Dimmi.»
La bambina ammutolisce. Non è da lei tradire, ma qualcosa deve pur fare per aiutare la sua amica.
«Dimmi, Piombo.»
«Volevo dirle che Pellegrini ha un gatto.»
Gilla la guarda sorpresa. Che cosa c'entra adesso il gatto di Pellegrini? Fa per dire qualcosa, ma la bambina non la ascolta, si è come rattrappita sulla pagina del quaderno, presa a disegnare una L che, a colpo d'occhio, la maestra giudica sorprendentemente elegante.

Azzime

È passata una quindicina di giorni dalla visita di Gilla a villa Franzoni. Al pranzo ha preso da parte la sua amica Rosa Maria e le ha chiesto di organizzare un incontro con il fidanzato Lorenzo Levi. Solo loro tre, senza gente intorno.

Li accoglie entrambi nella soffitta di vico Luna. «Accomodatevi, non fate caso al disordine» dice accennando al planetario sul tavolo. Mette sul fuoco la caffettiera e tira fuori tre tazzine spaiate.

Rosa Maria è impaziente. «Allora? Perché tutti questi misteri?»

«Prima il caffè. Caffè vero» risponde Gilla. Di sottecchi osserva Lorenzo. Vestito a puntino, con la cravatta, i gemelli ai polsi, un paio di occhialetti cerchiati d'oro. Com'è diverso dal ragazzo ombroso che Gilla ha conosciuto sui monti. Adesso fa il contabile per una grossa azienda vinicola e ha faticato non poco per avere mezza giornata di permesso.

«Gatto» dice Gilla. Gatto era il nome di battaglia di Lorenzo. Glielo avevano assegnato perché chiamarsi Levi era un guaio in tempi di caccia agli ebrei e perché il ragazzo era silenzioso e non faceva branco con gli altri. «Gatto» ripete Gilla assaporando la parola. «Ho bisogno di te.»

Rosa Maria arrossisce di eccitazione e orgoglio. La vita tranquilla del dopoguerra non fa per lei, qualunque richiamo al passato è benvenuto.

Gilla serve il caffè, poi recupera il taccuino, lo apre alla pagina del corredo di Ester e se lo sistema davanti agli occhi, come temesse di perdere il filo. Racconta della bambina misteriosa che le è capitata in classe. «Si chiama Francesca Pellegrini. Forse.» E forse è muta, ma anche su questo Gilla ha dei dubbi.

«E noi cosa possiamo fare?» domanda Rosa Maria ritirando le tazzine vuote e posandole nell'acquaio. Gilla ruota il taccuino e lo spinge sotto gli occhi di Lorenzo. «Questo è quello che aveva con sé. Trovi qualcosa di strano?»

Lorenzo Levi sistema gli occhialetti sul naso e fa scorrere la pagina. Rosa Maria gli si appoggia alla spalla sbirciando.

Lui legge, rilegge, sospira. «Neanche una croce? Una medaglietta della Madonna? Neanche al collo?» domanda.

«Esatto.» Gilla ha l'espressione di chi ha trovato una moneta dimenticata in fondo a una tasca.

«Quindi tu pensi...»

«Mi è venuto il dubbio, sì.»

«Fermi tutti» dice Rosa Maria. «Io non capisco. Siete troppo svegli per me.»

Lorenzo si volta verso la ragazza. «Gilla sospetta che la ragazzina sia ebrea, per questo ha voluto parlare con me.»

Rosa Maria si porta le mani al volto. Poi si alza e comincia a passeggiare nella stanza.

«Non è facile darti una risposta, Gilla» prosegue Lorenzo. «Se si trattasse di un maschio...»

Adesso è Gilla ad arrossire. Non ha nessuna voglia di parlare di circoncisione con il fidanzato della sua amica.

«Invece è una femmina. E non parla» interviene Rosa Maria.

«Però conosce le preghiere cattoliche» dice Gilla.

«Questo non significa nulla» fa Lorenzo.

«In che senso?» Rosa Maria si blocca vicino al tavolo. Giocherella con le sferette di cartapesta del planetario.

«Potrebbe avere imparato. Non abita con le suore? Donne e bambine ebree si sono rifugiate nei conventi. Poi giravano documenti falsi, molti hanno cambiato nome» risponde Lorenzo.

«Come te, Gatto» dice Gilla sorridendo.

Lorenzo non sorride. Gilla non sa cosa sia successo alla famiglia di lui, di certo è rimasto solo. Rosa Maria ha sempre mantenuto grande riserbo sulla faccenda.

«Mi domando se c'è un modo per scoprire se la bambina sia ebrea senza...» prosegue la maestra.

Lorenzo la guarda con un'espressione cupa. «Senza?» dice.

«Senza spaventarla?» dice Rosa Maria.

Gilla annuisce. «La guerra è finita. Non ha motivo di aver paura, ma è come se...»

«Forse per lei non è finita» dice Lorenzo. «Forse aspetta qualcuno.» Ha una tale amarezza nella voce che Rosa Maria gli si accosta. Il ragazzo non sembra accorgersene. «Siamo pratici» dice invece.

«Cosa proponi?» domanda Gilla.

«Manca poco alla Pasqua ebraica. Ti procurerò delle azzime kasher. Sono focaccette particolari, senza lievito. Vedi che effetto le fanno. Se le riconosce. Non credo che una bambina cattolica le abbia mai viste.»

«Mi sembra una buona idea. Che ne pensi, Gilla?» dice Rosa Maria.

Lorenzo Levi non le lascia il tempo di rispondere. Le guance glabre si tingono di rosso. «Ma ammesso che sia ebrea, cosa puoi fare per lei?» dice alzando la voce. «È passato parecchio tempo, Gilla. Pensi davvero di poter fare qualcosa per lei?»

Gilla guarda Rosa Maria, poi lui. «Non lo so. La aiuterò a cercare la sua famiglia, credo.»

Lorenzo Levi si porta una mano al volto. Con pollice e indice solleva gli occhialetti, schiaccia le palpebre chiuse. Sospira. Non risponde.

Filo bianco latte

Per il suo lavoretto pasquale Maria Luisa Piombo sceglie di ricamare una sontuosa corona di fiori intrecciati che si annodano nel monogramma *MLP*, e che lascia tutte a bocca aperta. Ester invece disegna un agnello con le zampette candide e la pelliccetta a boccoli grigio chiaro, accosciato su uno strato di mezzelune verdi che simulano fili d'erba. Aggiunge anche, a mo' di firma, il monogramma *FP*, Francesca Pellegrini, in un rosso fiammante. Appoggiando il foglio al vetro, ricalca la composizione sullo scampolo di tela che diventerà sacchetto.

L'agnello è tra i suggerimenti della maestra, e per questo Ester è tranquilla. Anche se, in cuor suo, l'ha scelto perché si mangia la sera del Seder di Pesach, in ricordo degli ebrei d'Egitto che marchiarono con sangue d'agnello gli stipiti e l'architrave delle porte, così che l'angelo sterminatore passasse oltre risparmiando i loro bambini. Quanto alle cifre, e anche se di ricamo Ester non sa nulla, è ragionevolmente certa che con poca fatica la F possa diventare E, e la P, così pasciuta, trasformarsi in S. A sua madre vuole fare una bella sorpresa, quando finalmente verrà a prenderla. Ester cerca sempre di tenere in un cantuccio questi pensieri, ma non sarebbe bello se Margherita Sacerdoti si presentasse alla porta dell'orfanotrofio per Pesach? Non sarebbe un bel regalo?

A ogni modo la parte difficile viene adesso. Ester si rigira tra le mani aghi e matassine. Suor Giuliana gliene ha procurate di finissimo cotone colorato. *Grigio argento, grigio perla, verde bosco, verde menta, bianco latte, avorio.* Cotone liscio che sembra seta. Ma lei non sa da che parte cominciare. Di nascosto dalla maestra, Maria Luisa avvia il lavoro al posto suo. Fissa la tela al telaio e attacca con i contorni *grigio argento* dell'agnello, ma Gilla si muove tra i banchi e non è prudente esagerare.

Ester prova quindi a riprodurre i gesti dell'amica. Dimentica il ditale, si punge, porta subito il dito alle labbra, riprova col ditale calzato ma il risultato non è granché.

«Hai scelto un soggetto un po' complicato. Aspetta, ti faccio vedere» le dice Gilla avvicinandosi al loro banco. «Vedi? Così» dice Gilla. «Ottima idea il punto erba» aggiunge rivolta a Maria Luisa Piombo, che sbianca all'istante. «Va molto bene se devi seguire una curva. Prova tu, Pellegrini.»

Ester riprende in mano il lavoro, ma non si decide.

«Non succede nulla se sbagli» bisbiglia Gilla.

La bambina allora si fa coraggio e col filo grigio segue i lineamenti arrotondati del suo agnello di Pesach. Il capo, le orecchie penzoloni, la gobba della schiena, le zampe ripiegate sotto il corpo.

«Brava. Adesso riempiamo tutto col filo bianco.» La maestra sostituisce la matassina e le mostra come fare. «Questo si chiama il punto pieno. Avanti.»

Prima lentamente e poi più spedita Ester riproduce lo zig zag di Gilla. L'agnellino cresce poco alla volta, una soffice pelliccetta fatta di fili *bianco latte* stretti e vellutati, simile ai rilievi sulle lenzuola che Margherita Sacerdoti ha ricamato, e tra cui Ester bambina si addormentava, in un tempo lontanissimo eppure concreto, tangibile come il filo che, frusciando, le accarezza i polpastrelli.

Pasqua

Kasher per Pesach.
Buona fortuna.
Lorenzo

Gatto è sempre di poche parole, pensa Gilla leggendo il biglietto che accompagna l'involto con tre focaccette schiacciate che la sua amica le ha fatto avere la mattina della domenica delle palme. Non è sicura di aver capito del tutto il significato dell'espressione "Kasher per Pesach", ma la manda a memoria e si augura che funzioni.

Il pomeriggio stesso infila le focaccette nella borsa e si presenta all'orfanotrofio. La suora portinaia non ritiene ci sia nulla di sconveniente se in un giorno di festa una maestra chiede della sua allieva, e le fa accomodare entrambe nel solito salottino.

Gilla è a disagio, teme che arrivi anche suor Giuliana. Non vuole parlare dei suoi sospetti con la monaca, e neanche vuole parlarne col direttore. Prima deve capire, poi deciderà il da farsi. «Passavo di qua e ti ho riportato il quaderno con le correzioni» butta lì per rompere il ghiaccio.

La bambina apre alla pagina dei compiti e non vede nessun segno, né rosso né blu.

«Una cosa un po' strana, Pellegrini. Nessuna delle tue compagne è così preparata.»

La bambina abbassa gli occhi come fosse stata colta in flagrante. Anche Gilla è sulle spine. Il secondo trimestre è concluso, la bambina ha voti eccellenti e il discorso non suona come se lo era immaginato. E poi continua a temere che, da un momento all'altro, compaia suor Giuliana. «È una bella giornata. Usciamo in cortile?» dice.

La bambina annuisce e mette il quaderno nella tasca del camicione grigio simile a quello delle altre ospiti. È cresciuta e i suoi vecchi vestiti non le vanno più. Nell'aria tiepida di aprile, il cortile è una festa di colori. Il giallo della forsizia, il bianco-rosa di minutissimi fiori di pesco, il verde delle bordure di mughetti. Alcune ragazze siedono al sole con la schiena alla murata. Un gruppetto di piccole gioca a campana. Le due raggiungono una panca sotto un cedro. «Ti ho portato un regalo» dice la maestra.

La bambina non si muove, nessuna reazione, nessuna espressione particolare. Solo gli occhi si allargano, lo sguardo improvvisamente vivo.

Gilla tira fuori dalla borsa l'involto con le focaccette. «Kasher per Pesach» scandisce fissandola.

La bambina trattiene il respiro. Ha occhi stupefatti, poi terrorizzati.

«No, no, non aver paura» dice Gilla. D'un tratto ha l'impressione di aver fatto qualcosa di molto sbagliato. «È solo un regalo. Non volevo spaventarti.»

La bambina prende l'involto tra le mani. Spezza un quadratino e lo porta alle labbra. Le azzime non hanno profumo né sapore che non sia quello di farina bruciata al fuoco di legna. Mastica, chiude gli occhi, rivede il tempio, il cortile, la scala, il sotterraneo, la bocca triangolare del forno, lo sportello metallico, l'antro caldo e buio dove, dall'alba al tramonto, si sfornava aspettando Pesach. Non ha la forza di opporsi alla piena del ricordo e comincia a piangere. Lacrime senza singhiozzi, da camerata nel silenzio della notte.

«Va tutto bene, va tutto bene» ripete Gilla abbracciandola. Ma lei si ritrae, con gesti rapidi fascia le focaccette e le mette in tasca insieme al quaderno, poi si asciuga il volto con i palmi di entrambe le mani.

"Quindi sei ebrea?" Gilla formula la domanda dentro di sé, ma non apre bocca. Non è più necessario. Non è mai stato necessario. Che importanza ha se la bambina è, o non è, ebrea? E perché organizzare questa messinscena? Questa imboscata?

Gilla si vergogna. La chiarezza, la certezza di essere nel giusto che sentiva di avere quando si è presentata alla porta dell'orfanotrofio svapora come nebbia a mezzogiorno. Adesso avverte solo l'enormità inverecónda del suo orgoglio e il rammarico di non poter tornare indietro. E sente la fatica, la furia trattenuta, la stanchezza invincibile della bambina che le siede accanto. Le parole che le turbinano in testa come insetti prigionieri. «So che hai un bel gatto» dice allora non trovando di meglio, sperando di alleggerirle il cuore.

La bambina non risponde.

Gilla insiste: «Un bellissimo gatto».

La bambina la guarda per un lungo istante. E capisce. A parlare del gatto con la maestra può essere stata solo la sua amica Maria Luisa. Capisce e decide. È qualcosa che ha oscuramente a che fare con certe parole che si pronunciano la sera del seder di Pesach, o che stanno nel libro di lettura. *Pasqua. Pesach. Passaggio. Passare oltre. Speranza. Futuro.*

«Un animale davvero speciale» aggiunge Gilla, che ha l'impressione di aver imboccato la strada giusta.

L'altra annuisce, la prende per mano, la conduce sul retro dell'edificio e, tra mille cautele per non lasciar scappare il gatto, le fa strada nell'intercapedine.

1943–1945

In Sicilia si è anche ieri duramente combattuto. L'urto nemico, contenuto nei settori orientale e centrale del fronte, si è ripetuto particolarmente intenso sull'ala settentrionale del nostro schieramento.

Bollettino di guerra n° 1156 del 25 luglio 1943.

A seguito delle incursioni aeree dei giorni scorsi, sono state accertate le seguenti perdite tra la popolazione civile: a Bologna, 97 morti e 270 feriti; ad Aquino (Frosinone), 4 morti e 10 feriti per scoppio ritardato di bombe; a Capo Rizzuto un morto e 2 feriti; a Livorno 17 feriti, di cui due gravi.

"La Stampa", prima pagina, 26 luglio 1943.

BADOGLIO CAPO DEL GOVERNO
LE DIMISSIONI DI MUSSOLINI ACCETTATE DAL RE

"La Stampa", titolo di prima pagina, 26 luglio 1943.

Occupazione

Prima arrivano i camion, i mezzi corazzati, le camionette con un cannoncino sul cassone, gli autocarri scoperti, le autoblindo dal profilo aguzzo, le robuste *Kübelwagen* decapottabili, le motocarrozzette. E mitragliatrici pesanti e leggere, fucili, mortai, obici, cannoni controcarro, *Maschinenpistolen*.

Poi arrivano bende, filo per sutura, bisturi, forbici, pinze, lame, acqua ossigenata, cloroformio, fiale di morfina.

Poi le macchine da scrivere, i nastri inchiostrati, le telescriventi, gli apparecchi telefonici, le buste, i timbri, la carta copiativa.

Poi, suddivisi per taglia e grado, cappotti, giubbe, pantaloni, scarpe, stivali, cinture, bandoliere, copricapi d'ordinanza, elmetti.

Il tutto riportato in voluminosi registri che riempiono anch'essi grossi schedari metallici e armadi ingombranti. Il tutto secondo le puntigliose direttive dell'operazione "Achse", il piano segreto ideato dai tedeschi nella tarda primavera del 1943 in vista di una possibile ritirata dell'Italia dalla guerra.

Così quando, la sera dell'8 settembre 1943, in anticipo di tre minuti sul cicalino che annuncia il giornale radio delle 19.45, il capo del Governo italiano maresciallo Badoglio proclama ai microfoni dell'EIAR "la impossibilità di continuare la impari lotta contro la soverchiante potenza avversaria" e la firma dell'armistizio con gli angloamericani, i soldati della Wehrmacht occupano il Paese già da settimane. Piazze, scuole, ville dai soffitti affrescati, palazzotti con lo stemma nobiliare sul portone.

Quattro giorni dopo l'annuncio dell'armistizio tremila soldati tedeschi sopravvissuti all'alito artico della steppa russa e inquadrati nella divisione corazzata *Leibstandarte SS Adolf Hitler* possono dirsi padroni di Torino. Dal centro alla periferia, dal palazzo degli Alti Comandi alle Poste, dalle stazioni ferroviarie al distretto militare, alle caserme, agli stabilimenti industriali. Quarantanove i civili uccisi e novantatré i feriti. Perlopiù gente comune – anche una ragazzina – schiantati da raffiche di mitra e bombe a mano. Nessuna scaramuccia invece con le forze armate italiane, che, lasciate a loro stesse dal messaggio del maresciallo Badoglio, si consegnano senza sparare un colpo. Cominciano subito le requisizioni nei magazzini di città e nelle campagne circostanti. Il trasferimento dei militari prigionieri nelle cave di granito e nei campi di lavoro tedeschi è in cima alla lista delle priorità.

Tra il 15 settembre e l'11 ottobre alcuni volenterosi appartenenti alla medesima divisione si dedicano al massacro degli ebrei. L'esperienza sul fronte russo – fucilazioni di massa, fosse comuni, *Gaswagen*, autocarri che funzionano da camere a gas mobili – non va sprecata. Cinquantaquattro ebrei sfollati sul lago Maggiore, per cominciare. Alcuni uccisi con un colpo d'arma da fuoco, altri legati tra loro col filo di ferro e annegati a colpi di remo, altri picchiati a morte con una chiave inglese. Di altri ancora si fanno a pezzi i corpi e si bruciano in una caldaia. Ma si tratta di iniziative isolate, scoordinate, non inquadrate nell'organizzazione gestita con pugno di ferro e mirabile precisione da Adolf Eichmann. Che a prendere in mano la faccenda invia prontamente un suo uomo di fiducia, già distintosi nelle retate e nei trasferimenti dalla Francia, compresa la deportazione ad Auschwitz di Raffaele, Giulia, Alberto e Camillo Sacerdoti. Ai primi di ottobre il capitano delle SS Theodor Dannecker prende così possesso di un ufficio appositamente arredato per lui sotto le insegne della neonata, sedicente "Repubblica Sociale Italiana". Che, di lì a breve, si incarica degli arresti.

Torino, scuola ebraica, settembre 1943

Lungo i marciapiedi di via San Pio V fino alla svolta in via Sant'Anselmo, e poi lungo via Sant'Anselmo e ritorno, e di nuovo avanti e indietro superando montagnole di macerie intorno a quel che resta della scuola ebraica e del tempio, gli allievi in attesa di essere interrogati hanno la deplorevole tendenza a saldarsi l'un l'altro come ioni di segno opposto. Formano in questo modo molecole di quattro, anche cinque elementi, vivacemente reattive ma pervicacemente compatte, e quindi sospette anche ai più bendisposti verso l'italica gioventù. Figurarsi ai nazisti di cui la città è piena.

«Dividetevi!» sibila il professor Abram Sacerdoti passando accanto a uno dei numerosi capannelli. «Volete che ci arrestino tutti?». Poi riprende la conversazione con l'allievo che gli passeggia accanto. Perché *conversazione* e *passeggiata* devono sembrare queste anomale sessioni d'esame. La scuola ebraica è infatti ufficialmente chiusa e tutti loro, giovani e vecchi, si sforzano di apparire innocui borghesi a spasso. Padri, o nonni, coi nipoti al braccio.

Sono questi gli ultimi allievi e gli ultimi esami per il professor Abram Sacerdoti. Ogni mattina parte al buio da Casale Monferrato e sfida a occhi bassi e bavero rialzato pensiline, stazioni ferroviarie, vagoni e qualunque altro luogo soggetto a improvvisa e feroce ispezione da parte dei soldati della Wehrmacht. Due ore almeno, col cuore piccolo. E due ore al ritorno, la sera.

«Ai ragazzi serve il diploma» ripete a Margherita e a se stesso.

«Sicuro che serva?» risponde lei.

Caduto Mussolini, il nuovo Governo non ha ritirato le leggi antiebraiche, ma qualche divieto è stato sospeso e il professor Abram Sacerdoti è fiducioso. «Se non serve, servirà» dice. Le università torneranno ad accogliere i suoi ragazzi. Le banche, le assicurazioni, gli enti pubblici. Saranno industriali, professori, anche professori all'università, ed è così cristallina la sua fiducia che ogni mattina gli pare di affrontare la giornata protetto da una corazza luccicante.

«Speriamo. Tu però stai attento» dice lei sulla soglia, ficcandogli in tasca un sacchetto con il pranzo.

Pensando a Rita, il professor Abram Sacerdoti sorride. Il suo allievo si lancia intanto in un'ardimentosa esposizione del secondo principio della termodinamica. Sul marciapiede opposto il collega di letteratura italiana avanza a passo lento, facendo commentare alla studentessa interrogata una certa terzina dantesca particolarmente ostica. Il docente di filosofia invece conciona a bassa voce, due passi e una sosta, e al professor Abram Sacerdoti pare Aristotele peripatetico. Col professore di greco, che recita Omero a memoria e di nascosto dirige un gran traffico di ebrei in fuga dall'Europa orientale, Abram ha stretto un rapporto tutto particolare. Incrociandolo, si scappella cerimoniosamente. «Commendatore!» esclama con lo spirito goliardico e intemperante che, dalle molecole complesse e instabili dei ragazzi, per osmosi trasmigra agli insegnanti.

«Cavaliere!» risponde il grecista scappellandosi di rimando. Poi torna al suo allievo e al canto VI dell'*Odissea*. Abram rallenta, dimentica la termodinamica, in silenzio afferra le parole del collega... τόσα... τε καί... Ulisse a Nausicaa... Lei giovane e bella, lui naufrago e mezzo morto, ma pieno di speranza.

Gli dei tanto ti diano quanto tu nel tuo cuore desideri,
un marito e una casa ti diano, ed eletta concordia di intenti.
Niente c'è che sia meglio, niente più bello.

Occupazione/2

A Borgo di Dentro l'armistizio dell'8 settembre è una scarica elettrica. Nella notte, i soldati tedeschi della *LXXVI Infanterie Division* disarmano facilmente un piccolo nucleo di antiparacadutisti italiani, sgomberano le aule della scuola d'avviamento professionale e insediano il loro comando. Occupano la scuola di musica, la scuola elementare, la casa del Fascio, il dopolavoro e diversi fabbricati giudicati idonei per la truppa o i cavalli.

Gilla è sgomenta. Ma allora la guerra è davvero finita come ha dichiarato il maresciallo Badoglio alla radio? I giorni passano. Nella soffitta di vico Luna lei e i genitori valutano se fare le valigie e tornare a casa, a Genova. Immaginano di riaprire la bottega da orologiaio. Fantasticano di un bagno al mare approfittando delle ultime giornate estive. Ma quella che si respira al tavolo di cucina è un'allegria zoppa. In paese non c'è angolo dove non si incontri una pattuglia tedesca. Gli occupanti ordinano il coprifuoco dalle 9 di sera alle 5.30 del mattino. Perquisiscono i civili, le donne, i vecchi. Anche la madre di Gilla, che una mattina rincasa da una commissione pallida e ammutolita. I tedeschi hanno divise eleganti, guanti, stivali nuovi, armi lucide di olio. Cercano armi e soldati italiani. Un forno cittadino produce giorno e notte pane e dolci solo per loro. Il profumo invade i vicoli, raggiunge i piani alti, scende alle cantine dove ci si ripara quando la sirena annuncia i bombardieri. Dolci con le uova, il burro e lo zucchero. Vero zucchero, non il nauseabondo liquame rossastro di barbabietola cotta a cui tutti, a Borgo di Dentro, si sono ormai abituati. E a Genova? Che starà succedendo a Genova? «Restiamo qui, forse è più sicuro» decide per tutti il padre di Gilla.

I giorni diventano settimane, arriva ottobre. La città vecchia è in subbuglio. Dopo viaggi avventurosi per terra e per mare, i militari italiani come Ulisse tornano dalla guerra. Disarmati, vestiti con quello che capita, nascosti nei cassoni dei carri e nelle locomotive accanto ai mucchi di carbone. A casa non possono stare, alle pattuglie tedesche si sono aggiunte quelle fasciste, e bisogna trovare loro un nascondiglio e del cibo.

Anche cascina Leone è in subbuglio. Un pomeriggio di fine ottobre Gilla e la madre sorprendono un'intera tavolata vociante. Rosa Maria si alza di scatto, se le porta appresso nel pollaio e nell'orto, sceglie per loro un cavolfiore gigantesco, poi le accompagna per un tratto verso casa, lungo la strada che scende a valle nel bosco di castagni.

«Mi dispiace, oggi c'è molta confusione» mormora.

Le donne avanzano su un tappeto di foglie dorate e ricci che sembrano fiori spinosi.

«Altri parenti?» domanda la madre di Gilla.

«Cugini» risponde Rosa Maria. Troppo pronta, a voce troppo alta. «Non penserete mica...»

«Non pensiamo niente, Rosa. Invece...» La donna cerca le parole.

«Avete bisogno di qualcosa? Giacche, pantaloni? Mia madre cuce benissimo» interviene Gilla.

Rosa Maria è interdetta. Può fidarsi? Le due donne non sono di qui e lei sa solo che vengono da Genova, che il padre aggiusta orologi, che la ragazza ha un nome strano e ha studiato da maestra. Sa che sono persone gentili. Che la ragazza, poco più grande di lei, le ha fatto subito simpatia. Ma se fossero spie? E se andassero difilato al comando tedesco a vendersi cascina Leone? Suo padre Carlo è disperso in Russia. Suo zio Filippo è comunista e sei anni di carcere non sono stati una passeggiata neanche per uno come lui, grande e forte come una montagna. Un altro suo zio, Nico, che lei non ha mai conosciuto, l'hanno pestato a morte i fascisti quando era solo un ragazzo. Deve essere prudente, pensa. La famiglia Leone ha già dato.

«O magari calze ai ferri, sciarpe...» aggiunge la madre di Gilla.

Il sole è basso sull'orizzonte. Le foglie cricchiano a ogni passo. «Anche scarponi. Comincia a far freddo» dice Gilla soffiandosi nei palmi. Far qualcosa, pensa. Finalmente! Non si sente così determinata da quando, badile in mano, trascorreva i pomeriggi a liberare la sua città dalle macerie.

Rosa Maria si ferma e le guarda. La madre le ricorda sua madre. Stessa determinazione. La ragazza ha gli occhi ardenti. Di qualcuno bisogna pur fidarsi, pensa. «Giacche meglio se imbottite. E poi calze, sciarpe, scarponi, e anche pasta o riso. L'inverno sarà duro» risponde.

«La prossima volta vi portiamo qualcosa» dice la madre di Gilla.

«Non portate niente. Cercate il calzolaio Achille Ferro, nella città vecchia. Quando avete radunato qualcosa che può essere utile, avvertitelo e vi darà istruzioni.»

Tre giorni dopo Gilla si presenta alla bottega del ciabattino. La porta è aperta. Lei controlla che l'uomo sia solo e poi entra. Lui non smette di rifilare una tomaia. «Mi manda Rosa Maria Leone» dice la ragazza.

L'uomo solleva gli occhi. Ha un'espressione insieme decrepita e vivace.

ORDINANZA DI POLIZIA N. 5
Ministero dell'Interno

Telegramma circolare cifrato spedito ore 9 del 1°-12-1943 (Redatto il 30 novembre)

Precedenza assoluta
A tutti i capi delle Province...

Tutti gli ebrei... residenti nel territorio nazionale debbono essere inviati in appositi campi di concentramento.

Tutti i loro beni, mobili ed immobili, debbono essere sottoposti ad immediato sequestro, in attesa di essere confiscati nell'interesse della Repubblica Sociale Italiana, la quale li destinerà a beneficio degli indigenti sinistrati dalle incursioni aeree nemiche...

Il Ministro
F.to Buffarini Guidi

Buio

L'autunno del 1943 è il più buio di sempre. A Casale Monferrato l'oscuramento dura tredici ore su ventiquattro. Le camicie nere escono dagli armadi dove riposavano dall'arresto del cavalier Benito Mussolini, se ne confezionano di nuove, si sfoggiano nei caffè, nelle piazze. Mescolate al grigioverde delle uniformi naziste, spaventano a morte il vecchio Giosuè Sacerdoti, che si rifiuta prima di lasciare lo stabile, poi l'appartamento, poi la camera che Abram ha ricavato per lui tramezzando il salotto. Trascorre le giornate a sbirciare da dietro le tende l'ombra perenne. Oppure racconta a Ester vecchie storie di clienti stravaganti e tessuti introvabili, dai nomi salgariani. Makò, calicò, calmuc. Parole straniere, e perciò proibite, e perciò irresistibili. Oppure chiacchiera con la moglie defunta. «Che tempi, Livia» sospira se una camionetta tedesca sfreccia sotto casa rombando. E quando la sirena dà l'allarme, e tutti i condomini ebrei e cattolici in lunga fila scendono in cantina, giorno o notte che sia lui si imbozzola nelle coperte. «Cara moglie, noi due adesso ce ne restiamo tranquilli al calduccio» dice chiudendo gli occhi, piombando nell'oscurità luminosa dei ricordi.

Dei membri della piccola comunità israelitica ben pochi sono rimasti in città. Nessuna notizia da Raffaele o da Giulia. Buio su buio. Ma è dopo la circolare di fine novembre, ossia l'ordine di cattura, internamento e requisizione dei beni degli ebrei, che i Sacerdoti non fanno più vita. Margherita e Abram escono a turno, al massimo un paio di volte alla settimana, senza la bambina, e solo per procurarsi qualcosa da mangiare. Camminano rasente i muri, lei col fazzoletto in testa, lui col cappello calcato sugli occhi. Qui tutti conoscono tutti. Piccola città, amabile grembo, trappola.

Fagioli, burro, ricotta, carbone, calze da donna, copertoni di biciclette: di tutto si fa commercio clandestino. I risparmi si assottigliano. Margherita vende sottobanco un bracciale lavorato a sbalzo ch'era di sua madre e così comprano due sacchi di patate e uno di farina di mais. Al tavolo del salotto fanno e disfano piani di fuga. Oltre la tramezza, Giosuè ascolta un po' sì e un po' no, perduto nelle sue fantasticherie. Escludono Torino o Milano o qualunque grande città. Poco cibo e troppe bombe. E poi chi, dei loro conoscenti, si metterebbe in casa quattro persone?

Valutano la Svizzera. Molti tentano, ma Giosuè? Viaggio impegnativo, posti di blocco, strade impervie, guardie alla frontiera, sentieri ghiacciati.

Resta la campagna. Perdersi nel saliscendi sconfinato delle viti. Dissolversi nell'isolamento atavico dei poderi. Margherita prende contatto con una contadina che fa la borsa nera, la donna parlerà col parroco del suo paese, e mentre aspettano una risposta Abram si arrischia a raggiungere Torino. Il collega di greco ha procurato documenti falsi per tutta la famiglia e un libretto pieno di immagini della Madonna e dei Santi. Le carte d'identità, i certificati di battesimo e quello di matrimonio portano timbri di municipi in mano agli Alleati. Abram nasconde tutto sotto la camicia e torna a casa con le mani sudate e la bocca secca. Al tavolo del salotto cominciano a studiare le preghiere cattoliche, imparano le nuove generalità, inventano biografie e si interrogano a vicenda.

Giosuè Sacerdoti adesso si chiama *Pietro Pellegrini*, è nato a *Napoli* il 20 febbraio 1879, da Angelo e Luisa De Curtis, è vedovo e di professione *chincagliere*. Seduto sul bordo del letto ripete la lezione come uno scolaro. Abram Sacerdoti è invece *Ludovico Pellegrini*, nato anche lui a *Napoli* il 30 gennaio 1902, da Pietro e Lucia Esposito, coniugato, di professione *geometra*, mentre Margherita è *Margherita Moretti* coniugata *Pellegrini*, nata a *Salerno* il 7 febbraio 1905, da Mario e Rosa Caputo, *casalinga*.

«Tu hai lo stesso nome, però. Così è più facile» dice Ester.

«Poche storie, ripeti» risponde Margherita. La bambina sbuffa. Stare sempre chiusa in casa è un supplizio. «*Francesca Pellegrini*, nata a *Napoli* il 4 luglio 1935.»

«Come si chiama tuo padre?»

«*Ludovico Pellegrini*.»

«Quando compie gli anni?»

«Il 30 gennaio.»

«E tuo nonno paterno si chiama...?»

«*Pietro Pellegrini*.»

«E tua nonna materna?»

Ester ci pensa. Sospetta il tranello. I nonni materni sono figure incorporee che sbiadiscono in cornice. Morti entrambi prima che lei venisse al mondo, nel tempo immobile delle fiabe e della Bibbia.

«Allora, saputella. Come si chiama tua nonna materna?»

«*Rosa Caputo*. Contenta?» risponde la bambina.

«E tua nonna paterna?» interviene Giosuè. La voce, oltre la tramezza, è accorata.

Ester aggira la parete, siede accanto al nonno sul bordo del letto, gli prende una mano e dice: «Livia, nonno».

«Brava» fa lui.

«Meno bugie raccontiamo e meno rischiamo di sbagliare» sussurra Abram alla moglie.

Margherita annuisce. «Certo che, di tanti mestieri, proprio il geometra ti è toccato» dice.

«Vedi il destino» risponde lui. Dopo la famiglia, la geometria è il suo grande amore.

«Ma cosa fa un geometra?» domanda Ester dalla stanzetta del nonno.

Abram li raggiunge. «Hai presente la geometria, sì? L'area del quadrato, il pentagono, il volume del cubo...»

Ester sbuffa di nuovo. Da quando si sta chiusi in casa, non si fa che studiare. «Bene. Geometria viene dal greco e vuol dire "misura della terra". Adesso guarda questa tramezza» dice Abram appoggiando la mano sulla parete aggiunta per Giosuè. «Che forma ha?»

Ester non capisce.

«Cos'è? Un quadrato? Un esagono?»

La bambina sospira. «Un rettangolo» dice.

«Un rettangolo. E quanto misurano i lati?»

«Ci vorrebbe il metro.»

«Te lo dico io. Tre metri e venti la base e due metri e quaranta l'altezza. Se ogni mattone ha una base di venti centimetri e un'altezza di dodici, quanti mattoni sono serviti per fare questa parete?»

Margherita ride.

«Papà, ti prego!!!» piagnucola Ester.

Abram sospira. «Un geometra è una persona capace di misurare *tutto*» dice. «La misura è una cosa astratta. Calcoli, formule. Mi segui?»

Ester annuisce.

«Da questa cosa astratta il geometra ricava qualcosa di concreto, qualcosa che si può abitare, vendere, usare, toccare con le mani. Un muro, una stanza, un campo di grano, una vigna in collina, un palazzo. Hai capito adesso?»

Ester si fa attenta. L'idea che tutti gli scartafacci, le somme e sottrazioni e moltiplicazioni e divisioni che le ingombrano i pomeriggi abbiano un legame con la realtà le suona nuova e preziosa. «Ma allora è un lavoro importantissimo» dice.

«Fondamentale!» risponde Abram ridendo. Poi torna serio. Smanaccia la carta d'identità di *Ludovico Pellegrini*. «Sembra troppo nuova» dice.

Passa Chanukka, senza frittelle ché l'olio scarseggia. L'autunno diventa inverno. Passano gli ultimi giorni dell'anno, senza feste, senza veglioni. Alla chetichella, altre famiglie ebree fanno perdere le loro tracce. Ragazzi in età di leva riparano in collina. Qualcuno si unisce ai ribelli. Ai bombardieri britannici si alternano le Fortezze Volanti americane. Attaccano di giorno e nell'azzurro sembrano balene dalla pancia metallica. Viene l'anno nuovo. Un decreto legge a firma Mussolini stabilisce che i beni posseduti dagli ebrei non solo siano confiscati a favore dello Stato, ma anche amministrati da un ente appositamente creato. Questione di settimane, forse giorni, e i Sacerdoti non avranno più un posto dove stare.

Ai primi di febbraio la contadina porta finalmente buone notizie. Ci sarebbe una famiglia disposta a ospitarli in un cascinotto a una decina di chilometri dalla città. Un posto tranquillo, quasi tutto in muratura, il tetto accettabilmente robusto, solo una piccola perdita in caso di temporali, e volendo si potrebbero ricoverare anche una capra per il latte e qualche gallina per le uova. Considerino però che la mobilia è poca. Un tavolo, due sedie, due letti, uno grande e uno piccolo. E le lenzuola devono portarsele.

I Sacerdoti accettano. Mercoledì 16 febbraio 1944 le valigie sono pronte. Margherita esce con Ester alla ricerca di un piccolo baule per la biancheria.

Mentre contratta il prezzo da un robivecchi, tre poliziotti si presentano alla porta di casa. Dei documenti che Abram porge loro non sanno che farsene e li gettano nella stufa. Nella piccola città tutti sanno che il professore di matematica e il vecchio venditore di tessuti si chiamano Sacerdoti e sono ebrei. «Non più di un bagaglio a testa» ordina il più alto in grado accennando alle valigie. Poi caricano Abram e Giosuè sul sedile posteriore di una Balilla nera, ciascuno col suo fagotto sulle ginocchia. Due agenti prendono posto davanti, il terzo sale su una moto e fa strada verso il carcere.

Il baule è della misura ideale, non troppo grande e non troppo piccolo. Però è vecchio, il cuoio è ammaccato e la chiusura difettosa. Per questo Margherita spunta un prezzo di favore.

Madre e figlia lo afferrano per le maniglie laterali e si avviano verso casa. L'idea di partire mette Ester di buonumore. «In campagna possiamo tenere un gatto, mamma?» domanda.

«Vedremo» risponde Margherita.

Vedremo è quasi sì, pensa Ester. Conosce solo gatti di città. Un gatto di campagna se lo immagina burbero e spavaldo. «E anche un cane?» aggiunge.

«Capre, galline, gatti, cani. Non è mica una fattoria, Ester!»

Non vedono la Balilla, non sentono la moto, ma da lontano Margherita riconosce la sagoma di una vicina. Ferma alla cantonata, la donna si sfrega le mani e se le porta alla faccia in un gesticolare così frenetico che Margherita, di riflesso, serra le dita a pugno e nel pugno la maniglia del baule, fino a sentir male. «Fermati» dice a Ester.

Posano il baule.

La donna si fa loro incontro a passi concitati. «Signora Rita, signora Rita» dice, e Margherita capisce. «Tutti e due?» domanda.

La donna annuisce.

«Tutti e due cosa, mamma?»

«Andate all'istituto Nostra Signora di Lourdes. Tre minuti a piedi. Sapete dov'è?» dice la vicina, che è cattolica.

Margherita fa segno di sì, ne ha sentito parlare. Oratorio, convitto per ragazze, anche orfane, rifugio.

«Vi aiuteranno» assicura la donna. «E lasciatemi le chiavi. Questa notte vado a prendere le vostre cose e domani ve le porto.»

...ta la guarda, poi guarda la figlia. Stringe le labbra ...ti nella bocca, le braccia al corpo. Ha scelta? Porge ...cina le chiavi di casa. «Troverete le valigie già fatte. ...on le hanno portate via. Comunque una con le borchie ...i ottone, e una più piccola di pellame rosso.»

«Borchie. Piccola rossa. Ma adesso sbrigatevi, erano in tre, magari tornano. Portatevi anche il baule, può sempre servire.»

«C'è un cassettone in camera da letto. C'è dello sciroppo per la tosse, per la bambina.» Esita. No, non ha scelta. «Nel primo cassetto c'è un sacchetto di damasco verde, chiuso da un cordoncino dorato.»

La donna stringe gli occhi.

«Vi prego» dice Margherita.

In carcere, di fretta

In carcere si va di fretta. Ordini superiori. Non hanno preso tutti gli ebrei? Ce ne sono ancora che circolano indisturbati? Che si nascondono come ratti nelle cantine e nelle soffitte? Adesso non c'è tempo, si provvederà in futuro. Comunque ne hanno presi un bel po'. Il numero, questo conta. Efficienza. Ammassare e subito trasferire a destinazione. Da Casale a Piacenza, a Parma, a Reggio nell'Emilia, tutta la pianura Padana fino al Polizei- und Durchgangslager, campo di polizia e transito di Fossoli.

Qui sono baracche. Reticolato doppio di filo spinato, largo abbastanza per la ronda di guardia. Torrette coi riflettori e le mitragliatrici. Drancy, pensa Abram, ma si guarda bene dal condividere il pensiero con Giosuè. Padre e figlio dichiarano nome, cognome, data e luogo di nascita, domicilio e professione a un ufficiale tedesco, che traccia una croce accanto alla dicitura *Volljuden*, "ebreo puro". Non "figlio di matrimonio misto" né "coniuge di matrimonio misto". L'interprete non serve, anche questo l'ufficiale annota in calce alla scheda di Abram.

Il capo campo illustra il regolamento. Ottengono un letto a castello, Giosuè sotto e Abram sopra, ma non fanno in tempo a fare amicizia con gli altri internati né a imparare la strada per la latrina o l'infermeria che arriva l'ordine di ripartire. Tutti? Tutti. Maschi, femmine, vecchi, bambini e anche i malati. Quando? L'indomani.

Fretta, ancora fretta. Abram e Giosuè rifanno la valigia. Abram finge di non sentire le chiacchiere che girano, le spaventose minacce in caso qualcuno tentasse la fuga, i gruppi in preghiera, le querimonie notturne, le piccole follie di chi teme il peggio. Riesce a procurarsi una cartolina postale, cerca parole tenere e allegre per la moglie e la bambina. Incoraggia Giosuè: «Ci manderanno in un campo di lavoro» dice.

«Anche i bambini?» risponde il vecchio.

All'alba del 22 febbraio sono seicentocinquanta a salire sui torpedoni diretti alla stazione ferroviaria di Carpi. Di fretta, sempre di fretta. Li aspetta un lungo convoglio. Niente carrozze: vagoni merci. Giosuè vacilla, Abram deglutisce. Si era figurato un viaggio in terza classe, come Raffaele.

I soldati intanto urlano, spingono avanti con il fucile messo di traverso, «Svelti, procedere», qualcuno colpisce un prigioniero col calcio. «Non guardare» dice Abram a suo padre, afferrandogli il capo e traendolo a sé. Da quanto tempo padre e figlio non si abbracciano? Salgono sul vagone assegnato, guadagnano un angolo, continuano a tenersi stretti. Il portellone si chiude, lo schianto del chiavistello è atroce. La luce filtra dalle fessure. Gli occhi si abituano. Dentro è una massa indistinta. Maiali, pensa Abram. Agnelli, vacche, buoi. Anche cuccioli.

La locomotiva parte solo a sera. Il giorno dopo il convoglio supera il Brennero. Niente acqua, niente cibo. Per i bisogni si attende una sosta, fuori, davanti a tutti. Uomini, donne, bambini. Freddo, di notte freddissimo. Cinque giorni dopo il portellone si riapre sulla brulla campagna polacca pietrificata dal gelo invernale. Una stazione come tante di quelle che hanno attraversato. Alla luce dei proiettori il tanfo esala in nuvole biancastre. AUSCHWITZ legge Abram.

Scendono tutti. Soldati tedeschi s'infiltrano nel brulicame addensato ai piedi del convoglio, fanno domande. Abram risponde al posto di Giosuè. Da ore – giorni? – il padre non sembra in sé.

Il vecchio viene avviato nella zona della banchina dove alla spicciolata sta convergendo il grosso dei prigionieri.

Abram fa per raggiungerlo, ma lo spingono verso un gruppetto radunato dalla parte opposta. Si ribella. Un soldato lo colpisce al fianco, lo obbliga a rialzarsi, lo trascina dove gli hanno ordinato di stare. Abram cerca con gli occhi il padre ma non lo vede più. Solo in questo momento si guarda intorno. Maschi. Giovani maschi. Pochi. Lui è uno dei più vecchi.

Casale Monferrato, Nostra Signora di Lourdes

Ester ha paura e le idee confuse. Perché adesso che hanno trovato il baule non tornano a casa? Che è successo al padre? Dov'è il nonno? Chi li ha portati via?

Margherita, pallidissima, le fa segno di tacere. La strattona lungo il corso, una prima svolta, una seconda.

Chi è questa signora di Lourdes da cui sono dirette?

Mentre aspettano in una specie di anticamera deve *fare silenzio*. È un ordine. Sua madre non è solita dare ordini, ma questo è decisamente un ordine e Ester sente che se non ubbidisce le accadrà qualcosa di brutto. A lei, a loro. Così sono minuti interi di silenzio. Il rintocco di una pendola, nient'altro.

La donna che finalmente le accoglie è piccola e molto anziana. Austera la chioma raccolta in uno chignon argenteo, austero l'arredamento della stanza, austera la lunga gonna nera, la blusa nera, le pietruzze nere della collana che la vecchia porta alla cinta, austera la croce d'acciaio sul petto, sotto il volto squadrato, le guance cadenti, la pelle opaca segnata dalla ruggine del tempo. Austero il sottogola. D'istinto Ester si ritrae dietro il corpo della madre, neanche fosse una bambina piccola.

Siedono. Fuori comincia a piovere. Fa buio. Perché sono ancora qui? Perché non tornano a casa? Non devono partire questa sera? La capra per il latte, le galline per le uova, forse un gatto. Mancava solo il baule, ma il baule l'hanno trovato, adesso è a un passo da Ester, sotto un piedistallo, e sopra il piedistallo c'è una Madonna sottile, bianco il manto, rosee le gote, azzurro il nastro in vita. Ester sa benissimo che cos'è una Madonna. Quello che non sa è perché si trova qui, *seduta composta, da brava Ester, adesso poi mamma ti spiega*. Il ticchettio sui vetri si fa rabbioso. Oltre, la notte chiude lo sguardo. Ester non capisce e le gambe prendono a fare su e giù. Cerca di fermarle puntando i palmi sulle ginocchia, *tranquilla topolina, poi mamma ti spiega*, anche il petto fa su e giù e le manca il fiato. Le domande, le parole chiuse in trappola la scuotono per uscire. Dov'è papà? Che vuol dire *benvenute*? Che vuol dire *restare qui*? Dov'è papà? Dov'è il nonno?

"Nostra Signora di Lourdes" recita l'etichetta di ottone sotto i piedini nudi che spuntano dalla veste della Madonna. Ester arrossisce, non aveva capito niente. Nostra Signora di Lourdes è la Madonna, non la vecchia. *Regole. Prudenza. Nascoste.* Continua a non capire e il cuore batte a tamburo e intanto la pioggia, crudele, spara i suoi aghetti affilati sul mondo.

Zyclon B

Giosuè Sacerdoti è solo in mezzo alla fiumana annichilita e maleodorante. L'orrore del vagone merci è un grumo al centro del petto, compatto come pece. «Abram? Abram?» bisbiglia volgendosi intorno.

Non capisce gli ordini in tedesco. Qualcuno si incarica di farglieli capire con un colpo secco alla coscia. Il dolore lo attraversa da parte a parte. Il vecchio ha l'impressione che il suo corpo, la parte ancora in grado di avvertire dolore, sia un guscio traslucido, come il vuoto della cicala che cricchia sotto le scarpe, mentre la vita e il canto vibrano altrove, nell'azzurro. «È una cosa buona, Livia mia.»

Un autocarro, una breve marcia ordinata, un edificio squadrato. Spettri lo circondano, lo spogliano. Si ritrova stretto ad altri corpi nudi e tremebondi. La nudità gli pare una verità insostenibile, e chiude gli occhi. Al buio cerca con le dita la scorza del proprio ventre d'insetto, l'attaccatura sottile delle zampette pelose, si figura un varco, precipita dentro, si lascia travolgere dai fremiti. *Abram, Raffaele, Ester bambolina streghetta pasticciona, Alberto, Camillo, Rita, Giulia, Livia, Livia mia.*

Shemà Israel, intona qualcuno. *Ascolta Israele*, ma forse anche questa è solo un'altra sua effervescenza interiore. Giosuè Sacerdoti non sa dirlo. China il capo, raccoglie le mani una sull'altra, le dita intrecciate alle dita come fa con la nipote, come faceva con la sposa e, bambino, con la mamma. Stilla a stilla, il grumo nero si liquefà e cola via, lasciandolo pulito e trasparente.

Nel locale chiuso e affollato, la temperatura sale intanto oltre i 25° C, l'acido cianidrico contenuto nei cristalli blu di Zyclon B si libera allo stato gassoso, raggiunge la concentrazione di 0,3 grammi per metro cubo, invade le vie respiratorie. Giosuè Sacerdoti non ha paura. Né freddo né fame né sete né paura. Dentro l'involucro del corpo, solo un fluire tumultuoso, come di onda prossima a sciogliersi nel gran mare della vita.

Borgo di Dentro, primavera 1944

La locale sezione del Comitato di Liberazione Nazionale lavora in clandestinità per i ribelli che hanno trovato rifugio in montagna. Cibo, armi, biancheria, coperte, mappe, lucidi cartografici, messaggi cifrati. Con la medesima segretezza coordina in città piccole, inafferrabili squadre di sabotatori. Gente che piazza cariche esplosive tra le leve di uno scambio ferroviario o s'infila nottetempo nei magazzini tedeschi portando via quel che serve. La base del Comitato è nel retrobottega di una tabaccheria, ma Gilla non partecipa alle riunioni. Come le altre staffette, prende ordini dal calzolaio Achille Ferro.

Anche se non è nata a Borgo di Dentro, grazie alle istruzioni di Rosa Maria ormai si orienta alla perfezione. Nella città vecchia, ad esempio, c'è un vicolo che riesce dentro un vicolo più stretto e buio, e in fondo c'è un voltone, e in fondo al voltone un porticato con un vaso di terracotta coperto da un sontuoso cuscino di edera screziata. Un posto ideale per nascondere oggetti della dimensione di una Luger P08 da 9 millimetri. Sempre nella città vecchia, c'è anche un altro viottolo che dà su uno slargo e al civico 7 abita da sola una vecchia che finge di essere più strega e rimbambita di quello che è. Se necessario, è possibile lasciare da lei cose ingombranti come una Maschinenpistole 35 o nascondere qualcuno una notte o due.

Per raggiungere i luoghi sicuri nella parte nuova della città, che è meno stracciona, Gilla si muove inosservata indossando le sue scarpe migliori, un cappello di feltro con fiori di stoffa applicati alla tesa e guanti di capretto. Detesta attraversare la piazza davanti alla scuola elementare occupata dai tedeschi: circolano storie orribili su quel che accade ai prigionieri nei sotterranei. Le missioni che preferisce sono quelle in collina, e qualche volta si spinge ancora più su, alle montagne dove i ribelli adesso sono centinaia, per esempio nei pressi di cascina Benedicta, quartier generale della resistenza, dove si trovano anche Gatto e il fratello di Rosa Maria, Giacomo Leone. Viaggi lunghi, e quindi più pericolosi. Viaggi da preparare con cura, perlopiù in bicicletta, con la gonna pantalone e gli scarponi ai piedi, a volte uno zaino in spalla e sempre molte ore di luce davanti, ma tenendosi pronta a far notte.

Mercoledì 1° marzo si presenta di buonora alla bottega di Achille Ferro. L'uomo le allunga un messaggio in codice, lei lo infila tra le pagine del libro di scienze che usava alle superiori, sistema il libro nel cestino della bicicletta, aggiunge una copia riccamente illustrata del romanzo *I promessi sposi*, poi due sacchetti di fagioli secchi e uno di ceci. Copre tutto con una pezza di tela cerata uguale alla mantella col cappuccio che sua madre ha cucito per lei, e parte.

Piove un'acquerugiola fitta, e questo è bene perché è più difficile incontrare posti di blocco. China sul manubrio, raggiunge cascina Leone con la pioggia che le sbuffa in faccia. Lascia la bicicletta nel fienile, sistema il messaggio nel reggipetto, i ceci e i fagioli nelle tasche e imbocca il sentiero che dietro casa risale il pendio.

La pioggia ruscella a valle. Crochi viola e bucaneve incendiano il sottobosco. Rivoletti fangosi schizzano a ogni passo. L'acqua penetra le cuciture del cappuccio e le inzuppa il collo. Dall'orlo rigido della mantella sgronda sui polpacci nudi, sui calzini rivoltati e dentro il bordo degli scarponi. Un capriolo la segue per un tratto, senza paura, all'asciutto sotto la pelliccia folta e lustra, fissandola con i grandi occhi umidi e placidi come se lei fosse una curiosa ma innocua creatura silvana.

Il sentiero lascia infine il bosco e si allarga in radura. Ecco il noce, pensa Gilla liberandosi la fronte dalle ciocche fradicie.

Michele non si chiama Michele, ma, dovendo nascondersi sotto un nome di battaglia, ha scartato quelle che considera pagliacciate da ragazzini, *Tigre*, *Lupo*, *Lampo*, e ha scelto il nome della persona che più ha amato: suo nonno. Anzi, ha deciso che, nel mondo nuovo che nel fango e al freddo si va costruendo, continuerà a chiamarsi Michele. Con tanti saluti al nome altisonante che mamma e papà hanno scelto per lui. Mamma e papà che mai vorrebbero vederlo dormire dove dorme (dove capita), mangiare quel che mangia (poco), e rischiare la pelle per cacciare i tedeschi e fare la rivoluzione. Che poi le due cose sono la stessa cosa, ma vai a spiegarglielo. Suo nonno invece avrebbe capito. Michele ne è certo. Anche se era un borghese avrebbe capito. Un ricco borghese. Del fascismo per esempio aveva chiara tutta la porcheria e da bambino lo teneva per mano e gliela spiegava facile facile.

«Libro e moschetto imbecille perfetto.»

«Te che sei nato l'anno della marcia su Roma, te non le sai le alternative.»

«Te che sei nato l'anno della marcia su Roma, è a voi che ve la metteranno in quel posto.»

Michele butta la cicca in una pozzanghera e va a raggomitolarsi ai piedi del grande noce, su una radice larga e piatta come una panca. Sotto il mento, le gambe disegnano un triangolo isoscele alto e stretto. Richiama a sé la strana bisaccia che si porta appresso. Borsa da medico, ma con un paio di cinghie lunghe abbastanza da metterla a tracolla. Freddo porco, pensa. E umido. Bestemmia come ha imparato a fare in montagna, silenziosamente, coscienziosamente, con precisione e innocenza. Come aprire una valvola a sfiatare. La ragazza è in ritardo, pensa. Freddo e umido da raffreddore, da catarro, da sinusite, da bronchite, da pleurite. O forse è lui a essere in anticipo, chissà. L'orologio è fermo. L'orologio del nonno è fermo da quando il nonno è morto e Michele se lo è messo al polso. *Le alternative adesso le so, nonno.* Ha lo sguardo fisso a terra quando Gilla si affaccia oltre l'intrico dei rami.

«Michele?»

"E chi vuoi che sia" sta per rispondere, ma alzando gli occhi ammutolisce.

Il cappuccio sceso sulle spalle, la ragazza armeggia sotto la mantella all'altezza del petto. «Lo metta via» dice allungandogli un foglietto ripiegato. Sulle ciglia, ha minutissime gocce di pioggia che nel fosco splendono come cristalli.

Michele si scioglie dal viluppo delle gambe e si distende in tutta la sua considerevole altezza. Appoggia la borsa sulla radice piatta, si accuccia di nuovo, fa scattare la serratura, tira fuori uno stetoscopio, un paio di boccette, un astuccio che Gilla non sa catalogare, due candele di zolfo, polvere per i pidocchi, una scatoletta di metallo portasiringa.

«Medico?» domanda lei.

«Quasi» risponde Michele. Solleva il coperchio della scatola, estrae le parti della siringa e le appoggia sul coperchio medesimo, poi fa scattare uno sportellino interno e sistema il foglietto senza leggerlo. Ricompone la scatoletta e rimette a posto il contenuto nella borsa.

«Quasi?»

«Quattro anni di Medicina.»

«E poi?»

«E poi...» Michele fa un gesto rotondo con la mano, come dire "la guerra, i nazisti, la rivoluzione". «Lei?»

«Maestra.»

La pioggia cessa. Intorno, solo un rado *ploc ploc* di gocce sul letto di foglie sfatte. La ragazza ha la pelle pallida e lucente, sembra fatta di sostanza salina. Michele sente l'impulso di tirare fuori il fazzoletto e asciugarle il viso. Allora caccia le mani in tasca e le stringe a pugno.

«Ho caldo» dice lei. Solleva la mantella oltre il capo come un insetto si libera dell'esoscheletro e muta, mostrandosi per un attimo tenera e indifesa nel fagotto molle del maglione. Michele è turbato, ma Gilla già si aggira sicura sotto la chioma del noce, a suo agio come un animale, cercando il ramo adatto per stendere la cappa. «Dimenticavo» dice, volgendosi di scatto e porgendogli ceci e fagioli.

Il ragazzo infila anche quelli nella borsa, poi se la mette a tracolla, pronto a ripartire. Che altro potrebbe fare? Ma non si muove. «Lei non è di qui» dice.

«Neanche lei» dice Gilla, poi lo squadra da capo a piedi. «Con quella gira tutti i distaccamenti?» aggiunge accennando alla borsa.

«Già.»

«Con quella e senza pistola.»

«Mmh.»

«Bello. Pericoloso, ma bello» dice lei.

Lui alza le spalle e torna a fare un gesto con la mano, sventolando le lunghe dita nell'aria gonfia di umidità, come dire "niente di che". Movenza da gradasso di cui si pente all'istante. Ha l'impressione che lei, pur immobile, si sia allontanata di un passo. Allora torna serio, troppo serio come chi, per correggersi, esagera. «Niente armi» proclama.

«Neanche se è necessario?»

«Io non uccido le persone. Io le curo.» La frase suona così enfatica che Michele arrossisce di vergogna.

«Strano modo di fare la rivoluzione» dice lei, e sorride scoprendo i denti.

Piccoli, regolari, nota lui, e nota anche l'increspatura sopra il labbro superiore. Poi solleva il colletto della giacca e incassa la testa. Questa ragazza lo confonde. Di nuovo sente di doversene andare, e di nuovo non si muove. «Lei si chiama?» domanda.

«Gilla.»

«Dico il nome vero.»

La ragazza non risponde subito. Spartisce i capelli in due lunghe ciocche e una alla volta le strizza. «Tu sei un tipo originale, vero?» dice poi.

Al *tu*, Michele sospira come allo sciogliersi di una contrattura. «Allora?» insiste.

«Originale. Indisciplinato. Incauto. E impaziente.»

«Vuoi dirmelo sì o no?»

«Gilla.»

«Ti chiami proprio Gilla?»

«Dalla nascita.» La ragazza ha gli occhi accesi di divertimento. Afferra gli orli della mantella e la rindossa. I capelli umidi le si appiccicano alle guance come arabeschi bellicosi. «Devo andare, ciao» dice e senza aspettare risposta imbocca il sentiero che porta a cascina Leone e alla bicicletta. La mantella dondola a ogni passo. Il fango deflagra tutt'attorno.

Quelle che seguono sono settimane impetuose. L'aria intiepidisce. Gli alberi si risvegliano dal torpore invernale, gonfiano le gemme, schiudono al vento foglioline appena nate. L'erba cresce di slancio. Michele e Gilla marciano nel verde gagliardo, superano posti di blocco, evitano imboscate, battono la città, i paesi intorno, le colline, le montagne. Non si incrociano, ma si pensano.

Michele domanda di lei, frenetico, incurante delle chiacchiere. Riesce a scoprire dove vive, fa in modo di trovarsi nei pressi di vico Luna quando è di passaggio a Borgo di Dentro, sogna incontri fortuiti, escogita scuse plausibili. Lei si muove solitaria, veloce e risoluta col suo carico di messaggi misteriosi, libri di scuola, cibo e munizioni. Fissa nella mente quel che ricorda di lui (la forma del mento, delle mani, una parola), mette in scena dialoghi immaginari.

Ciascuno va così evocando senza sosta la presenza fantasmatica dell'altro. Quando all'inizio di aprile arriva la notizia di un gigantesco e sanguinoso rastrellamento sulle montagne intorno a cascina Benedicta, Michele e Gilla hanno l'impressione, pur non essendosi più visti, di aver percorso insieme un gran tratto di strada. E il terrore di non rivedersi prende a scavare loro i pensieri come un tarlo senza requie.

Nell'emergenza del momento i sotterranei di villa Franzoni diventano un'infermeria clandestina. I feriti arrivano giorno e notte, su mezzi di fortuna o a spalla. Michele suda, ha il cuore in gola. Non sono un vero dottore, pensa mentre alla luce di una lampadina fioca palpa, ausculta, tampona, disinfetta, cuce. Gilla invece fa avanti e indietro dal Borgo di Dentro, trasporta pezze di tela, pane, zucchero, fiale di morfina. Stupida stupida stupida, pensa. Non è tempo di giochetti, questo. Di indugi, ritrosie, sfiancanti rituali di corteggiamento. Non è tempo perché il tempo si è come accartocciato, ristretto, raddensato e la morte è sulla soglia. Stupida, stupida, stupida. In piena notte, scende finalmente nel sotterraneo con un cesto di bende. Si aggira nella penombra ingombra di brandine improvvisate. Odore di sangue, sudore, vomito. Riconosce Rosa Maria, è seduta su uno sgabello accanto a una branda, sulla branda c'è Gatto, pallido come un morto, la spalla un grumo di sangue, e Rosa Maria gli bagna le labbra con una pezzuola umida. Riconosce altri, poi lo vede. Una sagoma china su un compagno ferito. Chiude gli occhi e pensa grazie, grazie, grazie. Lui alza la testa e il cuore gli si acquieta. È lei. È viva.

La conferma della morte di Giacomo Leone, assassinato insieme a centoquarantasei compagni e buttato in una fossa comune, arriva solo tre giorni dopo.

A Casale Monferrato, Ester e Margherita

La vicina di casa è di parola. Il giorno successivo alla cattura di Abram e Giosuè la valigia con le borchie, quella di cuoio rosso scuro e il sacchetto di damasco verde vengono recapitati all'istituto Nostra Signora di Lourdes.

La direttrice le registra con i nomi nuovi. *Francesca Pellegrini* come orfana e ospite del convitto, *Margherita Moretti* in *Pellegrini*, vedova, come sorvegliante. «Guardatevi dal parlare ad alta voce dei fatti vostri» intima. «Meno gente sa che siete ebree e meglio è» dice. E anche: «Guardatevi dagli estranei». Le obbliga a seguire tutti i servizi liturgici, dalla prima messa alle preghiere vespertine. Ester anche il catechismo. Non per zelo missionario, assicura, ma per nasconderle meglio. «Le preghiere non sono mai state tanto utili» dice.

La routine quotidiana le inghiotte. Margherita dà una mano in cucina, pulisce le camerate e le latrine, legge le vite dei Santi alle orfane più piccole. Alcune preghiere sono in latino. Si procura una grammatica e nei momenti liberi comincia a insegnare a Ester i rudimenti. Sfogano l'angoscia ritirandosi nei luoghi meno frequentati, la lavanderia o il magazzino delle scope. Si chiudono insieme e sottovoce si raccontano l'un l'altra di papà, del nonno, dello zio Raffaele, della zia Giulia, di Alberto e Camillo. Fanno piani di bellissimi festeggiamenti per quando si ritroveranno. Palloncini, pasticcini, fiori, cioccolato. «Anche una bella torta» dice Ester. «Una torta enorme» risponde Margherita. A volte si chiude da sola e si fa un pianto.

Escono molto di rado, e solo per qualche emergenza di cui nessun altro, nell'immenso lavoro di cura che è una giornata all'istituto Nostra Signora di Lourdes, può in quel momento occuparsi. Un pacco da consegnare, una donazione da ritirare. Quando succede, le due allungano la strada e raggiungono la seduta a listelli di legno dalla quale si vedono le finestre di casa loro. «Solo un minutino» dice Margherita, «di più è pericoloso.» Osservano le imposte al secondo piano, chiuse dalla vicina, si stringono la mano, avvicinano le teste e fanno il gioco di ricordare tutto come lo hanno lasciato.

«La camera matrimoniale» bisbiglia Margherita.

«La tappezzeria è *giallo uovo*» risponde Ester «e le tende color *pesca*.»

«L'armadio di radica ha le maniglie di ottone» prosegue Margherita. E poi il comò a quattro cassetti, il ripiano di marmo fiammato e, sul ripiano, gli orecchini di granati nella scatoletta di stoffa color *crema*, il pettine d'osso, la spazzola, la boccetta di violetta di Parma. Poi la stanza di Ester. Il copriletto con le frange, la lampada col paralume bordeaux, *Pinocchio*, *Cuore*, *Le tigri di Mompracem*, la bambola Enrichetta. E poi le altre stanze. Ogni cosa, impetuosamente. «Ogni dettaglio, Ester» sussurra Margherita. Il tavolo, il festone ricamato a giorno, la zuccheriera col manico a forma di doppia ghianda.

Ad Auschwitz – Fare

Raggruppati in *Kommandos* di dimensione variabile, i prigionieri ebrei che scampano alle frequenti selezioni per le camere a gas, e quelli che non incappano nella condanna a morte tramite impiccagione o fucilazione, lavorano nelle miniere di carbone dei dintorni, nei campi al posto dei cavalli da tiro, nel vicino cementificio di Goleszów, nella riparazione di rotaie, nel trasporto a spalla di qualunque materiale e in generale nell'ampliamento e manutenzione del campo stesso e dei sottocampi. Costruiscono edifici, canali di scolo, strade, reticolati, baracche, bunker antiaerei per i soldati tedeschi, e anche una caserma, una raffineria, una centrale elettrica, uno stabilimento chimico. In questo frenetico fare, muoiono, più o meno velocemente, di freddo, fame, botte, tifo petecchiale, scarlattina, dissenteria, difterite e sfinimento.

Auschwitz è quindi un grande cantiere di moribondi. Quando, all'inizio di maggio del 1944, la primavera scende come una benedizione sui pochi sopravvissuti al brutale inverno polacco, Abram Sacerdoti ha perso il trentacinque per cento del suo peso corporeo, ha la pelle grigia, le mani spaccate dai geloni, due costole incrinate per una manganellata, una piaga che non guarisce sotto il piede sinistro e come tutti soffre una fame tormentosa.

In previsione dell'arrivo di convogli dall'Ungheria diventa urgente ultimare il raccordo ferroviario che scaricherà i deportati sulla *Neuerampe* del gigantesco sottocampo Auschwitz II - Birkenau. Il lavoro di progettazione, pianificazione e controllo aumenta a dismisura e la Direzione delle costruzioni, che ha sede al margine settentrionale del campo, tra gli alloggi degli ufficiali e la villa del comandante, è costretta a individuare alla svelta tecnici specializzati. *Geodäten*, geometri.

Nella vita del campo, Abram non può aspirare a posizioni privilegiate, *Kapo* e *Unterkapo*, capo e vicecapo. Benché conosca il tedesco, cosa che lo rende prezioso nel suo *Kommando* di sterratori e scarriolanti, è solo un ebreo italiano. Meno di niente. E poi sono ruoli, quelli, che richiedono una ferocia che non gli appartiene e che non si improvvisa. Allo stesso modo gli è precluso l'accesso all'aristocrazia che lavora al coperto: carpentieri, elettricisti, idraulici, imbianchini. Sa anche di non essere un vero *Geodät*, un geometra in senso stretto, ma tenta comunque.

La mattina dell'esame si sente la testa vuota, però i candidati sono pochi, e l'ufficiale esaminatore ha cognizioni topografiche scarse, poca pratica e molta fretta.

Abram chiama a raccolta tutta la sua trigonometria e se la cava. Da questo momento la sua vita cambia. Gli assegnano un tavolo da dividere con un altro prigioniero. Un francese di Chartres passato da Drancy molti mesi dopo Raffaele. Un geometra vero, ma dal tedesco elementare, e ciascuno si ritrova con qualcosa di importante per la sopravvivenza dell'altro. Comunicano tra loro nella lingua franca del campo, impastata di polacco, yiddish, greco, russo, ungherese, francese, italiano. Poiché è severamente vietato insozzare i documenti della Direzione, ricevono una razione di sapone con cui hanno l'obbligo di lavarsi appena arrivati. Devono poi indossare manicotti di tela dal polso al gomito. Obblighi che sono privilegi. Più una rasatura supplementare a metà settimana e la sostituzione completa delle divise ogni quindici giorni. E poi in Direzione circolano civili, tecnici esperti di imprese specializzate nelle canalizzazioni e nelle costruzioni stradali, e civili significa cibo, e non è infrequente che qualcosa arrivi anche sul loro tavolo di reietti.

Abram smette di perdere peso, o lo perde più lentamente. Ha un aspetto meno cencioso e un odore meno ributtante, mettendosi così al riparo dalle selezioni per il gas. Trascorre la giornata a fare conti, quantificare materiali, trasformare in planimetrie e cartine i rilievi topografici di cui si occupa il compagno. La vita tumultuosa del campo gli si manifesta per frammenti misteriosamente sconnessi, ma tutti soggetti a misurazione. Baracche di legno 40,78x9,56 metri. Fabbricati 36x11,4 metri, con 17 finestre, 60 giacigli a tre piani. Costruzioni in muratura 36x4,5 metri con 90 rubinetti e 58 fori water. Magazzini, cucine, fabbriche di cannoni e componenti elettronici, un mulino. E dappertutto fare, fare, fare. Il ricordo di casa, per settimane chiuso al fondo della coscienza, torna a riaffacciarsi. Margherita, in un colore. Ester, in una parola. Giosuè. Staffilate brucianti. Ricomincia a immaginare anche Raffaele. Domanda in giro degli ebrei di Drancy. Crede di riconoscerlo nella sagoma di spalle di un altro prigioniero, ma ogni volta si sbaglia, e ogni volta l'errore gli conficca un chiodo nel petto. In tutto quel fare, che è anche un fare di carta, scopre poi che esiste una stamperia, e accanto alla stamperia addirittura un laboratorio per riparare le macchine da scrivere, e naturalmente un ufficio addetto alla censura della corrispondenza, e quindi scopre che la corrispondenza è possibile, per i detenuti ebrei nella misura di una lettera o cartolina postale ogni due mesi, in tedesco, su carta prestampata dalla tipografia del campo, ed è obbligatorio scrivere: *Ich bin gesund und fühle mich gut*, sono in salute e mi sento bene.

A metà giugno Abram riesce allora nell'impresa di scambiare mezza razione di pane per una cartolina postale. Cerca le parole per una notte intera, rigirandosi nel giaciglio coi piedi del compagno sul volto, dormendo niente, perso nell'incubo di voci della Babele a cui è condannato. Polacco, russo, francese, ungherese, yiddish. E tedesco, sempre tedesco. *Los! Schnell! Alles raus!* Parole-menzogna come *Arbeit macht frei*, il lavoro rende liberi, o *Morgen früh*, domani mattina, che qui significa *mai*. E tutte le infinite espressioni per non dire uomo. *Stück*, pezzo (quanti *Stücke* in arrivo? Quanti in una baracca 40,78x9,56?). *Häftling*, prigioniero. *Läusenfresser*, mangiapidocchi. *Rattenfresser*, mangiatopi. *Muselmann*, disperato, condannato, morto che cammina.

La mattina dopo raggiunge la Direzione delle costruzioni, si lava le mani col sapone, indossa i manicotti regolamentari e sulla cartolina scrive il nome di Margherita, l'indirizzo, la data, l'ora e un'unica frase: *Sono in salute e mi sento bene*. Poi chiede il permesso di inserirla tra la posta in partenza.

E così i giorni passano, e diventano settimane, fine giugno, luglio, e il tempo fa di lui, il prigioniero 174 562 – *Hundert Vierundsiebzig Fünf Hundert Zweiundsechzig* –, un vecchio, uno dei pochi con un numero sul braccio che risale tanto indietro. Non un saggio venerando come i polacchi dei ghetti, ma comunque una figura di rispettabile anzianità. Non come gli ebrei di Drancy, pochi, pochissimi, da non illudersi di ritrovare vivo Raffaele, ma quasi. Comunque un sopravvissuto, cioè una diversa specie di aristocratico, cui si deve il rispetto dovuto ai forti e la devozione superstiziosa dei miracolati.

Lui intanto continua con le misurazioni. Quando riesce a procurarsi una cartolina postale la spedisce a Margherita. La regola dei due mesi non è così tassativa. Scrive nome, cognome, indirizzo, data, ora, *Sono in salute e mi sento bene*. Nient'altro. La precisione dei conti e il tedesco fluente lo salvano più volte, ma lui non ha alcuna fiducia nel domani. Domani è *mai*.

Oggi, invece, *adesso*, mentre il pallido sole polacco del luglio 1944 asciuga i poveri corpi dei prigionieri, mentre nello *Zigeuner Familienlager*, il sottocampo riservato alle famiglie zingare, i bambini muoiono di noma, con le bocche in cancrena e le guance così sottili che ci si vede attraverso, e lui ancora una volta scrive il nome di Margherita su una cartolina postale che la censura non avrà motivo di bloccare, in questo preciso momento il prigioniero 174 562 vive.

Borgo di Dentro, agosto 1944

Risalendo di buona lena lo stradone, Gilla spinge a fondo sui pedali della bicicletta. I sandali si deformano nello sforzo, il sole è a picco sul cappello di paglia fermato da un nastro sotto il mento.

Cinque mesi che conosce Michele.

Quattro mesi dalla strage di cascina Benedicta.

Ricorda visi, dettagli, l'aria secca di montagna, il mare di castagni, il via vai al quartier generale dei ribelli. Un formicaio, pensa.

Dall'attaccatura dei capelli un rivolo di sudore ruscella lungo la schiena e si allarga sulla camiciola di cotone, disegnando una macchia a forma di uovo tra le scapole. La strada s'impenna e lei spinge un po' di più.

Quattro mesi e qualche giorno.

Un formicaio schiacciato con un colpo di tacco. Stivale nazista. Fascista. L'asfalto crepato la fa sobbalzare.

Troppa salita per pensieri così pesanti.

Alza gli occhi dal manubrio, intravede la svolta che, poco oltre, la condurrà al casolare abbandonato dove è diretta, il dispaccio in codice nascosto nel canotto del sellino. L'immagine del formicaio e dello stivale le disegna una ruga sulla fronte, il ricordo dei compagni superstiti come formiche che schizzano ovunque.

«Eppure adesso siamo qui» dice all'aria, al cielo, alle erbacce a bordo strada.

Giorni duri, dopo la strage, ma poi i sopravvissuti si sono ritrovati e nuovi ribelli si sono aggiunti. In due, tre, sette. Piccoli gruppi, per ridurre il rischio. Piccoli gruppi determinati: colpire e scappare. Senza tregua, che il nazista non dorma sonni tranquilli, che il fascista tremi a ogni passo. Piccoli gruppi ben nascosti: le colline intorno a Borgo di Dentro, quelle che Gilla vigorosa risale, sono un fremere di nascondigli, di covi, di tane ricavate dove si può, un fienile, un casotto in mezzo alle vigne, un essiccatoio per le castagne. Una ragnatela segreta che va snodandosi di continuo, alleggerendosi qui, infittendosi là, con le staffette come lei e Rosa Maria in perpetuo movimento. È un pensiero da far girare la testa, ma la ragnatela mutevole e misteriosa che Gilla percorre in bicicletta ha per lei, solo per lei, un centro immobile: il grande noce dove ha conosciuto Michele.

È lì che si incontrano ogni domenica alle 11. Lei va alla prima messa, poi sale nel bosco e raggiunge l'albero. Lui fa in modo di trovarsi a trascorrere la notte precedente nelle vicinanze.

«Domenica alle 11, Gilla, cascasse il mondo» dice.

«Gli Alleati sono a Roma» dice.

«Gli Alleati sono diretti a nord.»

E l'ultima volta: «Gli Alleati sono sbarcati in Francia, tra Cannes e Tolone. Tra poco saranno qui».

Adesso Gilla svolta in una strada bianca, stretta, polverosa, con rade bolle di frescura sotto voltoni di acacie fronzute. Allenta il nastro e lascia scivolare il cappello di paglia sul collo. Respira.

Non è tempo, questo, per l'amore. Così dicono.

Invidiosi, pensa lei.

Pedala tranquilla. *A Cannes ti ci porto* dice Michele nella sua testa. Si ferma, sistema di nuovo il cappello e riparte. Tra una domenica e l'altra, facendo su e giù con messaggi cifrati, pagnotte, munizioni e bombe a mano, si ripete ogni parola detta prima e dopo l'amore.

«Questione di poco, Gilla, e ti ci porto.»

Erano abbracciati, la guancia di lei nell'incavo tra collo e clavicola di lui. Guardando l'azzurro baluginare attraverso il fitto del noce, Gilla ha immaginato sabbia bianca e ricci di mare dal cuore sanguigno. «Quanto è *poco*?» ha bisbigliato.

«Settimane» ha risposto lui.

La strada adesso spiana, poi scende, e Gilla lancia la bicicletta lungo il pendio. «Settimane, settimane, settimane» ripete al pietrisco che nella corsa le ferisce i polpacci, all'erba dei fossi.

Si sbagliano.

Casale Monferrato, casa di Ester, settembre 1944

Di ritorno dalla spesa, Piera Bianchi in Fontana, per tutti "la vedova Fontana", tira fuori dalla cassetta delle lettere una cartolina postale in ottimo stato e regolarmente bollata. Il cuore prende a batterle a tamburo. Legge.

Fossoli nell'Emilia, 21 febbraio 1944

Rita carissima, qui stiamo bene e non manchiamo di nulla. Dividiamo un letto a castello in un camerone e sembra di stare alle colonie. Domani mattina si parte. Non so ancora per dove ma ti scriverò. Abbi cura di te e dell'amor mio Ester. Ti mando un triliardo di bacetti e per la streghetta un'ora intera di solletico, morsichini sul collo e operazioni con la virgola.

Tuo Abram (con nonno Giosuè)

La vedova Fontana stringe le labbra a fessura. Minuscole rughette disegnano una raggera iniettata di rosso. «Che il portalettere non sappia leggere?» si domanda stizzita. «Non ha visto che qui c'è scritto *Fontana* e non *Sacerdoti*?»

Sale le due rampe di scale trascinandosi dietro la sporta con il poco che la sua tessera annonaria, unita a quella della figlia Laura, garantisce. A nutrire Gianni, secondogenito della vedova e del capitano Gabriele Fontana, provvede la Guardia Nazionale Repubblicana.

Davanti alla porta, la donna ficca la cartolina in tasca, apre e abbandona la spesa appena oltre la soglia. Ha la faccia scura. «Laura!» urla.

Certo che il portalettere sa leggere, rimugina tra sé. Non farebbe il mestiere che fa, se non sapesse leggere.

«Lauraaa!»

La ragazza esce dal bagno con un telo avvolto sulla testa.

«Sei fissata coi capelli! Sbrigati. Metti via questa roba» dice accennando alla spesa. «Tra poco *quella* arriva. Io intanto mi cambio.»

Quella è la domestica a ore che il partito le ha assegnato per onorare il servizio prestato da suo marito, il capitano Gabriele Fontana, prima in Abissinia, poi in Spagna e poi in Russia. Ma la vedova Fontana non si fida. Per questo fa la spesa da sola, o al massimo si fa aiutare da Laura, e tiene tutto sottochiave, farina, cipolle, zucchero, uova, carote, olio, persino la segatura. E controlla di persona che le bucce delle patate siano abbastanza sottili e non si esageri col condimento nel soffritto.

Mentre la figlia sparisce con la borsa in cucina, lei raggiunge la camera matrimoniale. Toglie la camicetta, sfila la gonna e dalla tasca spunta fuori la cartolina. La vedova Fontana la sbatte sul ripiano del cassettone. «Fontana, non Sacerdoti!» brontola ad alta voce.

«Come dici, mamma?»

La vedova Fontana ritiene deplorevole il fatto che i portalettere conservino memoria del passato. Più che deplorevole: offensivo. Questa cartolina è un'intromissione indebita, se non un affronto. Ne parlerà con chi di dovere. Toglie gli orecchini, infila la veste da casa, si controlla allo specchio del comò. Alla sua età, quaranta quasi cinquanta, bisogna *tenersi*. Il riflesso della tappezzeria giallo uovo *sbatte*, pensa. E detesta anche il ripiano di marmo fiammato. Afferra la cartolina e se la porta appresso in salotto. «Hai finito?» urla alla figlia. «Guarda che tra un attimo *quella* ce la troviamo tra i piedi.»

Si accomoda al tavolo. Da un cofanetto di radica tira fuori un pacchetto ciancicato e una scatola di fiammiferi. Conta le sigarette rimaste. Meglio nascondere anche queste, pensa. Ne accende una e la porta alle labbra rosse come le unghie. Ci tiene a essere a posto, anche in casa. Soprattutto in casa.

«Ho sistemato. Quella cos'è?» dice la ragazza accennando alla cartolina.

La vedova Fontana sputa fuori uno sbuffo di fumo, appoggia la sigaretta al posacenere, afferra la cartolina. «Niente» risponde. Poi rilegge. *21 febbraio 1944*. Conta sulle dita. Sei mesi. Tanti? Pochi? L'ultima lettera del capitano Gabriele Fontana è datata 28 dicembre 1942. Venti mesi prima. Sei mesi dall'Emilia, venti mesi dal fronte russo, almanacca tra sé.

«Di chi è?» domanda Laura sciogliendo il telo. I capelli umidi le ricadono sulle spalle come serpi indisciplinate. Non dimostra i suoi diciotto anni.

«Niente, ho detto. Asciugati che ti viene un accidente.» La vedova Fontana straccia la cartolina a metà e ancora a metà, poi getta i frammenti sul pavimento. La figlia fa per raccoglierli.

«Lasciali lì. Che si guadagni la paga.»

L'appartamento che le ha assegnato il partito per i meriti del capitano Fontana in Libia, Albania e Grecia, e anche un po' per i meriti del figlio Gianni sedicenne volontario per la Repubblica; l'appartamento che era stato della famiglia Sacerdoti è decisamente più piccolo di quello milanese a cui la vedova Fontana era abituata, prima che una bomba americana da quattro tonnellate lo squarciasse in due.

«Già questo buco non è granché, almeno che sia in ordine» dice portando di nuovo alle labbra la sigaretta. «In fondo tuo padre potrebbe tornare da un momento all'altro.» Riserva un'occhiata rancorosa ai dorsi verdi e marroni dei libri che ancora non si è decisa a buttare. Poi solleva sulla ragazza lo sguardo nero di mascara sbriciolato. «E anche tu, diosanto, con quei capelli! Non vorrai farti trovare così!»

«Matta. Sei completamente matta» dice la figlia. Poi raccoglie i frammenti della cartolina di Abram Sacerdoti e se li mette in tasca.

Sequestro di beni di proprietà ebraica
da parte della Prefettura provinciale

Periodo considerato: marzo-dicembre 1944
N° decreti: oltre 600
Soggetti interessati: 353
Beni sequestrati: libretti postali, libretti bancari, proprietà immobiliari o frazioni, terreni agricoli, una serra per fiori, dodici palchi a teatro, dieci anticipi per comunicazioni interurbane, tre apparecchi radio, due letti senza rete, tre fienili, duecentonovantadue paia di scarpe, un pianoforte vecchio, una cappellina, un pezzo di fodera, un pezzo di iuta, una medaglietta di metallo dorato, un ciondolino, un pendaglio.

Autunno polacco

L'autunno polacco ha zanne affilate. Sotto raffiche tese di vento polare, il tempo dell'appello si dilata fino allo svenimento. Chi è nuovo, chi non ha già sperimentato l'inverno in lager ancora non sa, e vaga con gli occhi pieni di terrore, la stessa camicia, gli stessi calzoni, gli stessi zoccoli estivi.

Abram ricomincia a perdere peso. Il tepore accumulato al chiuso della Direzione delle costruzioni non lo salva dalla zuppa gelida, dagli spifferi notturni, dalle piaghe, dalle labbra fessurate a sangue, dalla fame.

Passando le settimane, gli risulta meno oscura la topografia del campo. Dei campi. *Arbeitslager. Nebenlager. Aussenlager.* Campi di lavoro, sottocampi, campi esterni. Sulle carte, ormai individua al volo il magazzino delle patate, la forca per le esecuzioni collettive, l'ospedale riservato alle SS, i binari, le miniere, le fabbriche, i fiumi Wisła e Soła, le fosse di incenerimento dei cadaveri che non passano dal crematorio. Dei crematori conosce molte cose: la posizione, le misure, la struttura dei carrelli per il trasporto dei corpi, persino la dimensione del fornello che una ditta fornitrice ha proposto all'attenzione della Direzione delle costruzioni: 60x75 cm. Più che sufficiente, non utilizzando bare. Scrive sempre cartoline postali a casa, *Ich bin gesund und fühle mich gut*, ma non gli capita più di scorgere Raffaele, e non per smemoratezza o disamore, ma per economia di energie.

A Casale Monferrato – Dividersi

All'inizio di ottobre la caldaia dell'istituto Nostra Signora di Lourdes smette di funzionare e nel giro di poche ore l'autunno prende possesso delle camerate, della stanza del cucito, dell'aula di catechismo, della cappella e del refettorio. Tre giorni dopo, di prima mattina, un operaio con una grossa cassetta di attrezzi in spalla varca il portone, raggiunge la caldaia nel sotterraneo e si mette all'opera. Non è passata mezz'ora quando Ester, che ciondola annoiata nei pressi delle cucine, viene incaricata di portargli una fiaschetta con un po' di vino e un bicchiere.

Felice di aver finalmente qualcosa di interessante da fare, la bambina si guarda bene dal tirarsi indietro, anche se non le sarebbe permesso avere contatti con estranei. Settimana dopo settimana, la disciplina dei primi momenti è andata allentandosi. Al sicuro con la mamma nel ventre accogliente dell'istituto, nazisti e soldati fascisti hanno per lei la medesima natura immaginifica degli orchi nelle favole. Entità altre, certamente esistenti e spaventevoli se le hanno portato via papà e nonno, ma lontane da questi corridoi, da questi grembiuli tutti uguali, da questo confortevole odore di patate lesse e incenso. Di buon passo raggiunge quindi il sotterraneo. «Vi ho portato da bere» dice al caldaista. Appoggia il vassoio su una panchetta e siede. L'uomo solleva lo sguardo dal macchinario, frega le mani in uno straccio e si accomoda accanto a lei. «Grazie» dice.

«Prego» fa Ester versandogli un po' di vino.

L'uomo lo butta giù in un sorso. «Quanti anni hai?»

«Nove. È molto rotta?» chiede lei accennando alla caldaia.

«È molto vecchia» risponde lui.

«Ma l'aggiusterete, vero? Fa un freddo...»

L'uomo non risponde e torna al lavoro. Con una chiave stringe un bullone.

Ester non ha intenzione di andarsene. «Avete già individuato il problema?»

«Che paroloni per un'orfanella di nove anni.»

«Non sono un'orfanella.»

«No?»

«No. Solo... abito qui.»

«Mmh» fa l'uomo contraendo l'occhio destro. Riprende ad armeggiare. Con una specie di grossa siringa appiccicosa inietta nel macchinario qualche goccia di olio nero, poi raccoglie l'eccesso ruotando il pollice intorno alla macchia. «E da quanto abiti qui?» domanda.

Ester ci pensa. «Sette mesi» risponde.

«Mmh.» L'occhio si contrae ancora. L'uomo si asciuga le dita unte. «E ti trovi bene?» le domanda.

«Io e la mamma abbiamo una stanza tutta per noi.»

«Mmm.» La contrazione si ripete più volte, Ester non può fare a meno di notarla e distoglie lo sguardo. Non è buona educazione fissare qualcuno in preda a un tic. L'uomo però non sembra turbato. Sgancia un blocchetto metallico dall'aspetto incrostato e lo posa a terra. Poi si inginocchia. «E prima dove abitavate?» domanda guardandola da sotto in su.

La bambina glielo spiega.

«Mmh. Mmh. Mmh» fa di nuovo l'uomo. La contrazione, fulminea, gli deforma tutta la parte destra del volto, fino alla narice e al labbro superiore. Un dente giallastro lampeggia. «Reggi qui» dice lui porgendole un cacciavite.

Ester si accuccia accanto a lui. Lo guarda estrarre dalla cassetta degli attrezzi uno spazzolino di ferro e cominciare a raschiare il blocco. Le torna in mente suo padre quando aggiustava le cose. «Sono una buona aiutante» dice.

«E come ti chiami, buona aiutante?»

«Pellegrini Francesca.»

«Bene, Pellegrini Francesca, adesso ridammi il cacciavite.»

La bambina ubbidisce. Osserva l'uomo alle prese con quattro viti alle quattro estremità del blocco, che in un attimo si apre come un frutto. «Adesso tieni sia il cacciavite che le viti. Non le perdere, eh! Vediamo se sei davvero una buona aiutante.»

«Aiuto sempre mio papà» risponde lei.

«E lui non è qui, però.»

«Nooo» fa Ester ridendo. «Qui ci possono abitare solo femmine.»

«Mmm.» L'uomo prende un gran respiro. Ester prova una piccola pena. Deve essere molto stancante un tic del genere, pensa.

«E come si chiama tuo papà? Magari lo conosco. Questa è una piccola città.»

«Abram...»

Ester si interrompe, stringe i pugni, avvampa. Le viti le pungono il palmo.

«Mmm» fa l'uomo.

«Si chiama Ludovico Pellegrini. È nato a Napoli il 30 gennaio 1902. Di professione geometra» dice lei a valanga.

L'uomo non risponde né la guarda. Continua a strofinare le incrostazioni. Una bambina ebrea sono mille lire, pensa. Un'adulta, cinquemila. Due adulti... «Di Napoli non conosco nessuno» dice poi.

La conversazione con l'operaio della caldaia le ronza dentro come un insetto e allora Ester corre a cercare la madre e le racconta tutto. Margherita impallidisce.

Al tavolo della stanza con la Madonna di Lourdes, la piccola donna anziana che dirige l'istituto si fa ripetere tutto parola per parola, cosa ha detto il caldaista, cosa ha risposto Ester. Una volta, due, tre, finché la bambina scoppia a piangere. La donna si porta una mano al petto. «Ci penso io, intanto fate i bagagli» intima.

Verso sera sono di nuovo tutte e tre nella stanza con la Madonna di Lourdes. Solo che, in un angolo, ci sono anche due contadine corpulente, con i cappotti indosso, pesanti fazzolettoni di lana in testa e mani che stringono borse troppo capienti per essere alla moda.

«La signora Giovanna Ferrari e la signora Maria Re» dice la vecchia. Le due chinano il capo in segno di saluto. «Margherita, tu andrai con la signora Re.»

Ester prende a respirare a piccoli sbuffi. Lascia scivolare a terra la valigia di cuoio rosso che la madre ha preparato per lei. Dentro ci sono i suoi vestiti, il sacchetto di damasco verde, la boccetta di sciroppo, i documenti falsi e una lettera che la madre ha firmato *Margherita Moretti*. La signora Giovanna fa un passo in direzione della bambina, che si ritrae. Margherita allora la fa sedere, le siede di fronte e le prende le mani. «È il momento di essere coraggiosa» dice.

Ester scuote il capo.

La piccola donna anziana le si avvicina, le mette una mano su una spalla. «Ti troverai bene. La signora Giovanna è un cuor d'oro.»

Sulla sedia Ester trema, le labbra, le lacrime tra le ciglia, il petto, le mani nelle mani di Margherita. «Ci rivedremo presto, bambina mia, te lo prometto. Appena non ci sarà più pericolo verrò a prenderti. Hai capito? Verrò a prenderti. Tu intanto fai come ci siamo detti. Me lo prometti? Me lo prometti, *Francesca*?»

La bambina annuisce. Ha capito. Non sbaglierà più. Lei si chiama *Francesca Pellegrini*. La mamma si chiama *Margherita Moretti*, il papà *Ludovico Pellegrini*, il nonno *Pietro Pellegrini*. Non sbaglierà mai più.

«Forza» dice la piccola donna anziana, «è già molto tardi.» Margherita stringe a sé la bambina e le mormora all'orecchio: «Verrò a prenderti».

Margherita raggiunge il paese di Sala Monferrato e l'abitazione della signora Maria Re a tarda notte, sotto una luna di gesso, sfidando il coprifuoco. La casupola è appena fuori dal centro abitato. Si intravedono un orto e una vigna che corre sul pendio. Ad aspettarle ci sono un marito zoppo e due ragazzini poco più grandi di Ester, che da quel momento hanno l'ordine di chiamarla *zia*, di non parlare di lei con nessuno mai e per nessun motivo (pena punizioni di biblica ferocia), di trasferire le loro cose nella camera da letto dei genitori (dove d'ora innanzi dormiranno) mentre *zia Margherita* prenderà possesso della loro stanza.

Ester invece arriva a destinazione solo il giorno dopo, sul far della sera. La signora Giovanna Ferrari preferisce trascorrere la prima notte a casa della sorella, che è di strada, e raggiungere la cascina sulle colline di Mombaruzzo con calma, godendo del panorama autunnale e dell'inattesa liberazione dalle furibonde incombenze che costituiscono la sua vita quotidiana.

È una gran chiacchierona, prende per mano la bambina, nell'altra mano regge sia la sua borsa che la valigia di cuoio rosso, e camminando le racconta per filo e per segno ciò che la aspetta. La cascina col fienile e la stalla, il noccioleto che scende fino a un torrente pieno di pesci, le vigne che in questa stagione sono gialle, la vacca col vitello, i conigli nelle gabbie, le galline nel pollaio, i tre gatti formidabili cacciatori di topi, tordi e bisce, un cagnolino che si chiama Pin, vecchio come Matusalemme e mezzo cieco, il padre e la madre della signora Giovanna che si chiamano Luisa e Felice, il marito della signora Giovanna, e padre dei loro figli, che si chiama Stefano, una bambina di quattro anni che si chiama Luisa come la nonna, un bambino di sei che si chiama

Felice come il nonno, un ragazzino di tredici che si chiama Fausto come l'altro nonno che però non c'è più.

Ester la ascolta solo a tratti. Non sbaglierò mai più, ripete a se stessa. Cammina svelta. Sulle strade bianche e sulle scorciatoie che tagliano i declivi non perde un passo.

«Brava, bambina!» esclama ogni tanto la signora Giovanna, poi riprende la chiacchiera. Dice che in tutto i suoi figli sono cinque. Anzi sette contando i due che sono morti che neanche ancora camminavano, uno di morbillo e l'altra non si sa, neanche il dottore l'ha capito, una febbre fortissima che non scendeva né di giorno né di notte. Comunque cinque sono vivi, perché oltre a Luisa, Felice e Fausto ci sono anche due ragazzi più grandi che stanno coi ribelli. Si chiamano Andrea come uno zio che non c'è più e Filippo come la nonna Filippa, che anche lei non c'è più. In casa ci sono anche delle armi, due pistole, due fucili mitragliatori e quattro bombe a mano, ma tutto ben nascosto in cantina, e comunque di questo Ester meno ne sa e meglio è. «Perché da noi c'è sì la repubblica partigiana» dice, «ma non si sa mica se dura.»

Ester non ha idea di cosa sia una *repubblica partigiana* né le interessa. Il fiume di parole della signora Giovanna la trasporta come acqua gelida nell'aria tagliente, e via via che si allontana da casa lei sente che la materia morbida e calda di cui sono fatti i muscoli e la pelle si va indurendo e si fa scorza, e che il suo corpo di legno corre sui flutti. I gioielli che la madre ha cucito in tutta fretta nella fodera del cappotto le picchiano addosso come sassolini sballottati dalla corrente.

«Brava, bambina. Cammini come un uomo!»

Raggiungono infine la cascina, la corte, la cucina, le scale, la camera che condividerà con Luisa bambina e Felice bambino, e di nuovo la corte, la stalla, il fienile, la vigna bianca alla luce lunare, e a quel punto Ester sente che il petto è un tronco e le gambe, le braccia, le dita sono rami nudi, esposti al vento ma insensibili al freddo e alla tempesta. Non risponde alle domande della signora Giovanna né a Felice bambino né a Luisa bambina. Le parole che si formano nella sua testa non trovano più la strada. Le parole, dentro di lei, gonfiano come bolle, e scoppiano.

Una quindicina di giorni dopo è il finimondo. Dalla pianura colonne di soldati tedeschi della Wehrmacht e italiani della Guardia Nazionale Repubblicana e della Brigata Nera di Alessandria risalgono a pettine le colline. Il figlio maggiore della signora Giovanna si precipita a casa per recuperare le armi. La signora Giovanna decide che la bambina è in pericolo, che riportarla all'istituto a Casale è troppa strada e troppo rischio, che la cosa più sicura è metterla direttamente nelle mani del vescovo, il vescovo di Acqui Terme, non quello di Casale. Da lì, col treno, sono pochi minuti.

Il figlio maggiore della signora Giovanna dice: «Vado io, voi intanto calate le armi nel pozzo asciutto».

La strada dalla cascina alla stazione è breve, il ragazzo ha la stessa presa salda della signora Giovanna, la valigia di cuoio rosso oscilla come se a portarla fosse un gigante. Il binario dà su un incolto grigio di rovi, la banchina è affollata. Anche di soldati, a pattuglie di tre o quattro, che fermano i passeggeri e controllano i documenti. Per età e abbigliamento, il ragazzo non può passare inosservato. Ce l'ha scritto in faccia che è un ribelle. Cerca un angolo defilato, ma la stazione è piccola e i soldati sempre più vicini. Il treno intanto arriva. Aiuta Ester a salire e la segue a bordo. Dal finestrino si accorge che una pattuglia l'ha individuato e due militari si preparano a salire. Si guarda intorno. C'è un giovane prete, solo, col breviario tra le mani. Gli sguardi si incrociano, il ragazzo rischia. «Si chiama Francesca, non parla ma capisce tutto, qui ci sono le sue cose, il vescovo la aspetta» dice.

Ester lo guarda con gli occhi sgranati.

«Buona fortuna» le dice lui, poi a grandi passi si avvia verso l'uscita opposta a quella da cui sono saliti.

Il sacerdote resta in silenzio. Si affaccia al finestrino, vede il ragazzo farsi strada tra le sterpaglie, vede la pattuglia segnarlo a dito, inseguirlo, e intanto il treno si rimette in marcia.

«Siediti qui, Francesca» dice alla bambina, poi riprende a leggere il breviario.

Superano la stazione di Acqui Terme. Il sacerdote non smette di leggere. Superano altre stazioni più piccole, poi quella di Borgo di Dentro, risalgono l'Appennino, boschi di castagni, altre stazioncine.

«Tra poco si vede il mare» dice il prete.

Ester solleva lo sguardo.

Scendono alla stazione di Genova Sampierdarena.

Secondo inverno in montagna

Nell'autunno del 1944 gli Alleati sono a Firenze, a Lucca, a Pistoia, a Rimini, a trenta chilometri da Bologna, ma fermano l'avanzata e decidono di attaccare la Germania ai fianchi e di andare a vincere la guerra da un'altra parte. Il comandante dell'esercito alleato in Italia, generale Harold Alexander, lo comunica ai ribelli per radio il 13 novembre: «Cessare le operazioni». E anche: «Attendere nuove istruzioni».

Nei distaccamenti ricostituiti dopo il massacro di cascina Benedicta le sue parole suonano a morto. Un secondo inverno in montagna non è da tutti, e chi non se la sente torna a valle e s'intana come può.

Michele si occupa di chi resta. Si muove tra le bande di ribelli armato solo della borsa da medico e di una magra scorta di medicine. Scende spesso a Borgo di Dentro, s'intrufola all'ospedale, con la complicità del responsabile fa incetta di sulfamidici per le affezioni bronchiali, di sciroppo per il catarro e di antiparassitari per le piattole. Progetta un'incursione nell'ospedale tedesco allestito dentro la scuola elementare, ma le voci delle torture nei sotterranei lo dissuadono. Gilla contribuisce con quello che raccatta in giro. Il calzolaio Achille Ferro le ha assegnato un incarico aggiuntivo: distribuire nelle cascine copie del foglio clandestino "Il ribelle", ciclostilato in una stamperia di cui neppure lei, per sicurezza, conosce l'ubicazione. La domenica mattina alle undici lei e Michele si incontrano sempre al noce. Lui è sempre puntuale, Gilla ha riparato l'orologio del nonno. Che gli ordini del generale Alexander siano una tragedia lo capiscono, ma solo con la testa. Che l'inverno farà strage. Che la guerra è quasi vinta, ma in fondo bisogna arrivarci vivi. Con la testa, non col cuore. Il cuore corre alla primavera prossima ventura, all'estate della pace. «A maggio ti porto davvero al mare» le sussurra lui mordicchiandole il lobo dell'orecchio. «A maggio, a giugno, a luglio.»

Ad Auschwitz – Disfare

Abram Sacerdoti si era accorto che qualcosa stava cambiando già all'inizio di agosto, quando sulla Direzione delle costruzioni erano ricadute incombenze relative allo sgombero del *Zigeuner Familienlager*, i cui immondi abituri sarebbero serviti per ospitare temporaneamente ebrei destinati ad altri campi. Che campi?, si era domandato allora. E anche settembre era stato mese di depositi svuotati e baracche smontate e ricostruite altrove, lontano.

A novembre, il cambio di passo. Il gelo fa saltare tubazioni ma, sorprendentemente, non è più necessario stilare la lista dei materiali necessari alla riparazione. E gli ordini sono così chiari e perentori che la loro eco raggiunge anche il tavolo dei due *Geodäten* giudei. Bloccare i progetti di ampliamento. Tutti. Fermare le camere a gas. Smontare i locali tecnici delle camere a gas e poi quelli dei crematori II e III. Svuotare le trenta baracche del Kanada, il magazzino dove sono riposti e catalogati gli effetti personali dei deportati. Trasferire subito scarpe, cappotti, pellicce, medicinali, cinture, cappelli, valigie, tutto in Germania. Organizzare i prigionieri in convogli diretti in altri campi. Quali campi?, si domanda di nuovo Abram, ma questa volta conosce la risposta. Lager distanti dal fronte, Buchenwald, Flossenbürg, Ravensbrück, Dachau, campi lontani dall'Armata Rossa che guadagna terreno sul fianco orientale della Grande Germania. Disfare tutto, insomma, e alla svelta.

Abram sente la paura dei tedeschi. Ne gode. Ne è terrorizzato. La loro paura è la nostra condanna, pensa. Il campo deve sparire. Lui e tutti i prigionieri devono sparire. A metà gennaio 1945 la dismissione si fa convulsa. Uno speciale *Kommando* è incaricato di eliminare i resti umani dalle fosse di cremazione, i crematori ancora attivi vengono fatti saltare, i prigionieri incolonnati, si parte a piedi, poi si vedrà. L'ordine di evacuazione è tassativo, vale per tutti, anche per quelli finora esonerati, anche per i due *Geodäten*. Il suo compagno si è già avviato. Abram non si fida. Marciare sì, ma per quanto tempo? E il cibo? Non ha sentito parlare di viveri, *Lebensmittel*, né di acqua, nulla al riguardo. Finché può, tergiversa nei locali della Direzione, nel trambusto si finge occupato. Il suo compagno a quest'ora è già lontano. Le ultime colonne sono prossime alla partenza, anche quella a cui Abram è destinato. Solo i malati restano nelle baracche infermeria. Sospetta che i tedeschi vogliano farne strage prima di abbandonare il campo. Intanto li guarda ammassare fotografie, pellicole, documenti. Consulta la mappa che ha sottratto nel parapiglia. Si concentra sul garage dei mezzi motorizzati, vuoto da tempo. Agguanta una manciata di fogli, li infila sotto la camicia e si dirige là.

Ester contenta

Da quando il Paese è in guerra, e soprattutto da quando i tedeschi occupano la città, all'arcivescovado di Genova affrontano le situazioni complicate con marmorea segretezza e piglio risoluto. È senza troppe formalità quindi che si trova alla svelta una sistemazione per Francesca Pellegrini in un collegio gestito da suore a qualche chilometro dal centro, sulla riviera di levante.

Dalle finestre della camerata a cui l'hanno assegnata si vede il mare. Ha imparato nomi nuovi. *Boccadasse. Levante. Tigullio.* Scopre che guardare fuori le allevia la malinconia. Ripensa a Sandokan, alle tigri di Mompracem, alla Perla di Labuan, alla grande balena che ha inghiottito Geppetto e Pinocchio. Torna piccola. Si racconta silenziosamente le storie come se gliele leggesse nonno Giosuè. Le stesse parole, le stesse voci, le espressioni. Quando poi il cielo è pulito e la superficie scintillante, e l'orizzonte le si dispiega davanti immenso e placido, la promessa di sua madre – «Verrò a prenderti» – le pare prossima a realizzarsi. Ripete allora nella mente declinazioni e coniugazioni, oppure ricostruisce l'appartamento che hanno lasciato, la camera matrimoniale, il salotto in ogni dettaglio, come faceva sulla panchetta a listelli di legno. Come piace alla mamma. Così facendo, l'incantesimo si compie e Ester la sente accanto, sul bordo del letto, mano nella mano.

Le giornate intanto passano scandite dalle preghiere, dalle messe, dalle pulizie delle camerate, dai tre pasti frugali. Molto frugali. Novembre è freddo, ventoso, azzurro. Ester impara i nomi delle suore sorveglianti e delle più rumorose tra le sue compagne. A dicembre comincia l'Avvento e lei impara canti e speciali preghiere natalizie. Anche se non emette suono, si sforza di memorizzarle. Capodanno è il sesto dall'inizio della guerra. Il 2 gennaio 1945 qualcuno in arcivescovado decide di trasferirla. Non perché sia una bambina difficile, non perché non ci sia verso di cavarle mezza parola, ma perché la pace è ancora lontana e il cibo sempre più scarso.

«In campagna non c'è il mare ma c'è il salame!» dice infatti l'emissario del vescovo incaricato di accompagnarla in treno all'istituto di Borgo di Dentro.

È un ometto piccolo, rubicondo e pacifico, con un sorprendente completo a scacchi sotto un cappotto cammello che gli sfiora le caviglie. Afferra la valigia di cuoio rosso che, per la terza volta in tre mesi, qualcuno ha riempito con i vestiti di Ester, i documenti falsi, il sacchetto di damasco verde, la boccetta di sciroppo e la lettera firmata *Margherita Moretti*. «Chiamami *zio Carlo*» dice cospiratorio. Sul lungomare, il manico della valigia scompare inghiottito dalla manica troppo lunga.

Raggiungono la stazione con calma. Molta calma. Prima un tram, poi un altro tratto di lungomare a piedi, poi un cartoccio di castagne arrosto. «*Pour la route*» dice *zio Carlo*, ma siede su una panchina fronte mare e le castagne finiscono in un lampo.

È la volta di un secondo tram, che li deposita però troppo avanti, per cui devono tornare indietro. Lui non si scompone. «Non ci corre dietro nessuno» dice. E anche: «Cosa c'è di meglio di una bella passeggiata». Compra un cartoccio di semi di zucca per sé e uno per Ester. Posa in terra la valigia e mangia anche quelli. Non sembra turbato quando incrociano pattuglie di militari in divisa col mitra sull'anca. Ester ha l'impressione che neppure li veda. «Hai sete?» le dice davanti a una latteria. Non aspetta risposta, entrano, lei beve un bicchierone di latte, in due enormi bocconi lui svuota uno scodellino di panna.

Arrivati in stazione, scoprono poi che la linea ha subito danni per via dei bombardamenti ed è possibile, ma non certo, che ci sia da fare un trasbordo su altri mezzi. Che l'orario è approssimativo. Che il binario potrebbe cambiare. Che il treno diretto a Borgo di Dentro potrebbe essere in ritardo, in anticipo, deviato o soppresso.

«Quando arriviamo, arriviamo» dice *zio Carlo* adocchiando un chiosco molto triste, ma da cui riesce comunque a ricavare due grossi quadrotti di cotognata.

Finalmente a bordo, Ester, sazia, capisce che il convoglio è lo stesso che l'ha portata a Genova, ma viaggia in senso opposto, cioè verso casa.

«Ooooh, finalmente un sorriso. Sei contenta, eh? To', prendi una caramellina all'anice» dice *zio Carlo*.

Auschwitz, 27 gennaio 1945

A considerare la questione dal punto di vista dei soldati russi, la prima cosa è l'odore stomachevole degli escrementi e dei cadaveri in putrefazione. Peggio dei villaggi devastati che hanno riconquistato casa per casa. Peggio delle isbe coi vecchi rincretiniti che dormono insieme alle bestie. Peggio del tanfo nelle trincee. Peggio del peggio che è capitato loro di incontrare in questi anni terribili.

La seconda cosa è il silenzio, come di vetro denso, stupefacente in un luogo costruito per ammassare umani. Torrette, filo spinato, fabbricati, lavatoi, strade, finestre e porte in perfetto silenzio. Tanto che, sulle prime, i soldati russi pensano di trovarsi davanti a uno sterminato cimitero.

La terza cosa è l'improvviso stridere di zoccoli sul terreno gelato. Un paio, due, tre. Articolazioni nude, bluastre. Stracci al vento. Occhi vuoti. Tanto che, sulle prime, i soldati russi pensano di trovarsi alle porte dell'inferno.

Anche Abram lascia il giaciglio che si è costruito nell'angolo più remoto del garage. Un materasso, un cuscino vero e quattro coperte. Giaciglio da re, se solo ci fosse una stufa.

Si affaccia a un finestrino, si rinchiude nelle quattro coperte e così combinato esce all'aperto. La neve gli ferisce gli occhi abituati alla semioscurità. Mette a fuoco con estrema lentezza. Nessun *Kommando* ha portato via i morti, pensa.

Mucchi di morti accatastati. Vede topi, corvi, altri prigionieri macilenti. Ragiona con estrema lentezza. Malati, pensa. Difterici, tubercolotici. Malati che non sono stati assassinati dai tedeschi. Si stringe nelle sue quattro coperte. Oltre il reticolato, i russi sono cappotti lunghi fino alle caviglie, guanti, copricapi di pelo, uno sbuffo di fumo bianco da labbra bianche di grasso luccicante. Non prova nulla. Tutto continua a essere molto lento. Ha sete, porta una mano al terreno, impiastra il palmo nella mota biancastra e lecca.

Sei giorni prima, quando il silenzio di vetro si è impadronito del campo, si è avventurato nell'ospedale delle SS dove, oltre alle coperte, al cuscino e al materasso, ha trovato un barattolo di asparagi in salamoia e una confezione di carne in scatola. Mangiare da re. Adesso da quattro giorni non tocca cibo. Non sente più il piede sinistro. Ha le allucinazioni. Vede Margherita, parla con Giosuè. A sprazzi si rende conto che sono allucinazioni. Ma nei loro cappotti rigidi e scintillanti come armature i russi gli sembrano veri. Infila una mano nella camicia e ne tira fuori la manciata di fogli sudici. "Guardate qui" urla in silenzio. "Guardate cos'è questo posto."

Domenica di sangue

Alle otto di domenica 4 marzo 1945 reparti della Wehrmacht e squadre fasciste circondano Borgo di Dentro. Avanzano casa per casa coi cani al guinzaglio, a caccia di ribelli, volantini, giornali proibiti, armi. Fermano le donne di ritorno dalla prima messa, le perquisiscono senza tanti complimenti, frugano tasche e borsette. Nella bottega di Achille Ferro trovano decine di copie del foglio clandestino "Il ribelle" e una cassetta di munizioni, per cui lo arrestano, lo portano al comando e subito dopo nei sotterranei dell'ospedale, dove ci sono le stanze di tortura.

In quel momento Gilla risale di corsa la strada che conduce a cascina Leone. In casa non c'è nessuno. Nel fienile, dietro una finta parete di assi, decine di fucili mitragliatori. Filippo Leone, membro del CLN e zio di Rosa Maria, è arrivato poco prima e ha messo in salvo la famiglia nel folto del bosco. Gilla segue alla lettera le sue istruzioni. Entra in cucina, dentro il barattolo del sale trova un messaggio cifrato, lo infila in tasca e imbocca il sentiero che porta al grande noce. Incontrerà Michele – come ogni domenica alle undici –, gli racconterà cosa sta accadendo al Borgo di Dentro e gli consegnerà il biglietto con l'ordine di portarlo *immediatamente* al distaccamento più vicino. L'amore un'altra volta. Questi gli ordini.

Michele ha passato la notte nel solaio di una cascina a qualche chilometro da Borgo di Dentro. Alle otto la figlia piccola dei contadini si presenta sulla porta con un cartoccio. «Per colazione» dice porgendoglielo. Non ha più di cinque anni, i capelli sporchi e arruffati, un paio di croste sotto le narici, una camiciola rattoppata e i piedi infilati dentro due voluminosi calzettoni di lana infeltrita.

«La mamma ha scaldato il latte» aggiunge.

Michele guarda nel cartoccio. Dentro ci sono una pagnotta scura e un pugno di nocciole. Dalla borsa tira fuori una fiaschetta metallica. «Puoi dirle di metterlo qui?»

La bambina annuisce ma non si muove né afferra la fiaschetta.

«Vuoi dirmi ancora qualcosa?»

Dalla tasca della camiciola lei tira fuori uno scatolino di legno scuro. «Tieni» dice, «te lo regalo.»

«Per me?»

La bambina si guarda le punte dei calzettoni. «La mamma dice che tu mi hai regalato lo sciroppo.»

Michele sorride. Lo scatolino ha una minuscola serratura dorata. La fa scattare e una ballerina di legno alta quanto un fagiolo si alza sulle punte.

«Però è rotto» dice la bambina.

«È un bellissimo regalo.»

«Sì, ma non suona, è rotto» insiste lei.

Michele le si accuccia accanto. «Facciamo così. Questo regalo me lo tengo per un po', ma solo per un po'. Ho un'amica che forse è capace di aggiustarlo. Magari ci riesce e allora te lo riporto, va bene?»

Alle nove e mezzo, al coperto del bosco di castagni, Gilla avanza in fretta su una pappa di neve sciolta e foglie vecchie. Poco dopo raggiunge la radura. La primavera stenta ad arrivare, ma il grande noce sembra non accorgersene e pompa linfa dalle radici lungo l'enorme fusto spaccato in due, fino ai rami alti, alle minute, verdissime foglioline trafitte dai raggi del sole. Budapest è in mano ai russi, Dresda rasa al suolo, la guerra non durerà per molto e gli ultimi giorni sono i più pericolosi, pensa Gilla riprendendo fiato. Fa due passi intorno all'albero, poi s'infila sotto la chioma e si accomoda sulla radice piatta come una panca. Il respiro torna naturale. Sono le dieci e dieci. Sa che Michele è sempre puntuale e si dispone ad aspettare.

Alle dieci e dieci, un fuoristrada e un camion telonato si presentano cascina Leone. Quattro soldati tedeschi entrano in casa a mitra spianato. Mezzo minuto dopo, uno di loro si affaccia da una finestra al primo piano e fa segni al fuoristrada. L'ufficiale lascia l'abitacolo, raggiunge il centro dell'aia e dà ordini. Dal telonato scendono di corsa una ventina di uomini, che si sparpagliano in casa, nel fienile, nell'orto e nel pollaio.

Alle dieci e dieci, Michele attacca il sentiero che ricama a zig zag il versante opposto della collina su cui Gilla sta aspettando. Il pendio è esposto a nord, lui sale tra ciuffi d'erba fibrosa e cespugli d'erica. Alle dieci e venti individua un sasso istoriato di licheni verdognoli che gli pare asciutto. Siede, dalla borsa da medico tira fuori il cartoccio e la fiaschetta metallica. Beve un sorso. Il latte è ancora tiepido. Guarda l'ora. C'è tempo, pensa, e comincia a fare colazione.

Alle dieci e venti, nel fienile di cascina Leone, due soldati della Wehrmacht trovano il deposito segreto di armi. L'ufficiale dà l'ordine di smantellare la finta parete di assi e caricare i fucili mitragliatori sul camion.

Alle dieci e venti, nei sotterranei della scuola elementare di Borgo di Dentro, un soldato reduce da Stalingrado colpisce Achille Ferro con un pugno allo zigomo sinistro. L'ufficiale che guida l'interrogatorio lo redarguisce in tedesco. Il prigioniero deve poter parlare, spappolargli la mascella non è una buona idea.

Alle dieci e mezzo, una camionetta tedesca e una di fascisti raggiungono la base della collina del noce, versante nord, quello lungo il quale Michele è fermo a fare colazione. Arma all'anca, i soldati cominciano a risalire.

Alle dieci e mezzo Michele ha due possibilità: continuare a seguire il sentiero principale che s'inoltra in un boschetto di acacie o tagliare il pendio tenendosi allo scoperto, aggirando il boschetto e guadagnando... quanto? Forse una decina di minuti. Guarda di nuovo l'orologio. Sceglie la scorciatoia. Gilla è spesso in anticipo, dieci minuti guadagnati, pensa.

Alle dieci e mezzo Gilla guarda l'orologio. Mezz'ora, pensa, mezz'ora e la sagoma di Michele si profilerà all'orizzonte. Immagina il passo, la borsa a tracolla, le maniche della camicia arrotolate ai gomiti.

Alle dieci e mezzo Achille Ferro continua a non dire una parola.

Alle dieci e mezzo tutti i fucili mitragliatori sono stati caricati sul camion e cascina Leone perquisita dalle fondamenta al tetto. L'ufficiale dà l'ordine di portare sull'aia tre taniche di cherosene.

Alle dieci e quaranta i vetri di cascina Leone esplodono e Gilla sente un gran boato. Si alza di scatto, si affaccia oltre la chioma del noce. Le pare venga dal bosco. Le mani e le labbra cominciano a tremarle.

Alle dieci e quaranta il soldato reduce da Stalingrado applica i morsetti ai testicoli di Achille Ferro.

Alle dieci e tre quarti Michele marcia sul costone battuto dal vento e pensa a Gilla. Sente di conoscerla come nessun altro. Non le basterà riparare il *carillon*, con la ballerina che ruota su se stessa e la musica che va. Gilla lo rifarà nuovo, e migliore. Sostituirà il tutù stracciato e sporco con un velo di tulle rimediato chissà come. Indosserà il monocolo e con uno dei suoi pennellini ridipingerà il volto della ballerina, gli occhi, le ciglia sottili, le labbra rosso ciliegia. Le avviterà sul capo una minuscola coroncina di metallo, indistruttibile e luccicante. "Strano modo di fare la rivoluzione" le dirà allora Michele. Poi prenderà tra le dita il carillon scintillante, il piccolo mondo pieno di grazia che Gilla avrà saputo realizzare, e lo farà suonare insieme a lei.

Alle dieci e tre quarti, avvolta dalle fiamme, crolla la soletta tra il primo e il secondo piano di cascina Leone.

Alle dieci e tre quarti un soldato tedesco avvista Michele.

L'insurrezione nazionale divampa vittoriosa nel Nord.

"L'Unità", organo del Partito Comunista Italiano, prima pagina, 26 aprile 1945.

Genova, Alessandria e Domodossola occupate dalle forze partigiane.
La guerra partigiana è vinta.
La bandiera rossa a Berlino.

"L'Italia libera", organo del Partito d'Azione, prima pagina, 26 aprile 1945.

L'Italia è libera.

"Il popolo", organo della Democrazia Cristiana, prima pagina, 26 aprile 1945.

Margherita torna a casa

A metà aprile, gli Alleati alle porte, i ribelli hanno occupato tutta la provincia, organizzati in divisioni e brigate che portano il nome di combattenti caduti.

Nazisti e fascisti hanno l'ordine di smobilitare e ripiegare a nordest, in Lombardia e verso Como, nei pressi del confine svizzero. Nella notte tra il 27 e il 28 aprile anche la piccola guarnigione tedesca asserragliata a Casale Monferrato nella scuola di piazza Castello si arrende. Ma raggiungere la città dalla campagna può essere ancora rischioso e Margherita Sacerdoti, tra lacrime, raccomandazioni e promesse di rivedersi, lascia il cascinotto della signora Maria Re solo all'alba di lunedì 30 aprile.

È un bell'andare. L'accompagnano con un carro fino alla periferia della città, poi lei s'inoltra nell'abitato di buon passo, trascinandosi appresso la valigia con le borchie e un gran cesto di verdure e uova freschissime. Casale è ancora in disordine. La donna vede i segni della baldoria, le camionette con gente armata e divise improvvisate, giacche americane, stivaloni tedeschi, fazzoletti rossi. E giovani uomini ovunque, come non se ne vedevano da tempo.

Si dirige verso casa. Ogni passo è uno in meno che la separa da una felicità rotonda e splendente come il lampo del sole d'aprile sulle vetrine spoglie. Vuole che tutto sia a posto per quando Ester tornerà. Niente polvere, lenzuola cambiate, tende lavate e stirate, una torta gigante, e la fantasia si dilata fino a inglobare Abram, Abram seduto in poltrona, Abram che chiacchiera con Giosuè, Abram che fa il solletico a Ester, e Raffaele, la cognata Giulia, i nipoti, tutti insieme al tavolo del salotto, vassoi di paste dolci, vino spumante, tutto come prima, meglio di prima.

Sotto casa alza gli occhi e nota che le imposte sono aperte. Forse la vicina cattolica arieggia i locali. Brava, pensa, un altro motivo per ricompensarla.

Varcare la soglia del portone la commuove, l'odore noto è una carezza. Prima rampa, seconda, quasi non sente il peso del cesto e della valigia. Al pianerottolo, appoggia tutto per terra, fruga nelle tasche, prende un bel respiro, infila la chiave nella toppa ma qualcosa fa resistenza. Mentre armeggia, la porta si apre di uno spiraglio. Qualcuno ha messo la catenella dall'interno.

«Chi siete? Che volete? Andatevene!» sbotta la vedova Fontana affacciandosi.

Margherita fa un passo indietro, urta la valigia, quasi perde l'equilibrio. Non è la vicina cattolica. Nello spiraglio vede un occhio truccato di nero, una guancia incendiata di rosso, un mezzo labbro rosso fuoco anch'esso, le corde del collo. La voce pietrosa dei fumatori.

«Ma questa è casa mia!» dice.

Per tutta risposta la vedova Fontana sbatte la porta. Margherita sente le mandate, una, due, tre e la donna che urla: «Andatevene!».

Non capisce. Scende di un piano, bussa alla porta della vicina cattolica. Nessuna risposta. Confusa, lascia il caseggiato, il tempio è poco distante. Cerca risposte ma trova solo un vecchio sdentato con una gran barba bianca, un camicione altrettanto bianco e una *kippah* lisa, che borbotta tra sé salmodiando.

Margherita non si ricorda di lui, né lui di lei.

«Ma questo tempo nemico ci ha cambiato, poveri noi, e allora chissà, magari ci conosciamo e non lo sappiamo, poveri noi, poveri noi» dice lui. Non sa darle spiegazioni, non sa chi sia la donna che abita a casa sua, le dice di tornare più tardi che un posto la comunità glielo trova di sicuro. «Lo spazio c'è. Qualcuno magari tornerà, solo qualcuno, però.» Continua a ripetere: «Poveri noi, poveri noi».

Margherita gli lascia in custodia valigia e cesto e raggiunge l'istituto Nostra Signora di Lourdes. La piccola donna anziana la riceve immediatamente. «Sono desolata» dice appena restano sole nella stanza con la Madonna. Accende una candela ai piedi della statua, poi siede al tavolo e comincia a parlare. Le racconta che a ottobre, vicino alla cascina della signora Giovanna dove era ospite Ester, , c'è stato un rastrellamento.

Che il figlio della signora Giovanna avrebbe dovuto accompagnare la bambina al palazzo vescovile di Acqui Terme.

Che la bambina non ci è mai arrivata.

«Oh» dice Margherita. Le mani prendono a tremarle.

Che il figlio era partigiano e adesso è morto. Catturato dai fascisti, torturato, fucilato.

Margherita non fiata.

La piccola donna anziana dice che lo ha saputo solo un paio di giorni fa. Dopo la resa dei tedeschi, ha mandato una consorella a prendere la bambina a casa della signora Giovanna e...

«E quando pensavate di dirmelo?» dice Margherita.

La piccola donna anziana china il capo. «Ho cercato di risolvere la questione senza turbarvi» dice.

«Senza... turbarmi?» ripete Margherita.

La piccola donna anziana dice che è andata a parlare con la signora Giovanna. «Era convinta che la bambina fosse al sicuro. Così le ha detto il figlio il giorno stesso. "L'ho lasciata in buone mani", queste esatte parole.»

Margherita non reagisce.

La piccola donna anziana dice che la repubblica partigiana non ha retto, che la signora Giovanna piange due figli, il maggiore e il secondogenito. Che non è più quella che era. Che lei prega tanto per la signora Giovanna.

Margherita continua a non reagire. Poi d'improvviso si alza, ma impallidisce, appoggia le mani al tavolo, è costretta a sedersi di nuovo. Nel movimento, la candela ai piedi della Madonna si spegne. «Avete perduto mia figlia» mormora.

La piccola donna anziana sospira. Dice che lei stessa è andata a parlare col vescovo di Acqui, e anche con quello di Casale. «Ho preteso di vedere i registri. Ma la confusione è tanta, e non tutto è registrato. Di Ester – di *Francesca* – non c'è traccia.»

Margherita si accascia, le spalle strette, le mani sul volto. Piccoli singulti silenziosi la scuotono.

Anche la donna anziana adesso è molto pallida. Si avvicina alla statua della Madonna, riaccende la candela. «La troveremo» dice. «Una bambina non sparisce così.»

Gilla non torna a casa

Borgo di Dentro è libero. L'eco dei festeggiamenti è arrivata fino alla soffitta al civico 13 di vico Luna. Corteo, banda e bandiere rosse. Gilla non ha partecipato, non senza Michele. Non senza Achille Ferro, senza il fratello di Rosa Maria, Giacomo Leone. Troppi morti, troppo male.

«Anche Genova è libera» dice il padre di Gilla riponendo negli astucci gli strumenti del mestiere, e gli astucci nella cassetta di legno che tutti li contiene, e la cassetta nel baule con cui un anno e sette mesi prima sono arrivati da sfollati a Borgo di Dentro e con cui ripartiranno tra qualche ora.

«Libera come il vento! Mi hai sentito, Gilla?»

«Mmh» risponde la ragazza. Sdraiata sul lettino, si finge interessata a un romanzo che le ha portato Rosa Maria, che a sua volta l'ha avuto in prestito dalla marchesa Franzoni. Dalla domenica di sangue esce pochissimo.

«Voglio dire: prendi almeno in considerazione l'idea.»

Il romanzo parla di un'altra guerra e di una donna che si chiama Rossella O'Hara. Una che per salvare la sua casa fa di tutto, compreso sparare a qualcuno.

«Questa tua impuntatura non la capisco proprio. Allontanarti da qui ti farà bene e con un po' di pazienza...»

Gilla non lo ascolta. Pensa che Rossella O'Hara sia una donna fortunata perché sa esattamente dove si trova casa sua. Una che, se guarda avanti, vede qualcosa, mentre lei ha dei dubbi, grossi dubbi.

La madre lascia da parte il resto dei bagagli, le siede accanto sulla sponda del letto, le prende la mano. «Sicura che non vuoi tornare con noi? Mi spezza il cuore lasciarti qui da sola.»

Gilla alza allora gli occhi dal libro, tende i lineamenti a significare una tranquillità che non prova. «Sicura, mamma. Bisogna riaprire la bottega e io preferisco cercarmi qualcosa da fare qui.»

Ma qualcosa, cosa?, pensa poi tornando alle pagine. Di tutto il *fare* che le ha riempito giorni e settimane non è rimasto niente.

La madre sospira, non ha più parole per consolare questa figlia, non ci sono parole per questa ferita. Amore benedizione, maledizione. Si alza, torna ai bagagli.

E comunque non è che nella soffitta di vico Luna Gilla si senta a casa. Michele è la sua casa. Inghiotte un singhiozzo. Gira una pagina. Lei, la morte, pensava di averla imparata in montagna. Tutti loro, ragazzi e ragazze. Ma non è così. Gira un'altra pagina. Le piacerebbe accontentare i genitori, ma tornare al mondo di prima è impossibile perché è il mondo intero che è morto con Michele, e anche il futuro è morto con Michele, e solo adesso Gilla pensa di averlo imparato davvero, lo schianto della morte, e per questo gira ancora una pagina, finge di leggere e resta dov'è, ferma, impietrita.

Cartolina postale dal centro di raccolta russo di Katowice, Polonia meridionale

9 maggio 1945

Cara Margherita, cara Ester, torno a scrivervi col cuore in festa ma di corsa, perché voglio informarvi subito della bella novità. Ci ha raggiunto poco fa la notizia della resa incondizionata della Germania. Io e i miei compagni questa sera festeggeremo con una generosa razione di birra polacca, che i nostri ospitali carcerieri russi hanno promesso, e a cui i nostri stomaci vanno abituandosi fin troppo alla svelta. Confidiamo che a breve ci carichino tutti quanti su un treno diretto in Italia e ci rispediscano finalmente a casa.

Con tanto amore.
Papà

A Casale Monferrato, estate 1945

Margherita va a trovare la signora Giovanna, il vescovo di Acqui Terme, quello di Casale e anche quello di Alessandria. Mostra la foto della figlia a tutti i preti e le suore che hanno la pazienza di ascoltarla, ma non trova risposte. Vive nell'istituto Nostra Signora di Lourdes, e non perché la comunità israelitica di Casale non abbia dove ospitarla, ma perché è l'ultimo posto dove è stata con Ester, e dove la bambina potrebbe tornare a cercarla. Dà una mano in cucina, fa quello che c'è da fare. Frequenta anche il tempio. Su un quadernetto con la copertina grigia copia il bollettino del Comitato Ricerche Deportati Ebrei trasmesso una volta la settimana da Roma, e nei sette giorni successivi lo studia con attenzione.

Limentani Mario di Venezia deportato da Roma è stato visto a Melk verso l'aprile 1945.

Tosca Disegni Tagliacozzo ha telegrafato di aver passata la frontiera e di essere giunta a Trieste!

Ci sono pervenute lettere dai seguenti deportati: Greco Wladimiro da Praga, Spizzichino Settimia, Sed Alberto (da un ospedale tedesco), Fumara Marco.

> *La Croce Rossa Internazionale comunica che Di Consiglio Cesare di Roma si trova attualmente a Cracovia e gode ottima salute.*

Riporta i nomi dei sopravvissuti via via che vengono divulgati. S'imprime nella memoria il labirinto di luoghi e date. Consulta l'atlante, disegna percorsi. Cerca un indizio, un filo che la conduca da Abram, e da Abram al resto della famiglia.

> *La deportata Herscowitz Agata, rientrata da Theresienstadt, ha deposto di aver lasciato vive e in buona salute, fino a due settimane fa, le seguenti donne...*

> *Il padre e due fratelli di Mieli Ernesta erano vivi qualche mese fa a Auschwitz.*

Tutti i pomeriggi raggiunge la panchetta a listelli di legno dalla quale si vedono le finestre di casa sua. Siede composta, la schiena dritta, le spalle bene aperte, come indossasse un completo di tessuto pregiato, non l'abito di cotonina rimediato tra gli stracci della parrocchia. Tiene le mani in grembo, appoggiate su un'immaginaria borsetta.

La vedova Fontana la vede e tira le tende con un gesto sgarbato.

Margherita la ignora. Ci sono stati giorni in cui l'idea di vivere di carità le faceva orrore. Non ora. L'unico pensiero è aspettare. Mattina, pomeriggio, fino al tramonto. Domani. Dopodomani. Tutto il tempo necessario.

Qualche volta si affaccia la figlia della vedova Fontana. Un pomeriggio di fine agosto la ragazza le si accosta. «Posso?» dice accennando alla panchetta.

Margherita annuisce e la ragazza si accomoda accanto a lei. «È una bella casa» dice.

Margherita non risponde.

La ragazza ha con sé una grossa borsa. Tira fuori una busta e gliela porge. «Mia madre non è una persona cattiva, signora Sacerdoti. È la guerra» dice. Poi si allontana.

È una busta di formato un po' più grande del normale, rigonfia di cartoncini. No: cartoline postali. A frammenti, che qualcuno ha ricostruito con pazienza saldando le parti lacerate con un filo di ceralacca. Margherita trattiene il fiato. Un filo. Di cera. Rossa.

Ogni cartolina pare avvolta in una ragnatela preziosa e lucente, più fitta sul *verso*, dove stanno mittente e indirizzo, più rada, e punteggiata di goccioline rosse, sul *recto*.

streghe...a
mo...sichini
operazio...i con la virgola
cuor...in festa
resa in...dizionata

Margherita si alza, appoggia delicatamente tutte le cartoline sulla seduta a listelli, le sistema in ordine di data.

La prima è scritta in italiano, viene da Fossoli ed è datata 21 febbraio 1944. L'ultima è del 9 maggio 1945, poco più di tre mesi prima, ancora in italiano, e viene da un posto che si chiama Katowice. Tra la prima e l'ultima, quattro cartoline postali scritte in tedesco. Vengono da Auschwitz, e Margherita è certa di aver incontrato questo luogo scorrendo il Bollettino. Le quattro cartoline sembrano quasi identiche.

17 Juni 1944 - 12.45 Uhr
Ich bin gesund und fühle mich gut

21 September 1944 - 14.30 Uhr
Ich bin gesund und fühle mich gut

7 November 1944 - 11.15 Uhr
Ich bin gesund und fühle mich gut

2 Januar 1945 - 9.20 Uhr
Ich bin gesund und fühle mich gut

Margherita sente il cuore che pulsa. «Sono in salute e mi sento bene» traduce passando il polpastrello su minute lacrime di ceralacca fiammeggiante.

In carne viva

Il rimpatrio dei prigionieri italiani dal campo di Katowice viene rimandato di settimana in settimana. L'Armata Rossa non brilla per efficienza e l'Europa tutta è in macerie. Saltati i collegamenti ferroviari, introvabili i vagoni. Ovunque, un formicolante affaccendarsi di genti che parlano tutte le lingue del mondo, deportati, soldati, avventurieri, crocerossine, orfani che sognano casa.

A fine giugno finalmente si parte. Ottocento, forse mille italiani su un treno merci, poco cibo, si dorme sul pianale. Direzione Odessa, si prospetta il trasferimento su una nave, il mar Nero, il Bosforo mitologico, il Mediterraneo come Ulisse, l'Italia.

Arrancando, il convoglio raggiunge intanto Leopoli, avanza nel cuore dell'Ucraina devastata, steppa bianca di sole, nere foreste trionfali, e poi, inaspettatamente, raccoglie altri italiani, non solo ebrei, anche ex prigionieri politici ed ex prigionieri di guerra, e, altrettanto inaspettatamente, devia a nord, lontano da Odessa, lontano dal mare e da casa, fino al campo di Sluzk.

Luglio passa così, preda dell'approssimativa e festosamente inconcludente organizzazione russa. Il 20 del mese si parte a piedi in direzione Staryje Doroghi, settanta chilometri a est. Non fosse per la nostalgia, non si vivrebbe male.

Il cibo non manca, i russi sono accoglienti, si dorme abbastanza comodi, capita persino che un cinematografo ambulante dia spettacolo.

A metà agosto Abram Sacerdoti si ammala però di una febbricola fastidiosa. Lì per lì non dà peso al malessere – ha sofferto ben di peggio – ma la situazione peggiora rapidamente. Ossa rotte, nausea. Ricomincia a perdere il peso recuperato prima a Katowice e poi a Sluzk. Fatica a digerire il rancio, persino il pane di segale lo disturba.

Alla fine di agosto, perde conoscenza. L'infermeria è come tutto il resto: improvvisata, e la diagnosi non è chiara né facile. Forse un morbo passeggero, forse qualcosa di maligno che lavora dentro di lui dai tempi di Auschwitz. Non è infrequente. Viene allora trasferito in una camerata in tutto e per tutto simile alle altre, ma con una croce rossa dipinta sulla porta. Le brande sono talmente vicine le une alle altre che per gli addetti è molto difficile districarsi, cambiare le lenzuola, portare via i morti.

Caldo e tanfo sono asfissianti. I ricoverati non sempre se ne accorgono. Molti sono in stato di incoscienza, sfiniti dalle febbri, divorati dalle infezioni. Anche per questo il prigioniero 174 562 – *Hundert Vierundsiebzig Fünf Hundert Zweihundsechzig* – non risponde quando il medico pronuncia il suo nome. Nella nebbia in cui vive da giorni, non è più nemmeno sicuro che sia quello, il numero, e l'incertezza lo tormenta come una lama in carne viva.

ANNO SCOLASTICO 1945-46
TERZO TRIMESTRE

Ester e Gilla nell'intercapedine

Una volta che tutte e due hanno varcato la soglia, Ester si affretta a chiudere a chiave.

La luce è poca, il tanfo irrespirabile. Gilla sente montare un conato di vomito, ma riesce a reprimerlo. La bambina sembra tranquilla, non vuole turbarla. Smette però di respirare col naso e si lascia condurre per mano dabbasso, fino al pavimento ingombro di robaccia.

Nei pressi della bocca di lupo, il punto più illuminato del sotterraneo, Ester si ferma e fa un verso con la lingua. Un suono secco e ritmato che, secondo Gilla, potrebbe anche ricordare, molto alla lontana, una parola.

«*Tz tz tz tz tz*» ripete la bambina.

Non succede niente. La maestra si guarda intorno. Acqua in uno scodellino, mozziconi di candela, una coperta sfilacciata, cianfrusaglie difficili da decifrare.

La bambina intanto le lascia la mano, tira fuori dalla tasca l'involto delle focaccette, spezza un boccone, lo intinge nell'acqua, ne fa una pallina. «Micio, micio, micio» bisbiglia.

Gilla trattiene il fiato. È ciò che ha scoperto Maria Luisa Piombo? Pellegrini che parla col gatto? Un'allegria improvvisa le stringe i palmi a pugno. Lo sapevo, lo sapevo, ripete dentro di sé.

«Vieni qui, ti ho portato una cosa buona» dice ancora Ester.

La voce è limpida, il piglio deciso. Per l'emozione la maestra si sente avvampare. Fa un passo indietro, non vuole che la bambina se ne accorga, metterla in imbarazzo.

«Ti piacerà moltissimo, sono sicura, vieni, dài.»

Una bestiola fa capolino dietro una pila di vecchi coppi. È un gatto grigio, col petto candido, incredibilmente candido considerata la sporcizia, e la coda dritta che in cima si volge in muta interrogazione.

Gilla sorride con le lacrime. Se le asciuga col dorso della mano. Andrà tutto bene, pensa, all'esame non ci saranno problemi, all'orale Pellegrini farà un figurone.

Il gatto intanto avanza con cautela, i baffi che fremono nell'aria malsana. La maestra allora stringe gli occhi, si sforza di penetrare la penombra. Si accorge che il gatto ha al collo un guinzaglio di corda bloccato da un nodo, e che la corda striscia per terra e gli serpeggia tra le zampe, e termina con un secondo nodo fissato a un grosso chiodo. Il sorriso le si spegne.

«Guarda che bella sorpresa» dice intanto Ester allungando al gatto la pallina di mollica.

Due, forse tre metri di corda, calcola Gilla. Non di più. Tutt'intorno escrementi.

«Una cosa buonissima!» dice la bambina.

Il gatto si avvicina ancora, le grandi pupille luccicanti ora alla mano di Ester e ora all'estranea.

«Non aver paura.»

Il gatto si allontana, la corda si tende. La maestra si porta le mani al volto, le dita sulle narici a mascherare l'odore. Il gatto torna sui suoi passi, annusa il boccone. Due o tre colpetti fulminei con la lingua lo convincono ad afferrarlo tra i denti e a portarselo appresso da qualche parte, nel buio.

«Bravo!» dice la bambina.

Gilla sente di dover dire qualcosa. Che il gatto è magnifico ma questo posto è orribile. Che non è adatto a una bambina e neanche a un gatto. Che la puzza è intollerabile. Che un gatto non deve stare alla catena. Che qui ci vogliono spazzolone, acqua calda e disinfettante.

«Stasera ti porto qualcosa d'altro da mangiare» dice Ester.

Gilla la guarda di spalle e si domanda se loro due vedono la stessa cosa: un ammasso immondo di rifiuti. Sente di dover *fare* qualcosa. Sciogliere il guinzaglio? Sgridarla? Denunciarla a suor Giuliana?

Il gatto intanto riemerge dall'oscurità, si avvicina alla bambina e le disegna un otto tra le caviglie. La corda si aggancia ai malleoli.

«Fermo, aspetta» dice Ester liberandosi. «Ne vuoi ancora, eh?» Prende a impastare un'altra pallina di mollica.

Gilla avverte il brivido di chi, d'improvviso, teme di trovarsi al cospetto della follia. «La corda è pericolosa» sussurra.

Ester non risponde. Gilla vede le spalle stringersi, il collo irrigidirsi sotto il nido di trecce. Le pare una bambina di cristallo. Una parola sbagliata e va in frantumi, pensa. Tuttavia... «Il gatto potrebbe farsi male» insiste.

La bambina non risponde né si volta. Fa i grattini sulla testa all'animale. «Non ti succederà niente di male. Ti proteggo io. Ci penso io a te. Non ti lascio» dice.

Gilla sospira. *Parla con me, Pellegrini! Con me! Non con lui!* Capisce che le cose non sono così semplici come lì per lì aveva pensato. E il problema più urgente non è l'ostinato silenzio, ma la prigione. L'assurdità della prigione. La follia della corda. Si accuccia allora accanto alla bambina. Cerca il musetto del gatto, il collo liscio segnato dal nodo. Lo accarezza.

L'animale chiude gli occhi, tende la gola, prende a fremere di un *ron ron* armonico e consolante.

«Fuori è pericoloso. Le persone sono cattive» gli dice Ester. Ha il pianto in gola.

Gilla pensa che la bambina abbia ragione. Le persone possono essere molto cattive e là fuori, qualche volta, è l'inferno. Continua a carezzare il gatto. Il *ron ron* si fa più intenso e vibrato, spandendosi quieto nel buio immobile dell'intercapedine. Le dita sfiorano quelle di Ester. «Vivere è correre rischi» le sussurra.

La bambina abbassa gli occhi.

«Lo faccio io, vuoi?» dice Gilla afferrando delicatamente il nodo sotto la gola del gatto. «Vuoi?»

Piccolo cenno del capo, senza sollevare lo sguardo.

«Lo prendo per un sì» dice Gilla e piano piano libera il gatto dalla corda. «Vedi? Non scappa. Ti vuole bene.»

Sì.

«E tu ne vuoi a lui.»

Sì sì sì.

«Quando vogliamo bene a qualcuno non possiamo rinchiuderlo. Neanche per tenerlo al sicuro» dice Gilla. Adesso è lei ad avere la voce rotta.

Il gatto intanto non mostra di volersi allontanare. Si accomoda in forma di sfinge, la coda stretta al corpo, l'espressione sonnolenta, il *ron ron* perentorio. *Sono qui. Sono vivo.*

«Lo lasciamo tranquillo, che ne dici?»

Ester si risolleva, la guarda dritta negli occhi, poi fa strada verso l'ingresso. Una volta fuori, lascia la porta socchiusa.

«Brava. Vedrai che non scappa. O se decide di farsi un giretto, poi torna. Ormai ti si è affezionato, e questa è diventata la sua casa.»

Ancora un cenno del capo. *Sì*, ma poco convinto.

«Fidati di me» dice Gilla.

Abram Sacerdoti *professore*

Il treno risale a fatica il pendio, aprendosi un varco nella vegetazione compatta. Nei frequenti tratti d'ombra pare quasi nera. Abram non stacca la fronte dal finestrino, e pazienza se è lercio. Si gode lo spettacolo. Abeti dalle lunghe braccia, larici dalle foglioline tenere, nuovissime. Non ha voglia di parlare con i compagni di viaggio che affollano il vagone. Gli preme il momento. Vede una traccia di sentiero che corre parallela al binario. Altri pini. Un cirmolo. Una strada poderale in lontananza. Un villaggio di case basse e tetti aguzzi, una stazioncina di solo transito. Non riesce a coglierne il nome e si dispiace. Ripete nella mente i luoghi dove è stato negli ultimi sette interminabili mesi. Rifà il viaggio che dall'infermeria fetente di Staryje Doroghi lo ha portato fino qui, dopo un numero imprecisato di ardenti iniezioni e svariate cucchiaiate di intrugli nauseabondi. Due settimane a Kazàtin, ch'era pieno inverno e la febbre ancora andava e veniva. Poi Iaşi rumena, ghiaccio e vento di steppa. Poi Braşov. Poi Curtici, quasi Ungheria. Qui srotola il filo dei ricordi. Il vicino di branda ladro di cavalli. L'altro vicino, ingegnere. L'infermiera con la faccia piatta e le mani come pale da fornaio. La sera, dopo cena, nenie incomprensibili, commoventi fino alle lacrime. Economia di candele, di carta, di tutto. Poi Budapest sovrana. Bratislava di passaggio.

Vienna imperiale, l'inverno alla fine e così, a Dio piacendo, la sua malattia. Nella memoria si sforza di far posto a ogni cosa. La quarantena gelida nel campo di St. Valentin, odore di acido fenico e zuppa. La folle corsa attraverso la Germania, le macerie a Monaco di Baviera, poi giù in Austria, fino a Innsbruck ieri l'altro. Tiene a mente strade, crocicchi, carri, cavalli, tradotte, camionette. Minestre rosa di rape e patate. Rafano che brucia la lingua, acquavite che incendia le budella. Scodelle di latte ungherese spugnoso e grasso come la contadina che lo trasportava su un carretto. Il contrabbandiere greco. Il francese che trafficava in sigarette. L'ebreo di Rodi che parlava sette lingue. L'ebreo di Minsk che parlava solo yiddish.

Il treno intanto rallenta, poi si ferma. Intorno solo montagna. Un minuto, due. Un secondo treno fila in direzione opposta. Il convoglio di Abram riparte, ma è la marcia lenta che precede una sosta. I passeggeri lo sanno, tra i sedili si diffonde una specie di vibrazione, qualcuno batte le mani, qualcuno fischia. BRENNERO - ITALIA c'è scritto sui cartelli che lentamente gli scorrono sotto gli occhi.

Al confine di Stato la fermata è lunga. Burocrazia che sopravvive a ogni guerra. Questa non è però una stazione come le altre, e Abram si sente sollevare come una foglia dalla corrente che attraversa il vagone. Si immagina allora in abiti civili, non questi scarponi troppo grandi, non quest'accozzaglia di stracci raccattati nei campi di transito e smistamento, la maglia di lana ispida a Leopoli, i calzoni di fustagno smessi da un soldato moscovita, la camicia rimediata da un veneziano intenzionato a raggiungere Odessa. Immagina un cappello di feltro, un abito intero, la camicia di batista, la cravatta scura, i pantaloni con le *pinces*, le scarpe di pelle, stringate, la punta elegantemente perforata, la giacca a tre bottoni, il collo *revers* e la tasca interna, e nella tasca interna i documenti da mostrare al doganiere. *Abram Sacerdoti... nato a... residente in... coniugato...* Immagina lo sguardo del doganiere sulla voce *professione*. Quel millimetrico ammorbidirsi dell'espressione. Lo vede fare un cenno del capo. Lo sente dire: "Buon proseguimento del viaggio, *professor Sacerdoti*". Si porta allora le mani al volto, avverte le guance mal rasate, smagrite. Ride di sé, ma appena appena. Da quanto non si sentiva così... Non sa dire come.

In realtà nessuno passa a controllare e nel giro di qualche minuto il convoglio si rimette in marcia. Sulla banchina, Abram vede una coppia, lui sui trenta, lei meno. Stanno uno di fronte all'altra. Ai piedi dell'uomo, una valigia. I due si tengono per mano in un modo curioso, i palmi appoggiati ai palmi, all'altezza del petto, le dita intrecciate. Abram si sporge dal finestrino, l'aria fresca di montagna gli accarezza la nuca finché i due scompaiono alla vista e lui si lascia ricadere sul sedile. Margherita gli invade i pensieri. L'immagine di lei non lo ferisce. La prima volta da... neanche questo sa dirlo. Nella sua mente è il giorno del matrimonio, le porte dell'Arca santa spalancate e loro due dentro, l'uno di fronte all'altra, come gli innamorati sulla banchina. *Adesso la mano di Dio non è più su di te, Abram, né su di te, Margherita. Adesso siete una cosa sola e la mano di Dio è su di voi.*

Il treno intanto guadagna velocità, il sole s'inabissa all'orizzonte, lungo la val d'Adige la discesa culla i passeggeri. Un'oscurità pensosa cala sul vagone. Abram si assopisce. In sogno viene a visitarlo Ester streghetta pasticciona. Si risveglia ogni volta che il treno rallenta. Si riaddormenta poi del sonno *soave* e *dolcissimo* di Ulisse diretto a Itaca, al sicuro sulla nave dei Feaci, ignaro di ciò che lo aspetta.

L'universo si ferma

Ultimo giorno di vacanze pasquali. Seduta al tavolo della cucina col modellino del sistema solare davanti, Gilla pensa che sulla Luna ci siano troppe cose da dire. Rilegge gli appunti che ha preso sul taccuino:

Luna (<u>maiuscolo</u>): nostro unico satellite. Luna minuscolo (es. le lune di Giove scoperte da Galileo).
Differenza luce propria/luce riflessa.
Differenza rotazione/rivoluzione.
Rotazione lunare: sincrona con Terra → Luna 2 facce, 1 faccia visibile e 1 faccia <u>nascosta</u> e <u>misteriosa</u>.
Moto di rivoluzione: 29 giorni <u>circa</u>.

Alza gli occhi sul planetario perfettamente montato, gli ingranaggi puliti e oliati, i supporti agganciati, i pianeti tutti al loro posto tranne Venere, che Gilla tiene per ultimo, e tranne la Luna, che la maestra fa roteare tra i polpastrelli. Una sferetta di carta pesta grande quanto un cece. Con un pennellino Gilla l'ha dipinta per metà di nero (la faccia nascosta e misteriosa), e per metà di bianco opaco e velature grigie che simulano mari di polverino e microscopici crateri da meteorite.

Fasi lunari. Luna nuova (<u>novilunio</u>). Primo quarto. Mezzaluna. Ultimo quarto. Luna piena (<u>plenilunio</u>).
Gobba a ponente, Luna crescente. Gobba a levante, Luna calante. Maree. Semina. Vendemmia.

Troppe cose, troppe parole sconosciute alle bambine. Concetti complicati. Gilla deve scegliere. Insegnare è tralasciare.

Iside, Artemide, Selene.
Strega/sabba.
Lupo mannaro (<u>licantropo</u>).
Lunatico: aggettivo. Plurale: lunatici/lunatiche (non: lunatichi). Sinonimi: volubile, capriccioso, stravagante, bizzarro, imprevedibile.
Storia di Astolfo: in groppa all'<u>ippogrifo</u>, vola sulla Luna a cercare il senno perduto del cavaliere Orlando, impazzito per amore. (Senno = ragione, raziocinio. Agg. assennato. Avv. assennatamente).
Modi di dire: avere la luna storta, la luna di traverso.
Casta diva che inargenti / queste sacre antiche piante (Vincenzo Bellini – <u>Norma</u>)
Che fai tu, luna, in ciel? Dimmi, che fai / silenziosa luna? (Giacomo Leopardi – <u>Canto notturno di un pastore errante dell'Asia</u>).

Non si raccapezza neppure lei. Se non sceglie, se non sacrifica qualcosa, il risultato sarà un gran guazzabuglio nella testa delle bambine.

Posa la sferetta lunare sul tavolo, recupera la matita e tira una riga su *Strega/sabba* e su *Lupo mannaro (licantropo)*. Perché spaventarle?

Un'altra riga su Bellini e su Leopardi. Troppo difficile.

Le sembra di intravedere un sentiero che conduce alla pazzia di Orlando, e unisce con una freccia *Lunatico* a *impazzito*. Un'altra freccia da *impazzito* al cancellato *licantropo*, e da questo a *plenilunio*, e la pagina del taccuino è adesso un andirivieni capriccioso e bizzarro, altro che lezione.

Gilla sospira. La verità è che, da quando ha lasciato l'intercapedine dell'orfanotrofio, fatica a concentrarsi. La bambina è nei suoi pensieri. Applicarsi al modellino non la distrae abbastanza. La bambina che parla col gatto. Il gatto imprigionato. La pazzia del gatto imprigionato. La pazzia di parlare solo col gatto.

Guarda fuori. Nell'azzurro, scintilla una piccola luna di stucco. «Sei qui per me?» le domanda Gilla a voce alta. Si sforza di tornare al taccuino. Ripercorre versi e numeri. «Poeti, scienziati e musicisti. Tutti a darti la caccia» dice recuperando dal tavolo la sferetta lunare. Poi infila il monocolo, la posiziona sul suo perno e gira la manovella alla base del meccanismo.

I pianeti prendono allora a ruotare intorno al giallo fiammante del Sole. Ciascuno tiene il passo, in una danza di sfere armoniosa e solenne. Più veloce la piccola ruota dentata che muove Mercurio. Più lenta, appena percettibile nel suo incedere, la ruota di Nettuno. Tra questi due estremi, gli altri corpi celesti, la Luna-cece stretta alla Terra come una coppia che volteggi occhi negli occhi.

«Va bene così?» domanda Gilla rivolta all'azzurro.

La pallina che rappresenta Venere è l'unico pezzo che manca. Grande quasi quanto la Terra, Gilla l'ha dipinta di marrone chiaro, con lingue serpeggianti dello stesso giallo usato per il Sole. La maestra la sistema sul braccetto che le spetta, tra Mercurio e la Terra.

Guarda il planetario finalmente completo. Mesi di lavoro. «Coraggio» dice a se stessa e gira di nuovo la manovella. Il movimento riparte, ma subito si blocca. Gilla raddrizza le spalle. Come è possibile?

Riprova.

Niente da fare.

Smonta la sferetta-Venere. Rimette in moto il meccanismo e funziona. Rimonta il pianeta di cartapesta, avvia ed è di nuovo fermo. Gilla sospira. Perché si inceppa? Come la bambina, pensa. Non è pazza, ha acconsentito a liberare il gatto, eppure...

Sfila ancora la sferetta di cartapesta dal supporto. *Calma. Attenzione.* Le parole del padre orologiaio. Venere pesa niente, ma sbilancia tutto. Venere, da solo, blocca l'universo intero. *Pazienza. Cura.* Vale anche per la bambina? Quale peso misterioso le impedisce di avanzare?

Buio infinito

Raggiunta finalmente Casale Monferrato, niente è come Abram immaginava. Casa sua non è più sua, adesso ci abita una donna squinternata e sgradevole, con la figlia. La vicina cattolica del primo piano lo indirizza all'istituto Nostra Signora di Lourdes. La direttrice lo fa accomodare nella stanza con la statua della Madonna, gli racconta ogni cosa, compresa la sparizione di Ester, e poi fa chiamare Margherita. Che è lei, e non è lei, pensa Abram alzandosi. Le mani prendono a sudargli. «Rita» dice, appena udibile.

Margherita è magra, pallida, i capelli stretti in una crocchia. Filamenti chiari sfuggono all'acconciatura e si increspano in un'aureola grigia intorno al volto.

E io? Sono ancora io?, pensa intanto Abram. Nota che la moglie non porta più la fede al dito. *Da A. a M.* ∞. La sua l'ha inghiottita il lager. *Da M. a A.* ∞. Lo attraversa il pensiero che anche Rita sia stata all'inferno, a un passo da lui ma senza incontrarsi, che dallo stesso inferno siano tornati, ma le loro promesse matrimoniali siano perdute per sempre. Pensiero cattivo. Lo scaccia. Ritorna. Persiste.

Margherita intanto registra l'occhiata del marito alle sue dita, ma è come se la cosa non la riguardasse. Non dà spiegazioni. Non parla. Lo abbraccia, certo. Gli prende il volto tra le mani, lo bacia, lo stringe. Ma il suo è un fare nervoso, sguaiato, come di chi fa, ma ha altri pensieri. L'assenza di Ester le accende lo sguardo di una luce malata. A tratti, le sfigura il volto in un'immobilità marmorea, così che anche nei giorni seguenti la gioia di essersi ritrovati non è vera gioia. La perdita della bambina scava tra loro una spaventosa trincea di silenzio.

Abram non può stare all'Istituto femminile né ricominciare a insegnare a questo punto dell'anno scolastico. Non ne avrebbe comunque la forza. Fatica persino a riconoscere la città, gli pare informe, instabile, a mezz'aria tra passato e futuro. Botteghe nuove, cantieri in attività, macerie, ancora carte annonarie. Il tempio, che offre loro una stanzetta con uso cucina, nella sua testa non è più il tempio che ricordava, ma una tana triste, e lui una preda, il sonno simile a quello tormentoso della prigionia.

Di Auschwitz non parla, e certo non con questa donna spezzata dal senso di colpa e dal dolore. Non ha comunque parole per dire. Né si presenta dalle autorità a reclamare la casa perduta. Si sente ancora in viaggio, la casa è lontana. Riesce invece a procurarsi un fascio di carte militari e un compasso. Pianta la punta metallica sul quadratino che in scala 1:25.000 rappresenta la cascina della signora Giovanna e disegna una circonferenza stretta. Partono di lì, anche se Margherita ci è già stata senza risultato.

A cerchi concentrici sempre più ampi, battono le colline con una foto di Ester. Riescono a procurarsi due biciclette. Tre giorni alla settimana Margherita presta servizio all'Istituto. Vivono di questo. Quando Margherita è libera, continuano a cercare. Altre cascine, circoli, chiese, botteghe, ancora luoghi da trapassare con la punta del compasso. Le carte si riempiono di segnacci. Si ritrovano a scambiare parole solo in presenza di estranei. Si chiama *Ester, Ester Sacerdoti*, oppure *Francesca Pellegrini, ha dieci anni, presto ne compirà undici, i capelli così, gli occhi così*. In quei momenti ridiventano una coppia, ma non sentono la mano di Dio sul capo.

Tornano a casa all'imbrunire. Abram si butta sul letto, esausto. Margherita al chiuso non resiste. Esce e raggiunge la seduta a listelli di legno dalla quale si vede il loro vecchio appartamento. Non il portoncino di ingresso, solo le finestre al secondo piano. È sufficiente, non le serve altro. Immagina Ester accanto, e insieme ripetono il gioco della casa com'era, la tappezzeria giallo uovo, le tende color pesca, l'armadio di radica e tutto il resto finché viene notte, la Luna si alza e la Terra, indifferente, si fa strada nel buio infinito.

Venere
(Lezione immaginaria della maestra Gilla
mentre lavora al meccanismo inceppato)

Venere è un pianeta grande quasi quanto la Terra ed è quello che, nel suo moto di rotazione, più si avvicina a noi. Sole-Mercurio-Venere e poi Terra, ricordate la sequenza?

È anche l'unico pianeta dell'universo che possiamo osservare a occhio nudo, cioè senza usare un cannocchiale, proprio come guardiamo il Sole e la Luna.

Le bambine avranno il dubbio di non aver capito bene e si guarderanno tra loro.

Fate la prova questa sera. Al tramonto, affacciatevi alla finestra. Guardate il pezzetto di cielo intorno all'alone rossastro, dove è ancora azzurro. Oppure domani mattina presto, nella direzione in cui il Sole sorge. Vedrete una stella solitaria e luminosissima. Non potete sbagliare. Una stella sola, non una costellazione – ve la ricordate questa parola, sì? – una stella molto luminosa. Quello è il pianeta Venere.

Stella o pianeta? Confusione.

Pianeta. Ma che brilla come una stella. Anzi, che brilla come brilla la Luna, cioè di luce...

"*... riflessa?*" *azzarderà qualcuna.*

Giusto. E vi sembrerà proprio una stella, ma non fatevi ingan-

nare: la luce è fissa come quella della Luna. Venere non palpita, non pulsa come pulsano le stelle nel cielo notturno.

Inconsapevolmente Gilla stacca le dita dal meccanismo e avvicina ripetutamente i polpastrelli a suggerire il baluginare.

Ricapitoliamo. Al tramonto, Venere indica l'approssimarsi della notte. Per questo gli antichi Greci lo chiamavano **Hesperos**, *che in italiano diventa* **Vespero**, *cioè sera. Poi l'universo piomba nell'oscurità, ma Venere resiste al freddo e al buio e la mattina dopo torna ad annunciare al mondo un nuovo giorno. I Greci lo chiamavano allora* **Phosphoros**. *In italiano,* **Lucifero**.

"Come il diavolo??!" domanderà qualcuna.

Attente, questa è una storia piena di trabocchetti. Lucifero è il nome del diavolo, ma il diavolo, prima di essere il diavolo, era un bellissimo angelo con un nome che significa "portatore di luce". Per gli antichi Romani, invece, Venere era, pensate un po', la dea dell'amore.

Silenzio. Le bambine torneranno a guardarsi l'un l'altra. Cosa c'entra adesso l'amore?

Ditemelo voi cosa c'entra. Qual è la vostra opinione? E che nome dareste, voi, a questo pianeta stupefacente? Stasera cercatelo in cielo e poi scrivete un pensierino di tre righe sul quaderno.

Facce perplesse.

Almeno tre righe.

Gilla studia intanto da vicino la ruota dentata che controlla il movimento di Venere. Sistema il monocolo e cerca il difetto. Ha la sensazione che la sua lezione immaginaria stia prendendo una piega inattesa, come chi abbandoni la traccia e s'inoltri in territorio sconosciuto.

Non abbiate paura. Affacciatevi alla finestra e ragionate.

Quando mai qualcuno dalla cattedra chiede la loro opinione? A lei bambina, ragazzina, studentessa all'istituto magistrale, qualcuno l'ha mai chiesta? Ma da qualche parte si dovrà pur partire, ora che la guerra è finita, ora che i sopravvissuti sono tornati e i morti sepolti. Ora che bisogna ricominciare, e ricominciare bene, e allora perché non rifare tutto daccapo, e meglio?

Mettete insieme quello che avete imparato a scuola e quello che vedrete coi vostri occhi.

Al tatto, Gilla sente che un dentino della ruota risulta piegato. Decimi di millimetro, al più, ma evidentemente il peso della sferetta-Venere basta a bloccare il moto. Aggancia il dentino con una pinzetta e con delicatezza lo raddrizza. Ricompone poi il meccanismo e aziona la manopola. Tacito, l'universo prende a ruotare. Mercurio-Venere-Terra-Marte-tutto.

Lo so che è difficile, la cosa più difficile del mondo. Ma fatevi un'idea vostra.

Alza gli occhi dal modellino e guarda fuori. La luna di stucco si è disciolta nell'azzurro, nel silenzio di misteriose sfere celesti. In tanta solitudine, ha l'impressione che Michele le sieda accanto, e Gilla gli sorride. «Aggiustato» sussurra.

Per quel che la riguarda, Venere le sembra il nome perfetto. L'amore non pulsa, l'amore *sta*. Vespero e Lucifero, inferno e paradiso. Si trasforma, si muove. Ma l'amore, se è amore, resiste.

Abram sogna

Da quando è tornato, il professor Abram Sacerdoti fa un sogno ricorrente. Si trova su un treno che viaggia a piena velocità e sembra che tutto vada bene, i sedili sono comodi e puliti, anche lui è pulito e ben vestito, gli altri passeggeri sono cordiali e lo chiamano "professore". Però nel sogno nessuno conosce la destinazione. Abram osserva il suo biglietto, ed è un biglietto molto strano, senza data, senza orario, senza stazione di partenza o di arrivo, solo un numero, 174 562 – *Hundert Vierundsiebzig Fünf Hundert Zweiundsechzig* – e anche gli altri passeggeri hanno biglietti simili ma non se ne preoccupano. "Stia tranquillo, professore" gli dicono, "tra poco arriva il capotreno". E il capotreno si scappella cerimoniosamente e gli dice: "So che hai delle domande da farmi", e Abram chiede informazioni sulla destinazione, ma neanche il capotreno la conosce, però fa di tutto per aiutarlo, infatti si allontana e torna con il macchinista, ma anche il macchinista non sa rispondere e a quel punto Abram comincia ad agitarsi. "Ma chi sta guidando?" domanda. "CHI STA GUIDANDO?" e si sveglia, la federa zuppa di sudore.

Margherita si sveglia con lui e gli accarezza la testa sudata. Al buio la distanza tra loro si annulla, i corpi si riconoscono. Qualche volta lei gli prepara una camomilla e si riaddormentano abbracciati.

«Stavolta era diverso» le dice Abram una notte.
«Sei arrivato a destinazione?»
«No. Stavolta sul treno non c'ero io.»
«No?»
«C'era Ester.»
Margherita impallidisce. «Sul treno?» La voce un sussurro.
Abram stringe gli occhi, scaccia il pensiero. «Non un treno di quelli» risponde pensando ai vagoni piombati.
«Un treno qualunque.»
«Un treno qualunque, Rita.»
Non riescono più a riprendere sonno. Tirano fuori le carte topografiche, le dispiegano sul tavolo. Ripassano quello che sanno per certo.
Primo. Il figlio della signora Giovanna aveva il compito di accompagnare *Francesca Pellegrini* al palazzo vescovile di Acqui Terme. I due sono partiti insieme dalla cascina con la valigia e i documenti.
Secondo. Il figlio della signora Giovanna ha accompagnato la bambina alla stazione di Mombaruzzo a prendere il treno.
Terzo. Il figlio della signora Giovanna ha detto alla madre: "L'ho lasciata in buone mani" senza specificare a chi l'avesse affidata.
«Né dove!» dice Margherita illuminandosi.
«Prenderemo lo stesso treno che ha preso Ester, Rita. Ci fermeremo in tutte le stazioni.»

Regina Ester

Al rientro dalle vacanze pasquali, per Gilla la scuola ricomincia in salita. Facendo l'appello le tocca fermarsi su *Pellegrini Francesca* perché la bambina non reagisce alla chiamata come fa di solito, con un cenno del capo, ma resta immobile a fissare l'insegnante negli occhi.

No, non rispondo.

Gilla è interdetta. Ha la sensazione di essere tornata a ottobre, allo sguardo da animale selvatico. Decide comunque di tirar dritto. La bambina è seduta nel primo banco di fianco a Piombo, quindi è presente, e a Gilla tanto basta. Ripone grande fiducia in quello che ha in mente di fare durante la lezione. È sicura che a fine mattinata nessuno ricorderà il piccolo incidente.

«Vi ho preparato una bella sorpresa» dice infatti al termine dell'appello. Vede le teste sollevarsi, gli occhi vivi, e anche quelli di Ester. Fa una pausa a effetto, poi riprende: «Ma non ora. Più tardi. Se state buone. Cominciamo con matematica».

La lezione avanza tra divisioni con la virgola, problemi di geometria solida, un disegno dedicato alle fioriture primaverili e pensierini sulla figura di Giuseppe Garibaldi. Durante l'intervallo, un drappello si presenta a chiedere conto della sorpresa.

«Ci vuole ancora un po' di pazienza» risponde Gilla. E rimanda, e ancora rimanda finché, dopo un considerevole numero di esercizi di bella scrittura, la bidella Antonia spalanca la porta e guadagna tutta la loro attenzione con la grossa cassa di legno che regge tra le mani.

«Va bene adesso?» dice posandola in terra. Poi sbuffa, poi sbotta: «E se non va bene, va bene lo stesso» e se ne va senza salutare.

«La sorpresa!» esclama una bambina dall'ultima fila.

Gilla guarda l'orologio, quaranta minuti scarsi all'ultima campanella. Nonostante le maniere rozze, la bidella Antonia ha rispettato alla lettera le istruzioni. Afferra allora la cassa, la sistema sulla cattedra, toglie il coperchio e lo mette da parte. «Piombo, tu che hai una buona manualità, vieni ad aiutarmi» dice.

La bambina avvampa. Ha un'idea molto vaga di che cosa sia una buona manualità, ma il tutto suona come una lode e Maria Luisa Piombo non ci è abituata. Così si alza di scatto – lei così bovinamente placida – e per poco non rovescia il calamaio. Due passi ed è accanto a Gilla.

«Adesso io tiro fuori la sorpresa» le sussurra la maestra. «Da sotto tu sfili la cassa, la rovesci e la usiamo da piedistallo. Capito?»

Maria Luisa annuisce.

Gilla solleva con delicatezza il planetario reggendolo per il corpo centrale. La bambina fa quel che deve e in un attimo la cassa-piedistallo è al centro della cattedra e il planetario sopra.

«Adesso potete avvicinarvi» dice allora la maestra.

Le bambine si guardano. Lasciare il banco? Tutte? Come se fosse di nuovo intervallo?

«Mettetevi in cerchio intorno alla cattedra.»

Gilla le vede avanzare, qualcuna intimorita, qualcuna più audace.

«Le più alte dietro, le altre davanti. Così. Se ci stringiamo c'è posto per tutte.»

Si fa silenzio. Nessuna ha mai visto un giocattolo così bello e strano.

«Non è un giocattolo. È un modellino del sistema solare. Ne abbiamo parlato, ricordate? I pianeti, le orbite, i satelliti... Nel tempo che ci resta, ripasseremo insieme i nomi dei corpi celesti» dice la maestra.

Ancora silenzio.

«Sole, Mercurio, Venere» prosegue Gilla, l'indice che saltella di sferetta in sferetta, «Terra, Luna, Marte, Giove, Saturno, Urano, Nettuno. Plutone dovete immaginarlo più o meno qui» dice Gilla indicando un quadratino di nulla a qualche centimetro da Nettuno. «Il modellino è stato costruito molto prima che il pianeta venisse scoperto. E adesso, forza, tutte insieme! Sole, Mercurio, Venere...»

Nell'aria un brusio timoroso. All'inizio un'eco delle parole di Gilla, poi le voci si fanno nette e l'intero sistema solare crepita come una filastrocca... Venere, Terra, Marte... una volta, due, tre... Urano, Nettuno, Plutone... e daccapo, e ancora, finché la filastrocca si trasforma in indovinello, con l'indice di Gilla che cade ora qui e ora lì.

«Questo è...?»

«Urano!»

«E questo?»

«Marte!»

«E quest'altro? Cos'è questo vicinissimo al Sole?»

«Mercurio!»

Giocano tutte, indovinano, anche Ester. La maestra la vede muovere le labbra. «Brave» conclude, poi porta l'indice al naso ed è di nuovo silenzio. Guarda l'orologio, afferra la manovella. «E adesso godiamoci lo spettacolo dell'universo» dice. Alla spinta, il meccanismo si anima, i pianeti prendono a ruotare intorno al Sole di cartapesta e tutte le ventiquattro bambine della 5ª D sgranano gli occhi. La campanella le coglie così, incantate.

«Domani riprendiamo da qui» dice allora la maestra. «Tornate a posto. Prima di chiudere la cartella, portatemi il quaderno di matematica. In ordine alfabetico. Avanti. Non perdiamo tempo.» Ma quando chiama alla cattedra Pellegrini, per la seconda volta Ester non fa un cenno, e non si alza, e non consegna il quaderno. Occhi negli occhi, ancora. La maestra Gilla è contenta della mattinata, ma anche molto stanca, e s'innervosisce. «Ne ho abbastanza, Pellegrini. Ubbidisci o restiamo tutte in classe.»

Le altre bambine rumoreggiano. La campanella è suonata da un pezzo. Le mamme aspettano, il pranzo è pronto, Maria Luisa si avvicina a Ester. «Portale il quaderno!»

Niente.

«Ma sei matta?» insiste Maria Luisa. La sentono tutte. Il vocio cresce.

«Fate silenzio. Mettetevi sedute. Aspettiamo i comodi di Pellegrini» dice Gilla. Poi afferra il primo quaderno della piletta che si è formata sulla cattedra e comincia a correggere.

Maria Luisa stringe il braccio della compagna di banco. «Dài, Francesca» le dice.

Ester le si accosta all'orecchio. «Non mi chiamo Francesca» bisbiglia.

Maria Luisa trattiene il respiro. Un altro segreto! Ma soprattutto... la sua amica le ha parlato! Fa un gran sorrisone. «Davvero???» domanda.

Ester si riscuote. Ha la sensazione che le parole abbiano trovato la strada da sole, senza pensarci. A parte Maria Luisa, nessuno se n'è accorto. Il suo nome, il suo vero nome, prende a risuonarle dentro.

Ester.

Come il libro di Ester, la storia che si legge durante la festa di Purim.

Come la regina coraggiosa che ha salvato il popolo di Israele dal perfido Amàn.

Si accosta di nuovo a Maria Luisa.

Si ritrae, le parole restano in gola.

Con la coda dell'occhio, Gilla non perde un movimento.

Ester impallidisce. Quanto coraggio è servito alla regina Ester contro il perfido Amàn intenzionato a sterminare gli ebrei? Quanto coraggio le serve per fare la cosa giusta? Non mentire agli amici. Non mentire più a nessuno.

«Va tutto bene» le dice Maria Luisa.

Sì, pensa Ester. Cerca la mano della compagna di banco e le parla di nuovo all'orecchio.

«Posso dirlo alla maestra?» le chiede allora Maria Luisa, seria.

«Dirmi cosa?» domanda Gilla.

«Possiamo andare a casa?» piagnucola una bambina dal fondo dell'aula.

«Dirmi cosa, Piombo? Sto parlando con te!»

Ester allora si alza. Sente che, mentre il vociare delle bambine cresce tutto intorno, la sua paura si è rimpicciolita. Ricorda gli schiamazzi che a Purim si alzano fino alla volta del tempio e oltre, fino al cielo stellato, quando si nomina il perfido Amàn. Pensa che da questo momento il nome di Francesca Pellegrini non sarà più pronunciato. Prende il quaderno di matematica, raggiunge la cattedra e all'orecchio della maestra bisbiglia: «Io mi chiamo Ester Sacerdoti».

Gilla spalanca la bocca. Impiega un attimo a riprendersi. Guarda le bambine. Tre o quattro sono in piedi. Sbuffano, parlano tra loro. Qualcuna ha capito ciò che è appena successo? «Portatemi i quaderni che mancano e andate» dice a voce alta.

«Da sole?»

Chi ha parlato? Impossibile dirlo nella confusione. «Da sole. Ormai siete grandi» risponde.

Ester intanto torna a posto e comincia a preparare la cartella.

Gilla rimette il modellino nella scatola di legno, la chiude col coperchio, raduna i quaderni. Quando rialza la testa la classe è vuota, solo Ester e Maria Luisa indugiano.

«Signora maestra» dice Piombo. «Francesca, cioè Ester, le deve dire una cosa.»

«Dimmi, Ester.»

«Io voglio andare a casa.» La voce è un sussurro. Gilla si avvicina. «Non ho sentito.»

Ester stringe i pugni e ripete: «Voglio andare a casa».

«Adesso ci andiamo tutte.»

«A casa mia.»

Gilla prende un bel respiro. «Capisco. E dov'è casa tua?»

Ester abbassa gli occhi e non risponde.

«Non aver paura» le dice Maria Luisa.

«Piombo ha ragione. Coraggio, Ester.»

La bambina stringe di nuovo i pugni, chiude gli occhi, cerca le parole, le trova nel passato, nella bottega Tessuti dal mondo, seduta sul bancone, col nonno. Risponde da streghetta pasticciona: «Via Balbo 21 / Casale MonfeRRato / pRovincia di AlessandRia».

Maria Luisa Piombo batte le mani. «Brava! Lei può aiutarla, vero? Vero che può, maestra Gilla?»

Pensierino di Maria Luisa Piombo sul pianeta Venere

Il mio pensierino di almeno tre righe sul pianeta Venere è questo.
    Se io fossi un pianeta delluniverso anch'io vorrei essere una stella luminosa e bellissima. Anche solo al Tramonto e all'Alba, meglio che niente.
    Signora Maestra mi dispiace che faccio tanti errori ma spero che si capisce.

Gilla nell'ufficio del direttore

«Non è muta. Non si chiama Francesca Pellegrini ma Ester Sacerdoti. Bisogna correggere il registro. Tutta la carta. Sono sicura che farà un bellissimo esame.»

In piedi nello stanzino del direttore, Gilla fa avanti e indietro dalla porta al tavolo e ritorno, incontenibile. «È ebrea. Abitava a Casale Monferrato.»

«Sieda, la prego» dice il sacerdote richiudendo la pietanziera che ha davanti e ficcando il contenitore dentro un cassetto.

«Ricorda l'indirizzo di casa.»

«Signorina Gilla, si sieda. Perdoni il disordine» dice l'uomo sgomberando il tavolo da una montagna di circolari ministeriali, comunicazioni del sindaco, dispacci della prefettura. «Ha già saputo che la nostra scuola ospiterà i seggi per le elezioni?»

La maestra siede, ma non riesce a stare ferma e si strofina le mani. «E Ester, ovviamente, *vuole* tornare a casa» aggiunge.

«Strano destino» prosegue il direttore accennando alla stanza. «Fino a ieri qui c'erano i tedeschi e fra pochi giorni il referendum. Temo che lei sia repubblicana, signorina Gilla. Mi sbaglio? Non voglio essere indiscreto. È solo che tornare a votare è una cosa emozionante anche per un uomo di chiesa. E immagino che per le signore lo sia ancora di più.»

«Certo. Molto emozionante. Stavo dicendo: la bambina ricorda perfettamente l'indirizzo di casa.»

«La bambina, sì. Ester.»

«Ester Sacerdoti.»

«Brutta storia quello che hanno fatto agli ebrei. Una vergogna. Coi documenti sarà un pasticcio, ma di questo non deve darsi pensiero. Sarà mia cura. Piuttosto, quando ha scoperto tutte queste cose?»

«Che è ebrea e che parla? Da qualche giorno. Il nome e tutto il resto stamattina. Pochi minuti fa.»

«È stata molto tempestiva. Conoscendola, non c'era da dubitarne. Mi lasci pensare» dice l'uomo. Si alza, si rivolge alla mensola con gli uccelletti impagliati, li passa in rassegna uno a uno.

Gilla continua a sfregarsi le mani.

«Ho un caro amico in curia a Casale Monferrato. Gli scriverò oggi stesso» dice il direttore raddrizzando il cartellino di un merlo dal becco giallo. «*Turdus merula*. Molto comune in montagna. Come tutti noi, anche i suoi simili hanno conosciuto la guerra, signorina Gilla. Ma non la vedo convinta.»

La maestra non risponde.

«Magari potrei cercare il mio amico al telefono, per sveltire le cose.»

«Sono sicura che il suo amico... È solo che, per telefono... ecco, non vorrei che l'importanza... l'urgenza...»

«Teme che non prenda abbastanza a cuore la faccenda? Su questo mi sento di...»

«Temo che i tempi si allunghino. Che possano crearsi incomprensioni.»

«Allora cosa propone?»

«Vorrei accompagnare io stessa la bambina a Casale.»

«Addirittura. E quando, di grazia?»

«Il più presto possibile. Domani. Domani pomeriggio, sì.»

«Senza sapere cosa troverà?»

«Sì.»

«Rischioso.»

Vivere è correre rischi, pensa Gilla. Vivere davvero, non

solo stare al mondo. Lo pensa davanti al direttore come lo pensava accanto a Ester nell'intercapedine puzzolente. Lo pensa da quando il ricordo di Michele ha smesso di straziarla e ha cominciato a farle buona compagnia e, insieme alle ruote celesti del modellino, lei ha sentito la vita rimettersi in moto.

«Molto rischioso, signorina Gilla.»

"Vivere è un grosso rischio, direttore. Salire in montagna è stato un rischio gigantesco, però adesso si vota, e votano tutti, anche quelli che in montagna non sono saliti, anche gli uomini di chiesa, anche le donne repubblicane e le donne monarchiche."

Gilla vorrebbe dirlo, ma tace. Non vuole insolentire quest'uomo di mezza età che crede sia suo preciso dovere indicarle la strada. Però vuole convincerlo. Per il bene di Ester, ha bisogno che lui sia dalla sua parte. «La bambina è forte e intelligente, ha ricominciato a parlare, credo solo che sia venuto il momento di scoprire cosa è successo ai suoi genitori. Non dovrebbe stare in orfanotrofio se non è necessario.»

«E se le notizie non fossero buone?»

«È a me che Ester ha chiesto aiuto. Quel che c'è da sapere, è meglio se lo scopre con me. Con me e con la sua compagna di banco, Maria Luisa Piombo. Vorrei portare anche lei.»

«Piombo di 5ª D?» Maria Luisa non ha fama di alunna particolarmente dotata.

«È stata preziosa, signor direttore. Sono molto legate.»

Il sacerdote torna a sedere. Si passa una mano sul mento. «E sia» dice. «Organizzatevi come meglio ritenete. Oggi farò un salto in orfanotrofio e avvertirò la madre superiora.»

Pensierino di Ester Sacerdoti sul pianeta Venere

Al tramonto sono andata nel cortile per vedere il pianeta Venere e sono stata molto contenta perché il gatto era tornato. Stava accucciato davanti alla porta dell'intercapedine e aveva davanti una mezza lucertola morta stecchita, e io credo che fosse un regalo per me che a quest'ora di solito gli portavo sempre da mangiare. Dicono che i gatti fanno di questi regali.

Così mi sono seduta vicino a lui e ha mangiato un pezzetto di pane dalla mia mano, poi si è acciambellato e ha cominciato a fare le fusa e io gli ho spiegato tutta la storia del pianeta Venere che in quel momento stava proprio sopra la recinzione del cortile e brillava fortissimo.

Intanto suor Giuliana è venuta a cercarmi e forse mi ha sentito parlare col gatto e infatti mi ha chiesto come si chiama.

Io lì per lì mi sono confusa perché il gatto era scappato nell'intercapedine passando sotto la porta, perché lui non conosce suor Giuliana. Ma poi ho preso coraggio (le parole adesso mi escono bene) e le ho risposto che si chiama Lucifero, ma lui non lo sa perché il nome gliel'ho dato in questo momento.

Suor Giuliana si è messa a ridere. «Addirittura Lucifero? È un gatto così cattivo?» mi ha detto.

Io le ho spiegato che Lucifero significa portatore di luce e siccome il gatto anche al buio ha gli occhi luminosi mi sembra un nome giusto.

Suor Giuliana si è commossa ma a me non sembra una cosa commovente. Forse le sono venute le lacrime perché è vecchia e infatti anche mio nonno Giosuè si commuove sempre.

Comunque io non cambierei il nome del pianeta Venere, perché ormai tutti lo chiamano così e verrebbe fuori una grande confusione se tutti cambiassero i nomi dei pianeti a loro piacimento.

Secondo me il pianeta Venere è come il gatto. Non sa di chiamarsi Venere e anche il gatto non sa che io da oggi lo chiamo Lucifero. La mia opinione è che vivono bene senza sapere i nomi, infatti sono tranquilli, brillano in cielo, fanno le fusa e vanno a caccia di lucertole.

Fine del pensierino.

A casa

Raggiungere Casale Monferrato da Borgo di Dentro è una piccola avventura. Mentre Margherita affetta patate nella cucina dell'Istituto Nostra Signora di Lourdes, e Abram studia la linea ferroviaria lungo la quale immagina di aver perduto la figlia, la maestra Gilla accompagna la 5ª D all'uscita, poi prende per mano Ester e Maria Luisa e le trascina alla stazione di Borgo di Dentro, le cartelle che sbattono sulle spalle. Per un soffio non perdono il treno.

«Che corsa!» dice buttandosi sul sedile, il petto che fa su e giù per l'affanno.

Le bambine sono elettrizzate.

«Mia mamma mi ha dato una pagnotta grandissima per il viaggio» dice Maria Luisa posando la cartella sulle ginocchia.

«Suor Giuliana tre fette di torta» aggiunge Ester.

«Anch'io ho qualcosa da dividere» dice Gilla e tira fuori dalla borsa un sacchetto di mele, un cartoccio di scaglie di formaggio e una bottiglia d'acqua con tre bicchieri di metallo.

Mangiano cullate dal dondolio del vagone, Maria Luisa stringe il nido di trecce di Ester, allentato durante la corsa. Ester racconta a Maria Luisa tutto quello che sa sui treni, le stazioni, i binari e il controllore. Parlando dei biglietti, si voltano entrambe allarmate verso la maestra. «Ce li ho io» dice lei.

La stazione di Alessandria è molto più grande di quella di Borgo di Dentro e le bambine fanno tanto d'occhi. Aspettano sul piazzale una mezz'oretta, poi arriva l'autobus diretto a Casale. «Mettetevi comode, potete anche dormire un pochino se siete stanche, arriveremo intorno alle quattro» dice Gilla.

«Ora di merenda!» fa Ester. Gilla fatica ad abituarsi alla voce squillante, Maria Luisa invece non sembra farci caso, come se le due si parlassero da sempre.

La vettura lascia la città grigia di fumo. «Quanti palazzi» dice Maria Luisa. Le bambine non smettono di parlottare tra loro, voltandosi ora a destra ora a sinistra.

«Vi conviene stare ferme e guardare avanti o vi verrà la nausea e addio merenda» dice Gilla. Immagina di portarle a mangiare un gelato, ma quando finalmente raggiungono la stazione di Casale Monferrato non le sembra più una buona idea. Ester è pallida e silenziosa.

«Tutto bene?» le chiede. La bambina annuisce. Maria Luisa la prende per mano.

«Adesso guidaci tu» dice Gilla.

Ester si guarda intorno e parte. È la strada che ha fatto mille volte con la mamma per andare alla stazione a prendere papà, e con mamma e papà per tornare a casa. La testa le si riempie di immagini. Proseguono lungo una grande via luminosa, su cui si affacciano case che a Maria Luisa, abituata alla parte vecchia di Borgo di Dentro, sembrano particolarmente signorili. Un portone sbarrato e un mucchio di macerie ricordano loro che la guerra è passata di qui. Svoltano alla fine in una strada animatissima. Botteghe, caffè, portici. Ester si ferma davanti a una piccola vetrina che espone guanti e cappelli, poi riparte, ma lenta.

«Sei stanca? Vuoi che ci fermiamo un po'?»

«No, andiamo.» Ester cerca anche la mano di Gilla e procedono così, lei al centro e le altre due accanto.

«Adesso dobbiamo girare di qui» dice arrivando a uno slargo.

«Via Balbo» legge Maria Luisa. Ester è pallidissima, Gilla le sente la mano sudata, gliela stringe. Pochi passi e si trovano di fronte al civico 21.

«Ecco» dice Ester.

È una palazzina a tre piani, con un portoncino di legno scuro e la soglia impreziosita da un'elegante modanatura di gesso. Per fortuna niente bombe, pensa Gilla. Si avvicina alla pulsantiera dei citofoni. *Sacerdoti* non è scritto da nessuna parte.

«Però questa è la mia casa» dice Ester.

Gilla sta per suonare al primo nome quando il portoncino si spalanca di colpo. Ne esce una donna di mezza età, passo deciso, tacchi alti, capelli raccolti di un biondo innaturale, occhi cerchiati di nero, labbra rosse.

«Scusi. Stiamo cercando una famiglia che viveva qui prima della guerra. Si chiamano Sacerdoti» le dice Gilla.

La vedova Fontana si blocca. «Chi vi manda?» sibila.

Gilla fa un passo indietro. «Nessuno. Stiamo solo...»

«Vedete scritto *Sacerdoti* sul campanello?»

«No, ma...»

La donna prende Gilla per un braccio e la trascina dentro l'androne. Davanti alle cassette della posta urla: «Vedete scritto *Sacerdoti*?».

Ferma sulla soglia, Maria Luisa guarda Ester. La sua amica sta studiando la pulsantiera. Mette il dito sulla targhetta *Fontana*, poi accarezza la modanatura di gesso.

Dall'androne arriva la voce di Gilla. «Lei è una gran maleducata. Le ho solo...»

Ester bisbiglia, Maria Luisa ne è sicura, ma non capisce le parole. Le pare dica: «... tappezzeria... tende...».

«Ester» la chiama, ma l'altra non ascolta, continua a bisbigliare e si allontana dalla parte opposta a quella da cui sono arrivate.

«Ester!» insiste, mentre le voci nell'androne scoppiettano come castagne sul fuoco. Vorrebbe avvertire la maestra, ma vede Ester svoltare l'angolo del palazzo e teme di perderla. Così decide di seguirla, gira l'angolo anche lei e per poco non le finisce addosso.

Ester è immobile. Un tremolio improvviso le attraversa le spalle ossute e il nido di trecce. Maria Luisa lo avverte distintamente e fa per sorreggerla, ma qualcosa la trattiene. Alza lo sguardo, vede una donna su una panca a listelli di legno, poco distante. Siede composta, con le spalle dritte e le mani in grembo, fissa le finestre del secondo piano, muove le labbra.

«Mamma» dice Ester.

ANNO SCOLASTICO 1945-46
COMMIATO

Esame di licenza elementare

Anno scolastico 1945-46
Alunna: Maria Luisa Piombo

Tema: Ricordi dell'anno scolastico appena concluso

Svolgimento

Questanno scolastico è stato il più bello di tutta la mia vita, primo perché siccome la guerra è finita è stato un anno scolastico intero senza interruzioni e senza sirene dei bombardamenti e secondo perché questanno ho conosciuto la mia migliore amica.

La mia migliore amica si chiama Sacerdoti Ester.

Adesso lei non abita più a Borgo di Dentro e non ci possiamo vedere tutti i giorni a scuola e dopo la scuola per fare i compiti. Da quando ha ritrovato la sua familia non è più venuta a scuola ma tanto lei era già pronta per l'esame e infatti adesso è seduta qui vicino a me e vedo che scrive tantissimo. Da quando non è più venuta a scuola mi ha scritto delle lettere bellissime e alla sera io le leggevo a mia mamma e a mia nonna e loro dicevano che leggo molto bene anche se io lo so che non è vero perché non ci metto lintenzione (come dice la maestra). Anch'io mi sono sforzata e le ho scritto delle lettere di risposta ma le mie erano molto più corte però.

Comunque adesso sono contenta che ci siamo viste di persona e oggi passiamo tutta la giornata insieme anche coi suoi genitori che li ho visti prima di cominciare e hanno detto che laspettano fuori (io credo che non la lasceranno mai più in tutta la vita per lo spavento che si sono presi) e per questo stamattina quando mi sono svegliata non avevo neanche un po' di paura per l'esame perché sapevo che incontravo Ester.

Io penso che l'amicizia è una cosa bellissima.

Questanno la scuola mi è piaciuta abbastanza, soprattutto ricamare, il pianeta Venere e scrivere i pensierini ma solo quelli corti.

Signora maestra mi dispiace che il mio tema non è tanto lungo e spero che non ci sono troppi errori.

Fine

Voci

Gilla è sola. Le ventiquattro bambine della 5ª D hanno risposto alle domande e se ne sono andate, gli esami orali sono terminati, il direttore si è allontanato portandosi appresso il fascio dei verbali da controfirmare e lei si attarda nell'aula silenziosa. Lascia correre lo sguardo sui banchi vuoti. Nell'afa di giugno, dopo ore di interrogazioni la simmetria è andata a farsi benedire. Dai finestroni spalancati un refolo caldo gonfia le pareti ingombre di disegni. Fiori, frutti, animali del bosco, dell'acqua e del cielo si animano per un istante. Sulla cattedra, il modellino dell'universo ha una specie di brivido, poi ogni cosa torna immobile e muta.

Tutte promosse, dice Gilla nella sua testa rivolgendosi a Michele.

Avevi dei dubbi?, risponde lui.

Gilla si porta le mani al volto, sorride, sospira. *Non era scontato*, risponde. Poi riconosce il passo da piazza d'armi e si riscuote, alla svelta chiude nella borsa l'astuccio e il taccuino, spalanca la porta e guadagna il corridoio dicendo: «Sì, sì, me ne vado, me ne vado».

«Ecco, brava, che devo pulire, per voi è l'ultimo giorno ma io no» risponde la bidella Antonia.

In corridoio Gilla rallenta. Osserva la teoria elegante di porte chiuse, immagina aule spazzate, lavagne pulite, banchi in ordine. Scorre le dita sui disegni che coprono anche queste pareti, lunghe file ordinate come soldatini in divisa, figure a pastelli colorati che nascondono le macchie, i segni della guerra.

Questo posto ti piacerebbe. Com'è diventato.

Sotto la carta frusciante, della guerra Gilla avverte ancora lo strepito, ma è un rumoreggiare lontano. A difesa c'è un esercito di lettere maiuscole e minuscole, corsivo e stampatello, *A* come *Abaco*, *G* come *Gatto*, *L* come *Luna*. Una barriera impenetrabile di albe gloriose e tramonti di fuoco, cieli azzurri e in burrasca, bastioni di acquerelli, tempere, carboncini, sanguigne, e maschere di cartapesta, girasoli di rafia.

Tutte promosse, ripete ancora nella testa. Anche Piombo, anche Pellegrini. «Sacerdoti!» si corregge ad alta voce, poi si volta a guardare se per caso la bidella Antonia la sta ascoltando. Ma in corridoio non c'è nessuno. Gira l'angolo, scende un piano di scale. A ogni passo la testa dolcemente si svuota. Nomi e cognomi cominciano a svanire, i visi impercettibilmente sbiadiscono. Il portone della sezione femminile è aperto. Teoremi e battaglie, capitali e unità di misura si ritirano in un angolo della coscienza come calze in fondo a un cassetto, pronte per i primi freddi, il prossimo anno scolastico, le prossime bambine.

Sulla soglia si ferma. Al centro della piazza vede suor Giuliana parlare con Margherita e Abram Sacerdoti. Lui sembra distratto.

In fondo alla scalinata Ester e Maria Luisa siedono fianco a fianco, le spalle che si toccano, le teste vicine.

Guardale, sono al sicuro, sono salve, non era scontato.

Le due parlottano, ridono, ed è uno stare così stretto e pieno che Gilla si sente di troppo e fa un passo indietro ritirandosi all'interno.

Ma forse fa rumore, ritraendosi, o forse è solo che le bambine percepiscono il suo sguardo, ed è per questo che si voltano, si alzano e la raggiungono.

«Come mai siete ancora qui? Non siete ancora stanche di scuola?»

Ester dà una gomitata alla compagna. «Diglielo» bisbiglia.

Maria Luisa annuisce e attacca, seria: «Signora maestra, volevamo chiederle una cosa».

«Dimmi.»

Le bambine si guardano, Ester fa un cenno come dire "Dài! Dài!".

«Quello che volevamo dirle...» Maria Luisa prende un bel respiro «adesso che è l'ultimo giorno, possiamo abbracciarla?»

Abram Sacerdoti si sforza di ascoltare la suora che parla di Ester, di un gatto, di un'intercapedine rimessa a nuovo, ma, appena pronunciate, le parole della donna scivolano via. Sente piuttosto altre voci. Ester, l'amica di Ester, le risate che tintinnano tra loro come biglie sul selciato. E poi non riesce a staccare gli occhi dalle mani di Rita, le dita nei guanti di filo bianco. A stento tiene a bada la tentazione di denudarle e prenderle tra le sue, ruotare tra i polpastrelli la fede tornata al suo posto, *Da A. a M.* ∞.

La suora continua a parlare.

Non potendo afferrare le mani di Rita, Abram Sacerdoti porta le proprie al ventre. *Hai preso peso, bravo,* gli dice il padre Giosuè nella sua testa. Giosuè giovane, corpulento come tutti i Sacerdoti. Dice anche: *Sembri Raffaele.* Raffaele ragazzo, giovane uomo, padre, Raffaele in partenza per Parigi.

La suora non smette di parlare e Abram pensa: Ciao, papà. Poi si volta verso le bambine, le vede salire le scale, affiancare la maestra. La voce di Ester è lontana, la voce squillante di streghetta pasticciona e quella di adesso, così simile alla voce di Rita che sta dicendo alla suora: «Non fosse stato per voi». La voce cara di Raffaele interviene dicendo: *Abram, cazzo, concentrati,* ma Abram Sacerdoti non ce la fa proprio a concentrarsi sulla suora, il gatto e l'intercapedine, vede Ester alzarsi in punta di piedi, la maestra Gilla chinarsi ad abbracciarla, sente Giosuè che dice: *Come si è fatta grande!*, sente Raffaele che dice: *Che strazio quest'abbraccio, sembra il libro "Cuore"*, sente Rita che dice: «Vi siamo infinitamente grati» e per la prima volta da quando è tornato dall'inferno, è esattamente così che Abram Sacerdoti si sente: grato.

Il gatto Lucifero

Il gatto Lucifero è una gatta, ma ancora non lo sa. Ogni sera, all'imbrunire, torna all'orfanotrofio, s'infila nella cannicciata, procede lungo il muro, gira intorno al fabbricato e raggiunge la porticina dell'intercapedine. Qui si blocca, le vibrisse tese. L'odore di disinfettante che risale dal fondo è inebriante.

Molte cose sono scomparse. Il bidone arrugginito, i copertoni squarciati, il rovo, la bambina che odorava di cavolo e sapone. Il passato non è un problema. Accanto alla porticina adesso ci sono una panca e una donna vestita di nero. Sa anche lei di cavolo e sapone ma con qualcosa in più, un odore stratificato e stantio che al gatto Lucifero ricorda la corteccia.

Strofina il muso sulla gamba della panca. *Mia*. Continua a strusciarsi finché non avverte più l'odore sabbioso del legno secco, ma solo il proprio. *Io, io*. Finché il suo corpo si espande a contenere la panca stessa e il gatto non percepisce più alcuna separazione tra sé e questa infinitesima particella di universo. *Mia, io*.

Salta su. La donna risponde col suo verso. Il gatto lo conosce, ma tiene la distanza, col muso in alto riprende a misurare il mondo intorno, voli disordinati di farfalla serotina, odore muschioso di lombrichi, poi si distrae, poi si concentra sul gesto della donna, la mano protesa. Si avvicina, annusa, lecca il boccone di pane ma non gli va. Ha cacciato tutto il giorno, è sazio. Non pensa a domani, il futuro non esiste, solo un eterno presente. Col muso cerca il palmo, si strofina deciso. *Mia, io*. La donna intanto continua a modulare il suo verso. Il gatto appoggia allora le zampe anteriori sulla coscia di lei. Prima una zampa e poi l'altra, preme coi polpastrelli rosei. Una zampa, poi l'altra, una zampa, poi l'altra. La donna assottiglia il suo verso a un cinguettio. Qualcosa di molto simile a un ricordo lo spinge a richiamare a sé le zampe posteriori.

Il verso della donna si scalda di un tono.

Le si acciambella sulle cosce. La voce di lei ha qualcosa di remoto e confortante. Lui chiude gli occhi. Il *ron ron* si intreccia al gorgheggio umano. Non distingue un rumore dall'altro. Il peso che avverte al grembo, dalla mano della donna che lo accarezza. *Mia, io*. Venere si accende. Il gatto Lucifero si addormenta.

Indice

ANNO SCOLASTICO 1945-46
AVVIO

- 9   La maestra
- 13 La bambina
- 16 Il planetario meccanico
- 19 Primo giorno di scuola
- 24 Primo giorno di scuola/2
- 35 Privilegi
- 36 Primo giorno di scuola/3

1938-1939

- 41 A Genova, 14 maggio 1938
- 45 Abram Sacerdoti
- 49 Documenti nella cartella di cuoio marocchino
- 50 Giosuè Sacerdoti
- 55 Raffaele Sacerdoti
- 59 Animali
- 62 Espiazione
- 66 Esonero
- 67 Gilla torna a scuola
- 68 Lezioni
- 72 Difesa della razza
- 77 Giugno 1939, quarto compleanno di Ester
- 84 Agosto 1939, la carta geografica

ANNO SCOLASTICO 1945-46
PRIMO TRIMESTRE

93   Maria Luisa Piombo
97   Aggiustare l'universo
101 Punizione
105 Cose che Ester sa
108 Giove
110 Pane e candele
113 *Tema. Un ricordo indimenticabile*
116 Urano
119 In chiesa
125 Cappottino verde bosco
126 All'orfanotrofio
134 Il corredo di Ester
136 Il miracolo di Chanukka

1940–1943

143 Disposizioni relative ai cittadini ebrei
144 Genova, giugno 1940
147 Casale Monferrato, 16 giugno 1940, pomeriggio
152 Razionamento
156 Disposizioni relative ai cittadini ebrei/2
157 Lettera da Parigi, fine ottobre 1940
160 Disposizioni relative ai cittadini ebrei/3
161 Bombe dal mare
165 Parigi, 20 agosto 1941
167 Casale Monferrato, autunno 1941
170 Parigi, tra l'autunno del 1941 e l'estate del 1942
174 Disposizioni relative ai cittadini ebrei/4
177 Area bombing
184 Luce
187 Borgo di Dentro, fine novembre 1942
190 Abram torna a casa
193 Borgo di Dentro, cascina Leone

ANNO SCOLASTICO 1945-46
SECONDO TRIMESTRE

199 L'universo in frantumi
202 Nei meandri dell'orfanotrofio
204 Nettuno
207 Nei meandri dell'orfanotrofio/2
209 Nettuno/2
212 Villa Franzoni
217 Maria Luisa ha paura
220 Azzime
223 Filo bianco latte
225 Pasqua

1943–1945

232 Occupazione
235 Torino, scuola ebraica, settembre 1943
238 Occupazione/2
242 Buio
249 In carcere, di fretta
252 Casale Monferrato, Nostra Signora di Lourdes
254 Zyclon B
256 Borgo di Dentro, primavera 1944
263 A Casale Monferrato, Ester e Margherita
265 Ad Auschwitz – Fare
270 Borgo di Dentro, agosto 1944
273 Casale Monferrato, casa di Ester, settembre 1944
278 Autunno polacco
279 A Casale Monferrato – Dividersi
287 Secondo inverno in montagna
289 Ad Auschwitz – Disfare
291 Ester contenta
294 Auschwitz, 27 gennaio 1945
296 Domenica di sangue
302 Margherita torna a casa

306 Gilla non torna a casa
308 Cartolina postale dal centro di raccolta russo di Katowice, Polonia meridionale
309 A Casale Monferrato, estate 1945
313 In carne viva

ANNO SCOLASTICO 1945-46
TERZO TRIMESTRE

317 Ester e Gilla nell'intercapedine
321 Abram Sacerdoti *professore*
324 L'universo si ferma
328 Buio infinito
331 Venere
334 Abram sogna
336 Regina Ester
342 *Pensierino di Maria Luisa Piombo sul pianeta Venere*
343 Gilla nell'ufficio del direttore
346 *Pensierino di Ester Sacerdoti sul pianeta Venere*
348 A casa

ANNO SCOLASTICO 1945-46
COMMIATO

355 Esame di licenza elementare
357 Voci
361 Il gatto Lucifero

Mondadori Libri S.p.A.

Questo volume è stato stampato
presso ELCOGRAF S.p.A.
Stabilimento - Cles (TN)

Stampato in Italia - Printed in Italy